ダンテ DANTE その生涯

アレッサンドロ・バルベーロ 著
Alessandro Barbero

鈴木昭裕 訳
Akihiro Suzuki

亜紀書房

ダンテ　その生涯　目次

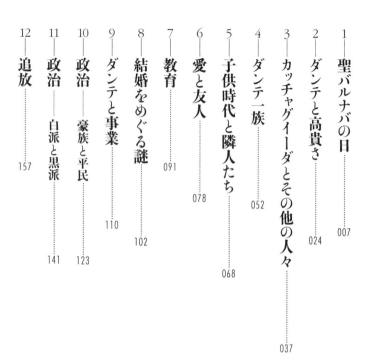

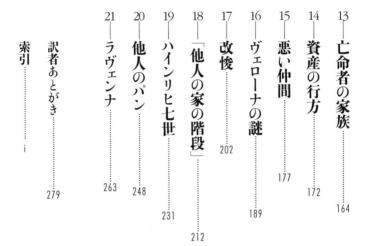

ダンテ　その生涯

凡例

［　］は訳注です。

1 聖バルナバの日

一二八九年六月一一日、土曜日、聖バルナバの日、カセンティーノ地方を行軍し、アレッツォ領に入ったフィレンツェ軍は、アルノ川の蛇行によって孤立した山の麓に建てられたポッピ城を目にした。軍隊は、九日前、暁鐘の音とともにフィレンツェを発った。城外で露営しながら、他の教皇派(グエルフィ)の町から送られてきた同盟軍の到着を待ち、その後、進軍を再開。牛が引く糧食輸送車のゆっくりとした歩みに合わせて、山あいの悪路を五〇キロほど進んだ後、目下、フィレンツェとアレッツォの中間地点に到着したところだった。ポッピ城の前で、渓谷地は平野へとひらける。当時カンパルディーノと呼ばれていたそこは、侵略者側が山中行軍で最初に目にした、騎兵の配置と用兵に適した場所だった。そして、案に違わず、そこには敵が待ち構えていた。谷底をふさぐように守りを固めた敵兵は、チェルトモンドと呼ばれるフランシスコ会修道院のそばに配置されていた。

フィレンツェ軍には司令官はおらず、代わりに軍事委員会が置かれていた。都市国家(コムーネ)の世界では常々、権力の過度の集中を恐れていたからである。委員会の頂点に立つのは、経験豊富な騎士の中から選ばれた一二人の「驍将」たちだった。彼らはフィレンツェを区分する六つの地区(セスト)をそれぞれ代表していたが、決定が下されるまでには、同盟都市から派遣された部隊の責任者や、「戦さに通じた勇将」マギナルド・ダ・スシナーナのように、フィレンツェに味方することを選び、その能力を万人に尊敬された都市周辺地（コンタード）の領主らを交え、長い軍議が行われた。敵を発見し、戦火を交えずには進軍ができないことが明らかになると、隊長たちはまず隊列を止め、防衛線を張る。そして、その後の軍議による決定を待った。

当時、軍隊の攻撃力の要となったのは、槍と剣を携え、鉄の甲冑で全身を覆った騎兵だった。当時のフィレンツェを治めていた六人の最高執政官（プリオーリ）の一人で、こうした事情に通じていたはずのディーノ・コンパーニによれば、フィレンツェとその教皇派同盟都市の軍隊の騎士の数は一三〇〇人であるが、幼少期とはいえ、多くの情報や証言を集めることができたジョヴァンニ・ヴィッラーニは一六〇〇人だったと述べている。いずれにしても相当な数である。中世にあっては、二〇〇〇人の騎士がいれば一つの王国を征服することができた。フィレンツェ人はそのうちの六〇〇人で、全員が「馬持ち市民」、つまり、軍馬を提供することが求められる裕福な市民だった。ヴィッラーニの言葉を借りれば、フィレンツェがこれまでに生んだ「最高の兵士であり騎士」である。しかし、すべての兵が若く、戦意にあふれていたわけではない。隊長たちはその四分の一の一五〇人を選び出し、他の兵たちの前に立たせた。攻撃が決まれば彼らが真っ先に走り出すし、逆に敵の攻撃の方が早ければ、最初に彼らがそれを受け止めることになる。

ヴィッラーニの年代記の記述からわかるのは、この「フェディトーリ（斬り込み隊）」（打撃を加える意味の「フェリーレ」の古形「フェディーレ」を原義とする）と呼ばれる、最初に敵とぶつかることを任務とする者に選ばれるかどうかで、兵士らが戦々恐々としたことである。実際、そこが最も危険なポジションであることは、誰の目にも明らかだった。ただ、幸いなことに、ぶつかるまでには間（ま）があった。中世の戦いは、誰もが自分のペースで整列してから始まった。このような命を賭した戦いの場に、準備もせず、戦い方の助言も受けず、勝利を神に祈らずに立ち向かうことなど、誰も望まない。だが、それでも志願者が少なかったため、各地区の隊長がフェディトーリを指名することになった。そこで、ポルタ・サン・ピエーロ地区の隊長ヴィエーリ・デ・チェルキが自分と息子、甥たちを指名したことで、一同は感じ入った。「彼が良き範を垂れたことで羞恥の念が呼び覚まされ、他の多くの高貴な市民がフェディトーリに名乗りを上げた」と伝えられている。

　前衛部隊の後ろには、騎兵の大部分をなす「本隊」が陣取り、さらにその後ろには、「本隊を支えるために集められたあらゆる糧食」を積んだ荷馬車が置かれたが、それは同時に、騎兵が逃げないようにするための障壁でもあった。軍の残りは、身分の低い市民と教区ごとに編成された農民部隊で構成されていた。彼らは槍を構えた歩兵として、あるいは弓やクロスボウで武装した弩兵として戦った。一人ひとりはいたって非力で、騎士一人で一〇人以上の歩兵を蹴散らすことができたが、それでも数千人が逃げずに一団としてまとまれば、それなりの役割、少なくとも防御の役割は果たすことができた。ヴィッラーニによれば、その数は一万人あまりだったという。その中には、「パヴェーゼ」と呼ばれるばかでかい木製の楯を持つ専門部隊がいた。地面に立てられた大楯はそれ自体がバリケードとなり、その後ろに歩兵の大部分を隠すことができた。そこで隊長たちは、騎兵の側面を守るために、歩兵と弩兵を両翼に配し、大楯兵（パヴェジエーリ）たちに全軍の前に楯を立てるように命じた。白く塗られた楯には、フィレンツェの教皇派政府の紋章である赤いユリが描かれていた。フィレンツェの軍勢が平原になだれこみ、その後、停止する様子を戦場の反対側で眺めていた敵軍の大将たちの中に、アレッツォ司教グリエルミーノ・デリ・ウベルティーニの姿があった。ディーノ・コンパーニによれば、「教会よりも戦争の方が詳しい」人物であったが、近視だったために、突如として平野を埋め尽くした白い壁が何であるかがわからなかったという。「そこで近視の司教が『あの壁は何だ』と問うと、『敵の大楯です』と返事が返ってきた」。

　陣地の守備が固まると、隊長と諮問役たちが集まって、その後の展開を協議した。先制攻撃に出るべきか、相手の攻撃を待つべきか？　両論が出るなかで、彼らは待機を選んだ。より長く守りを固めた方が勝つとの信念のもとで、熟慮の上で行った決断だったと言われるようになったのは、戦後の話である。その間、兵士らは太陽の下で待っていた。歩兵は軽装であったため、腰を下ろし、革帯にくくりつけた瓢箪からワインを飲むことができた。騎士たちは馬から降りることはできたものの、馬から離れるのは賢明でないため、ほとんどの騎士は鞍の上に留まった。彼らはまだ鉄板を一枚一枚つなぎ合わせた鎧は着ていなかった。ヨーロッパの鍛冶屋がそれを製造できるようになるのは次世紀になってからのことである。鎖帷子（くさりかたびら）は一五キロから二〇キロの重さがあり、一度着てしまうと、戦いが終わるまで脱ぐことはできなかった。暑くて息苦しい大きな兜だけは、戦う寸前まで、槍や楯と共に従者に預けていた。裕福な騎士には予備の馬もあった。

　そうした騎士たち、もっと正確にいえば、最前列に並んだフェディトーリの中に、詩人ダンテの姿があった。そのように、どの文学の解説書にも書かれているわけだが、その証拠はどこにあるのだろうか。この話を最初に伝えているのは、一四三六年、老齢の身で『ダンテの生涯』を書いた人文主義者のレオナルド・ブルーニである。カンパルディーノについての彼の記憶はまだ鮮明だった。なにしろ、この日は、トスカーナにおけるフィレンツェの覇権に決定的な寄与を果たした一日だからだ。ダンテがこの地で戦ったことは、ブルーニにとって単なる伝記的事実以上のものだった。多少のためらいはあるものの、彼は再三にわたってそのことを述べている。というのもブルーニはアレッツォ出身であったからで、祖国の敗北がまだ彼の心にいささかのうずきを残してはいたものの、ダンテの人生においてきわめて重要な一ページであったという揺るぎない確信を抱いていた。そのため、ブルーニに先んじて初期のダンテ伝の一つを書いたボッカッチョに対しては、ダンテの恋愛についてくだらない与太話を書く暇があったら、そのことを書き残していればよかったのにと嚙みついている（もっとも、色恋談義が何より好きなボッカッチョにそんなことを期待する方が無理な話だがと、意地悪くつけ加えることも忘れていない。「痛む歯を舌が触ろうとするように、酒好きはいつもワインを話の種にする」）。

勉学の道にひたすら邁進したダンテといえども、世の交わりを絶って生きたわけではなく、それどころか、世間一般の若者と変わりはなく、若者である以上、いざ国難とあらば戦争におもむくのだということを、ブルーニはこの戦闘への参加によって示すことができたわけである。「若者たちが活躍する機会があるたびに、彼はそこにいた。実際、あの記念すべきカンパルディーノの戦いでは、若く、声望もあった彼は軍隊の一員となり、戦場の最前線で馬に乗り、勇ましく戦ったのである」。彼をフェディトーリの一員に選んだ可能性が高いのは、ポルタ・サン・ピエーロ地区でアリギエーリ家の隣人であり、後に「白派」のリーダーとなるヴィエーリ・デ・チェルキである。しかし、なぜブルーニはそのことを知っているのだろうか。彼はダンテの手紙の中で読んだことがあるという。「この戦いについてはダンテが彼の書簡の一つの中で語っている。彼は自分がそこで戦ったことがあると言い、戦陣の形を示す絵を描いている」。この最後の言葉は、スケッチのことだろうか？　そうだと考える人間もいる。というのもブルーニはダンテが「自らの手で上手に描いた」と断言しているし、ダンテ自身も『新生』の中で、戦いの後、戦陣の形を描いたことを回想しているからである。ベアトリーチェの死後、「私は……彼女を思い出して、ある板切れに天使を描いた」とあるが、これは単にダンテが戦いのことを描いた一節である可能性の方が高い。この手紙はもう手に入らないが、ダンテの自筆の手紙をいくつか読んでいて、その筆跡についても記しているブルーニの言葉だけに信憑性は高いだろう。「そして彼自身の手で書かれたいくつかの手紙を実見したかぎりでは、彼の書く文字は細長く、きわめて正確なものであった」。

ダンテ学者たちは、中世の戦いの実態を知らないために、フェディトーリは一種の軽騎兵で、乱闘で戦闘を開始する役割を担っていると多かれ少なかれ思っているが、これは完全な誤解にもとづく空想である。戦いが始まる前には、隊長がその場で指定した騎士一人ひとりに個別の任務を割り当てるのが普通だった。カンパルディーノでは、前線に送られた一五〇人のフェディトーリと、コルソ・ドナーティが指揮する二〇〇人の騎兵がそうであった。騎兵は予備として割り当てられたものだが、この説明については、また別の機会に譲ることにする。このような任務の違いは、武器や専門的能力の違いを意味するものではなく、騎兵は皆、同じ武器を携行していた。市民の軍事的義務を規定した規則には、市民共通の装備が詳細に定められていた。各騎兵はそうした装備を用意しなければならず、違反すれば厳しい罰金が科せられた。品質や価格の格差は、馬に限っていえば、仕方のないこと、普通に見られることだった。

そう考えると、ダンテは自らの地位にふさわしい武器や馬が用意できるほどの資金がなかったからという理由で、ダンテが「最前列」に配置されたという記述をブルーニのでっちあげだとする、最近提出された仮説は、とうてい受け入れがたい。エリートが行う軍事行動やスポーツとしての騎士道に対してダンテは個人的に深い関心を抱いており、彼の作品はそうした世界からとられたイメージに満ちあふれている。一つの分野に関わるすべての職人は最後にそれを使う者に教えを請わなければならないと説くとき、彼が最初に念頭に置いた例は、「騎士は、刀工、あぶみ職人、鞍職人、楯職人、および騎士道に寄与することが求められるすべての職人から信頼されなければならない」というものである。ダンテが良馬を持っていたことは、『饗宴』の中で、幼少期から青年期までの人間の欲望の変遷をたどった、直接自伝的ではないにしても、彼の世代や社会環境の経験を反映した一節を考えるなら、まず間違いない。

つまり、幼児はまずなによりリンゴを欲しがるが、成長すると小鳥を欲しがり、さらに長ずると美しい服を、つづいて馬を、さらには女を欲しがることがわかる。

とりわけ、フィレンツェ追放後の手紙の中でダンテは、予期せぬ貧困に直面したおかげで「馬もなければ武器もない」状態に陥ったことを嘆いているが、それは裏を返せば、以前には両方を持っていたことを意味している。カンパルディーノでダンテは、ヴィッラーニがフィレンツェがこれまでに生んだ「最高の兵士であり騎士」と呼んだ六〇〇人の兵士の一人となった。彼はポルタ・サン・ピエーロ地区を示す黄色い徽章の下に並んだが、この地区では過去にも「町一番の騎兵と兵士ら」が徴用されていたと年代記作者は述べている。

さらにブルーニは、ダンテが戦闘に参加したことを証明するダンテ自身の手紙を引用しているが、それが先に述べた手紙と同じものなのか、それとも別のものなのかは判然としない。というのも、ブルーニは先述のように、いくつかの手紙を読んでいたからである。ブルーニによれば、ダンテは「手紙の一つの中で」、自身が最高執政官を務めた二か月間のことを語っており、自分がその地位につくのに若すぎることはないことを示すために、カンパルディーノの戦いからすでに一〇年が経過していることを指摘している。この手紙も現在伝わっていないが、ブルーニは最も重要な箇所を引用している（ブルーニは「これは彼の言葉だ」とコメントしているが、現存するダンテの他のすべての手紙から考えて、おそらく原文はラテン語で書かれているため、翻訳後に引用したといった方が正確である）。その一節は次のとおり。

　カンパルディーノの戦いで皇帝派（ギベッリーニ）がほぼ完全に落命するか敗北してから、すでに一〇年が経過していた。あの戦いのさまざまな局面において、大きな恐怖を感じ、最後には大きな喜びを感じたことからしても、戦場にあって自分がすでに子供ではないことに気づいた。

要するに、ダンテは本当にカンパルディーノで戦ったのである。それでもまだ疑わしいと思われるのなら、『神曲　地獄篇』の第二二歌がそうした疑念を払拭してくれる。

　これまでにも私は、騎兵らが行軍し、
突撃を開始し、閲兵式を行い、
ときには身の安全のために退却するのを見た。
また、アレッツォの人々よ、略奪者らが
きみらの領内を通るのも見たし、
馬上試合で槍を繰り出す姿や、一騎打ちの勝負をする姿も見た。

（『神曲　地獄篇』、第二二歌一－六行）

最初の三行は軍事作戦や戦闘のさまざまな場面を描いており、次の三行はカンパルディーノの戦いの後のアレッツォ領の荒廃、略奪者（グアルダーネ）の襲撃、包囲された都市の城壁の下で行われた馬上槍試合や一騎打ちなどを描写している。そうした記述のすべてが、ダンテがチェルトモンドで勝利した軍にいたこと、そして勝利の後、敵の都市まで欣然として突き進んだことを裏づけている。

さらに前歌では、ダンテはこの危険な夏に戦われた別の戦争のエピソードを目撃者として回想している。自分とウェルギリウスを通してくれはしたものの、威嚇を続ける悪魔たちに囲まれたときに感じた恐怖を、この比較によって表現しているのだ。

かつて協定にもとづきカプローナ城から出てきた歩兵らが、
おびただしい数の敵兵に囲まれた状況を知り、
震えあがっていたのを見たことがある。
（『神曲　地獄篇』、第二一歌九四－九六行）

このエピソードは、カンパルディーノの戦いの二か月後に起きたできごとである。ピーサの領地に侵入してきたルッカ軍を支援するために、フィレンツェは、「騎兵四〇〇人、歩兵二〇〇〇人」を派遣した。一二八九年八月一六日、カプローナ城は降伏し、守備隊は命の保証を得て城を出た。その様子を見届けたダンテは、まちがいなくこの遠征に参加した四〇〇人の騎兵の一人だった。つまり彼は、二回続けて応召したことになり、充分な武器や装備で身を固め、高い戦闘意欲も持っていたことのさらなる証明となった。

マレブランケ〔『地獄篇』第二一－二三歌、第五巣窟に登場する悪魔たちの総称。「悪の爪」の意〕に取り囲まれて怖じ気づくのは、人として当然の反応だが、ダンテは、先に見たように、カンパルディーノでも強い恐怖を感じたことを認めている。また、先に引用した箇所では、助かろうとした騎兵が（「身の安全のために」）遁走するさまが普通に見られたことを回想しているが、これも格別驚くにはあたらない。戦場慣れした騎兵（ドクティ・アド・ベルム）であればこそ、血気にはやる若者に対しては、戦場では逃げるすべも知っておくべし、そして恐怖心をコントロールできるのであれば、怖さを告白することはべつに恥ではないと諭すのが常だった。『ギョームのシャンソン』では、敵の前では一歩も退かぬと誓う若き日のヴィヴィアンを、叔父のギョームが冷ややかに諫める。わが甥よ、その鼻息がはたしていつまで持つか。恐れを抱かぬのは初陣の少年のみ。まだ何も知らぬがゆえに恐怖心もないのだ（二世紀後に、モンテリーの戦いを振り返ったフィリップ・ド・コミーヌが、同じ思いを洩らしている。「その後の戦闘におけるよりも恐怖心は薄かった。なぜなら若い私には危機が何たるものかわかっていなかったからだ」）。怖かったと打ち明けたことで、ダンテは自分の発言の重みを再確認している。すなわち、当時の彼にとって最も大切だったのは、カンパルディーノで戦ったとき、自分はもはや未熟な若者ではなかったという認識なのだ。

ダンテは「きわめて危険な状況」にあったとブルーニは述べ、明言は避けたものの、最初はダンテも他の兵士らと同じように逃げ出したことをほのめかしている。これは隊長たちがすでに、敵側から攻撃させようと決めていたためであり、これにより、ぶつかり合いに備えて前列に出されたフェディトーリの隊列は、応戦もできないまま、敵の攻撃をもろに受ける形となった。全速力で突進してくる敵を、騎兵が静止して受けとめるのは至難の技である。しかも、アレッツォ軍は最初の衝突に命運のほぼすべてを賭けることに決め、三〇〇人ものフェディトーリを攻撃に投入していたため、フィレンツェの騎兵はそのまま押し戻された。「フィレンツェの軍隊は大きく退いた」とコンパーニはそっけなく書き留めているが、ヴィッラーニの記述はもっと細かい。「あまりにも激しく激突したため、フィレンツェの騎兵のほとんどが落馬した」。騎兵同士が衝突した場合、最初の一撃では、死ぬどころか、傷を負うことすら稀だったが、疾駆してきた敵騎兵が放つ槍に当たった者は、鞍から飛び出す危険があり、立ったまま一撃を受けざるを得なかった騎兵の大半がこうした目に遭った。では、ダンテはどうだったのか？　統計学的に考えれば、ダンテの身にも起きたと見るのが筋だろう。いずれにしても、ブルーニが言う「きわめて危険な状況」と、ダンテ自身が告白した「大きな恐怖」がいかなるものだったかは察せられる。

　フェディトーリが蹴散らされると、フィレンツェの騎兵の大半も、敗走には至らなかったものの、押し戻されてしまったというのがヴィッラーニの一貫した見方である。「本隊は自陣の多くで後退を余儀なくされたが、迷走も壊滅もせず、固い守りで力強く敵を迎え撃った」。他方、ダンテの手紙を読んだことのあるブルーニは、ヴィッラーニほどの肩入れはせず、フィレンツェの騎兵は撃退されただけでなく、敗走したのだと繰り返し述べている。「進路を絶たれ、敗走する形で、歩兵の隊列に逃げ込まざるをえなかった」。しかし最終的には、皇帝派の騎兵の突撃はその勢いを失っていく。両翼の大楯（パヴェーゼ）の防壁が衝撃の一部を吸収したため、教皇派の騎兵は糧食車のところまで戻って一息ついた。戦いが熾烈な乱戦の様相を呈する中で、フィレンツェ軍が徐々に優勢になっていった。だが、これは必然のなりゆきといえた。というのも、敵は歩兵や弩兵との距離が開いていったのに対して、フィレンツェの射手たちは皆、射程距離にあったからである。隊長たちが予備に置いておいた二〇〇騎の騎兵を指揮するコルソ・ドナーティは、命令を待たずに突撃して敵の側面を突いた。そして何よりも、ヴィッラーニが指摘するように、敵の騎兵が八〇〇人を下回っていたのに対して、教皇派の騎兵はその二倍だった。

こうしたなかで乱闘は激しさを増していった。ディーノ・コンパーニの描写は印象深い。

> クアドレッラ〔弩に番える矢〕が雨のごとく降ってきた。アレッツォ軍は数が少なく、海岸で負傷していたので、彼らは発見されなかった。空は暗雲に包まれ、ひどい砂埃が舞った。アレッツォ軍の歩兵たちはナイフを持って馬の腹の下に潜り込み、その腹を割いた。その日、それまで侠気を褒めそやされた者の多くが卑劣漢となり、語られなかった多くの者の多くの行いが讃えられた。

最後は、起きるべきことが起きた。「アレッツォ軍が敗れたのは、怯懦や士気の低さのせいではなく、圧倒的な兵力差によるものだった。彼らは追われ、殺された。戦場慣れしていたフィレンツェ軍は相手の命を奪った。農民らもまた、容赦はなかった」。戦場での行動の法則。プロではない戦闘員の大半は、敵を敗走させることができればよしとする。しかし、敵が逃げたときの対処法を知っている兵士、つまり傭兵は（「戦場慣れしていた」）、敵を追撃して殺戮した。その地域の農民たちも、兵士が逃げ込んでくれれば同じことをした。彼らにしてみれば、犠牲者から身ぐるみを剝いで小金稼ぎをするチャンスであったことがほのめかされているのは言うまでもない。

昼間、空を覆っていた雲の正体が砂埃だけではなかったことは、ダンテの記憶にもあった。『煉獄篇』第五歌では、その日カンパルディーノで殺された敵の隊長の一人、ブオンコンテ・ダ・モンテフェルトロが自らの死因を語っている。ブオンコンテの死に場所がわからないため、ダンテは彼の身に何が起こったのかを知りたがる。すると死者は、自分が喉を刺された状態で、力尽きるまで山中をさまよっていたことを回想する。そして、その日の午後、夏の暑さで湿度が上がり、日が沈むと同時にプラトマーニョからアペニン山脈の連山までの一帯が霧に包まれたことを思い出す。すると嵐が吹き荒れ、激流が一瞬にして増水し、すでに冷たくなったブオンコンテの亡骸をアルノ川に流し去った。それが行方不明の原因だった。

それにしても本書はなぜ、この記念すべき日から書き起こされたのだろうか。実は、ダンテとは何者かを語るためには、ダンテの社会的立場を真っ先に問題にしなければならないのだ。もしカンパルディーノの平原に並んでいたのが、フランスやドイツなどの外国の軍隊だったならば、当然一人か二人の従者の助けを借りて武装する——つまり、鎖帷子を身につけ、剣を帯びてから、馬に乗り、大兜をかぶる用意をし、最後に一族の色をあしらった楯を左腕に構える——若者の姿を目にしただけで、まずまちがいなく、その若者の地位がわかっただろう。実際、イタリア以外の国では、馬に乗って戦う者はすべて貴族、つまり、土地と農民、領主権、武勇と同胞意識と忠誠心からなる騎士道精神を父から子へ受け継いだ一族の一員だった。せいぜい疑問として残るのは、その若者が、フランスでは「長者(リ・リシュ・オム)」と呼ばれ、互いに親族関係によって結ばれた君主や城主の狭い輪の中の一員なのか、それとも彼らに仕える騎士なのかといった点くらいである。しかも、そうした疑問もすぐに氷解しただろう。というのも、本物の長者なら、今なら高級車に匹敵するような値の張る馬を持ち、戦いに際しては、自分の従者に対する目印として槍に旗をくくりつけていたからである。しかし、いずれにしても彼らは、法律上は貴族だけに許された、あるいはそのように求められた儀式によって叙任された騎士であり、したがって、彼らは領主（ドミニ）、あるいは少なくとも「小領主（ドミチェッリ）」だった。その呼称が用いられるようになったのは、その頃から騎士叙任式に要する費用が法外なものとなり、一族の当主の多くが息子たち全員に騎士の装備をさせることができなくなっていたという事情による。

だが、イタリアではもっと話がややこしくなる。たしかにイタリアの都市国家においても、軍隊は馬に乗って戦う騎兵（ミリテス）と徒歩（かち）で戦う歩兵（ペディテス）とに分かれていた。また、イタリアでも、騎士の叙任は賞賛と尊敬の的、特権の対象となっており、その中にはドミヌス、俗語でメッセレと呼ばれる権利も含まれていた。現代のフィクションではこの呼称を使い過ぎているが、本来は騎士、法律家、高位聖職者だけに許されるものだった。騎士、法律家、高位聖職者だけに許されたこの呼称を使い過ぎているのだが。したがって、ダンテのことをよく知るフィレンツェでは、ダンテに面と向かって「メッセル・ダンテ」などと呼ぶ人間はいなかっただろう。サッケッティの小話の中では、一人のジェノヴァ人がダンテの詩人としての名声に度肝を抜かれて、「メッセル・ダンテ」と呼び掛けるのではあるが。しかし、イタリアには騎士道を特定の家系の成員にだけ適用することを法でさだめる王がいなかったため、法的な限定を受けた貴族階級が生まれることがなかった。フィレンツェでは、裕福な家庭に生まれ、大金を使うことができる者なら誰でも、叙任の費用を払って正式な騎士になることができた。彼らは「叙任騎士」、カヴァリエーレ・ディ・コッレードと呼ばれた。一方、お金はあってもそうした使い方をするつもりのない者は、都市国家の政府から軍馬を提供するように求められることがあり、その場合には自分で馬に乗ることを選ぶのが常だった。戦さの当日、ダンテも加わっていた「馬持ち市民」がそれである。彼らは他の騎士と同様に武装して馬に乗った。資料の中では、彼らも総称して「騎兵」またはミリテスと呼ばれているが、本物の騎士は戦場では一段格上の存在であることは誰もが心得ていた。だからこそ彼らは騎士という役割により溶け込み、通常は最高の駿馬を用意していた。

したがって、馬に乗り、兜を下ろしてから、槍を手に最前列の騎兵たちに合流したダンテの姿、敵が突進してきて、数分後には衝突が起きることを悟ったダンテの恐怖の刹那の姿を見たとしても、彼が都市社会の上層階級に属していたことはわかるが、貴族であったかどうかまではわからない。ダンテ研究家たちをしばしば悩ませるこの問いについても、理解しておく必要がある。この当時は、のちの旧体制（アンシャン・レジーム）時代に見られるような、法的な意味での貴族は存在していなかった。貴族の登録簿もなければ、紋章の使用が許された一族の名簿もなかった。貴族の血筋を証明する裁判もなければ、貴族であることを示す公正証書もなかった（これらはいずれも、後の世紀になると、貴族階級の境界線の線引きを多少なりとも容易にする手がかりとなっていく）。しかし、当時においても、裕福な人々は、自分は成り上がり者（パルヴニュ）ではなく、先祖がいて、一族（ジェンス）がいる、したがって高貴（ジェンティーレ）なのだと人に思われたがった。ちなみにこの言葉は、俗語ではノービレよりもはるかに広く用いられていた。彼らは前世紀から生き残ってきた「封建」貴族の後継者ではなく、都市貴族であり、世代を重ね、古さを誇れるようになるにつれ、貴族的な偏見を誇示するようになる傾向があった。グィニッツェッリの有名な歌の中で、「血筋において自分は高貴だ」と胸を張る「誇り高き男（オモ・アルテル）」は、過去の遺物ではなく、逆にイタリアの都市国家のめざましい経済成長の産物であった。しかし、自らをメッセレと名乗る叙任騎士たちのすべてが、すでにバルバロッサの時代に都市国家で行政長官を務めた一族の子孫といった意味での貴族というわけではなかった。彼らの中には、先に紹介したヴィエーリ・デ・チェルキのように、フィレンツェで最も裕福な銀行家でありながら、その一族は田舎から移住してきてまだ日が浅いことを誰もが覚えているようなにわか成金もいたし、当然ながら、騎兵に徴用された一般市民の中にも新しい階層の人間が大勢いた。最後に、ダンテが一五〇人の「戦場きってのフェディトーリ」の一人に選ばれたという事実から、ダンテの社会的地位について何がわかるだろう。立派な武具を整え、良馬を持っていたこと、そこから推してかなり裕福だったこと、さらに、若くて頑健、鍛錬された体の持ち主だったことはわかるものの、彼の家系が代々富と権力を握っていた貴族（ジェンティーレ）なのか、それとものし上がったばかりなのかまではわからない。

この点については、見逃すことのできないポイントが一つある。戦いの準備の一環として、隊長たちは重騎兵として出征する一定数の若者たちの騎士叙任を行った。これは、伝統的な叙任式にかかる出費を先送りするための名誉ある方策であると同時に、何よりもフィレンツェ軍により大きな攻撃力を与えるためのものだった。なぜならこうした「新米騎士」は、一族に泥を塗らないように全力を尽くすだろうと推測されるからである。ダンテもそのことをよくわかっており、重騎兵として出征する者は何か特別な武勲を立てずにこの日が過ぎてしまうことに耐えられないと記した。コンパーニは、この手続きと、その日の戦いが特に激しかったこととを当たり前のように結びつけている。「戦いはきわめて壮絶過酷なもので、双方の陣営で新米の騎士たちが戦った」。ヴィッラーニによれば、一五〇人のフィレンツェのフェディトーリのうち、じつに二〇人が「新米騎士」だった。彼らはフィレンツェを代表し、すでに騎士たちを輩出している家柄に属し、帰還後は、ためらうことなく新しい階層を経済的に支えることになるものと推測される。しかしながら、ダンテはその中に選ばれなかった。

もし、あの日の朝、彼が騎士として出兵していたなら、彼の運命は変わっていただろうし、私たちもおそらく『神曲』という作品を持つことはなかっただろう。

2 ダンテと高貴さ

結局のところ、ダンテは貴族か、否か？　この問いに答えるのは容易ではない。なにしろ貴族という概念自体に正確な定義がないからだ。一四世紀最大の法学者バルトールス・デ・サクソフェラートは、「貴族(ノービレ)という言葉は曖昧である」と率直に述べている。そもそも貴族とは、確認や検証が可能な法的地位ではなく、一般的には、家柄の古さやその町で得られている敬意と結びついており、その二つは別物であることを、前章で明らかにしておいた。先祖を誇りにしていても、もはや一文無しとなった家は、憐れみや嘲笑の対象にすぎなかった。フィレンツェの人々がアリギエーリ家をどう思っていたかを示す証拠はないが、ダンテがアリギエーリ家をどう思っていたかはわかっている。彼にとってアリギエーリ家は、フィレンツェ社会の中での自分の地位や親友たちとの関係を左右する、きわめて重要な問題だった。そこで、本章はこの点から話を進めていこう。

『地獄篇』第一〇歌で、ダンテがフィレンツェで最も古く誇り高い貴族とされていたウベルティ家の代表者と出会ったとき、ダンテを知らない相手は、まっさきに彼がどんな祖先を持っているかを尋ねた。「お前の先祖には誰がいる？」（『地獄篇』第一〇歌四二行）。フィレンツェ人の誰もが、見知らぬ人に会ったらまずこの質問をしたかどうかはともかくとして、貴族、より正確には「高貴な人々(ジェンティリ・ウオーミニ)」にとって、社会は自分たちのように先祖を持つ者とそれ以外の者とに分かれていたことは明らかである。

誤解のないように言っておくが、こうした自負心が育つには、「きわめて」古い家柄である必要はなかった。一三世紀のイタリアの都市で貴族とみなされていた家系は、ほとんどの場合、一一世紀末から一二世紀前半に生きた同名の祖先にまで遡ることができる。たとえば、ドナーティ家と並ぶ、フィレンツェで最も古い家柄の一つであるウベルティ家は、カウシディクスすなわち法律の専門家だったウベルト・ディ・ベンゾーネを祖先としており、一〇八五年から一〇九八年までの記録が残されている。結局、彼らもまた、財をなした後に騎士道精神にのっとった生き方を選び取った都市民だった。しかし、数世代後にはそのことを忘れ、自分たちの方がずっと古い家柄だと思い込むようになった（ヴィッラーニはウベルティ家がカティリナ〔ルキウス・セルギウス・カティリナ。カティリナの隠謀で知られる共和政ローマの政務官〕の子孫であるという噂に触れている）。そして、今になってようやく同じ道を歩んでいる人間に対して見くだす権利があると思っていた。

では、ダンテもそうした偏見を共有していたのだろうか。フィレンツェの道徳的堕落の一因とみなした「新参者とにわか成金」（『地獄篇』第一六歌七三行）を、彼が尊大な口ぶりで非難したことを覚えている者なら即座に、然りと答えるだろう。ダンテは当時としては巨大都市（一〇万人の人口はヨーロッパ最大級）で生まれ、三五歳までそこで過ごした。フィレンツェ商人はキリスト教世界のすべての都市で活動し、銀行家は教皇庁、すなわち世界最大の多国籍組織の財政を管理していた。利益は際限なくふくれあがり、またたくまに財が築かれ、社会的流動性はどこよりも高まった。しかし、フィレンツェ市民の間では貪欲、妬み、不安が、収まるどころかますます凶暴化し、共存共栄の精神を蝕んでいった。そうした商売をよそに、書物に没頭し、自らの収入でつつましく暮らしていたダンテのような人々が、この町の主人公たちを見くだしていたのも無理はない。しかし、問題はもっと複雑であり、貴族であること、すなわち先祖を持つことの重要性について、ダンテがその生涯に表明した考えは互いに矛盾を抱えていた。それらは表明した時点によって異なるため、彼の貴族観が進化したかに見えるほどであり、しかも、この問題を理論として扱っているのか、それとも具体的に自分や家族のこととして語っているかによって、違いはさらに大きくなった。

フィレンツェ市政に参加していた数年間に『新生』という詩を書き、その数年後にはすでに亡命していたダンテは、『饗宴』第四巻で次のような意見を述べている。血統による貴族は存在しない。貴族であるとは、徳、信心、慈悲、気概の素質を持って生まれてくることであり、それは一族にではなく、一族の成員一人ひとりに与えられるものであると。これは、使い古され、すり切れた常套表現のバリエーションであるが、高貴さを徳と見るのではなく、気高く振る舞う生来の気質と見たところに大きな工夫がある。高貴さについては、古代には特にアリストテレス、セネカ、ユウェナリス、ボエティウスらによって広く論じられたが、その後、プロヴァンスのトルバドゥールたちや、「真の高貴さ（ノビリタス）」とは何かを問う無数のモラリストたちによって再び取りあげられ、さまざまな学派でも議論された。ダンテの師ブルネット・ラティーニも関心を示し、グィニッツェッリは前述の詩「気高き心に」でこの問題に立ち戻った。グィニッツェッリ同様、ダンテもこれが文人の仲間内での議論であることをよく承知していた。つまり、理性を用いずに「吠える」平民にとって、貴族とは先祖代々裕福な家に属することであり、徳とは無関係である。

指摘しておきたいのは、ローマ帝国最後の皇帝であるシュヴァーベンのフリードリヒ（…）が、高貴さとは何かと問われ、先祖代々の富と佳き作法だと答えている点である。一方、世の中には思慮の浅い者もおり、そうした人間は、この定義をあらゆる方向からつつき回したあげくに、後半部分、すなわち佳き作法を捨て、前半部分、すなわち先祖代々の富だけを残した。皇帝の定義に疑義をさしはさむ者は、おそらく自分は佳き作法を持ち合わせていないのに、貴族の称号を失いたくないがために、自分に都合のいいような解釈をほどこし、先祖代々の富だと再定義するわけである。しかも、こうした考えをほぼすべての人間が共有するのは、この人間の考えにならい、昔から裕福な家の子孫であるという理由でその人間を貴族だとする輩が跡を絶たないことからもわかるが、それというのも、ほとんどの人々がそのように吠えるためなのである。(『饗宴』第四巻三章六―八節)

これが世間一般の考えであることを、ダンテはこの章の少し後でも念押しする。

つまり、私が言いたいのは、最後に述べた庶民たちの考えはすでに深く根づいており、貴紳の息子や孫であれば誰でも、たとえ本人は取るに足りない人間であっても、何の顧慮もなく、いかなる理性による検討もなしに、貴族と呼ばれるほどだということである。(『饗宴』第四巻七章二節)

ところがダンテは、さらに論を進め、民衆にとっては家系の古さもさほど重要ではないと言い出す。富と権力、良い縁戚関係を持つ者が高貴/貴族なのだと。

なぜなら彼らは、高貴な結婚による縁戚関係ができたり、立派な屋敷や広い土地を持っていたり、強大な領主権を握っているのを見ると、これらが高貴さの源であると考え、実際に高貴さの本質であると考えるからである。(『饗宴』第四巻八章九節)

ダンテがこうした議論の混乱に少なからず悩まされていることは明らかだが、高貴さを祖先と結びつける意見には彼は与したくなかった。実際、この後で彼は、高貴さは時間に左右されるものではないという事実について、明らかに現実ばなれをした議論を展開する。つまり、ある時点で高貴さが始まるなどということは、貴族ではない人間が貴族になるようなもので、ありえない。ましてや、貴族であるかどうかが、ある家族がさもない出自であることを人々が歳月の経過とともに忘れてしまうかどうかで決まるなど、ますますもってありえない。もし「先祖の地位の低さが忘れられた時点で高貴さが始まる」というのが本当だとしたら、「人は忘れられれば忘れられるほど、早く高貴になる」(『饗宴』第四巻一四章五―八節)という非現実的な結果になる。だが、この議論の展開にあまり説得力がないのは、非現実的どころか、そうしたことが現実に起きるのを我々が知っているからである。そうした論をあえて進めるにあたって、ダンテはある食い違いを利用しているのだ。当時の言語習慣では、高貴さ(ノビルタ)という言葉が社会的な意味で使われることはかなり稀で、血統によって高貴な者の優越性を示すには、より限定的な「ジェンティレッツァ」という言葉が用いられていた。ダンテは一方で、自分が言う高貴さとは、卓越しようとしたり、他に秀でようとしたりする性向という、言語習慣に則した、まさに一般的な意味においてであると主張する。

もし一般的な話し方の習慣を尊重したいのであれば、この「高貴さ（ノビリターデ）」という語彙は、それぞれの物事における自分自身の性質の完璧さを意味する。したがってそれは人間だけでなく、すべてのものにあてはめることができる。人は石を高貴と呼び、植物を高貴と呼び、馬を高貴と呼び、鷹を高貴と呼ぶからである。（『饗宴』第四巻一六章四－五節）

ところが、別の箇所では、二つの言葉、二つの概念をダンテは区別しようとしない。「高貴さ（ジェンティレッツァ）または真の高貴さ（ノビリターデ）、これらは同じことを意味しているが」（『饗宴』第四巻一四章八節）世間で理解されている高貴さと、モラリストが考える高貴さとの食い違いを利用して、二つが同じものであるかのように装い、いかなる場合でも高貴さは祖先の記憶とは関係がないと結論づける。そしてグィニッツェッリの歌を引用して、彼に同調する。「高貴さとは、徳を求める稟質（ひんしつ）であり、この佳き稟質の種は、神によって、血統にではなく、一人ひとりに蒔かれる。したがってフィレンツェのウベルティ家の者にせよ、メラーノのヴィスコンティ家の者にせよ、『このような血統だから、私は高貴だ』などと言ってはならない。神の種は、血統、すなわち一族の中に蒔かれるのではなく、一人ひとりの中に蒔かれるのだから」（『饗宴』第四巻二〇章五節）。

おわかりのとおり、じつに思い切った発言である。『新生』や『饗宴』のダンテは、血統による高貴さを確信をもって否定している。こうなると、これほど極端な立場になぜダンテが身を置くにいたったのか、その理由について考えてみる誘惑には抗いがたい。自分の家族が、人々が賞賛したり、高貴だと考えたりするような家族ではないことを、ダンテ自身がよくわかっていたからだろうか。それとも、グイード・カヴァルカンティやフォレーゼ・ドナーティといった高貴な親友たちとソネットのやりとりをしたり、来賓のほとんどが高貴な名字を持つような宴席に出席したりする権利を是が非でも守らなければならなかったからだろうか。あるいは、ダンテがかなりの要職につき、貴族（ノビレス）の血統に対して不信感をあらわにしていた平民政府をめぐる当時の政治状況の影響があるのだろうか。最後に挙げた理由は、一見すると最も自然な動機のように思えるが、実際には最も可能性が低い。というのも、ダンテは『饗宴』の中で、名家の個々の成員は、徳を積む稟質をおそらく一介の靴直しよりも多く備えている可能性をまったく排除していないからである。それどころか、ある家では高貴な個人の数が他の家よりも多いことを認める箇所があり、血統による高貴さとまではいかないにしても、家の高貴さという考え方にダンテが向かう端緒をそこに見て取ることができる。

　確実に言えるのは、これまでの論者が度を越えて持ち出してきたような、貴族のイデオロギーへのブルジョワジーの対抗心を、ここに見出す根拠は何もないということである。そうした論者たちはことあるごとに、イタリアの都市社会は、ブルジョワジーの理想や徳の力によって、貴族社会や騎士道のイデオロギーを克服したと唱えてきた。しかし、そうしたイデオロギーが、都市国家の政治的覇権を貴族と争っていたときでも、都市のエリート階層を魅了し続けたことは、あらゆる点で明白であり、ダンテもまた魅了された一人であったことは疑いない。しかし、『新生』の執筆に明確な政治的・時事的意図を見出そうとする、手の込んだ解釈は、説得力があるものとは到底私には思えない。そうした解釈においては、ダンテは高貴さという概念の「再定義と再論議」を求めて、反豪族（マニャーティ）の法制度に異議を唱え、それによって「平民（ポポロ）と豪族（マニャーティ）の間の仲介」を果たしたことになる。亡命のさなかにあったダンテが、『饗宴』の中で『新生』にコメントをつけて、数年前に表明した理論的立場を逐一確認したいと思ったとしたら、それはそうした理論的立場がその当時の政治状況を正確に反映したものだからではなく、彼の実存的な状況を反映したものだからである。つまりそれは、精神的にはエリート層に属していると感じてはいても、自分の親族をさほど誇りに思っていない若者の状況であり、それ以上に、血統による高貴さを主張しても何の得にもならない時代に政治に参加していたという状況である。

しかし、ハインリヒ七世の時代よりも後に執筆された『帝政論』では、論調が多少変わり、先祖が再びクローズアップされる。そのあたりを翻訳してみよう。

人間が高貴であるのは、自分自身と祖先の両方の徳のおかげである。実際、アリストテレスが『政治学』で説明したように、高貴さは徳と先祖代々の富から成り立っている。そして、ユウェナリスが言うように、「魂の高貴さは徳のみである」。この二つの文章は、自分自身の高貴さと祖先の高貴さという二つの高貴さについて述べたものである。

（祖先（アンテナーティ）と訳したものの、ダンテだったらファリナータ・デリ・ウベルティ同様、祖先（マッジョーリ）と言っただろう）

このように、『饗宴』ではフリードリヒ二世のものとされる高貴さの定義が戻ってくるのだが、おそらく『政治学』を読んだばかりのダンテはさらに、正しくも、アリストテレスにまで遡る。しかし、前作『饗宴』では、第二の要素である「先祖代々の富」の重要性を否定し、徳という稟質は厳密には個人的なものであるから、人間は先祖から高貴さを受け継ぐことはできないと断言するところまで推論が展開されていたが、『帝政論』での結論はかなり異なっている。すなわち、人が高貴になるには二つの方法がある。自分が高貴であるからか、祖先（マッジョーリ）が高貴であったからかである。後者の高貴さは、言ってみれば間接的に継承され、権利を与えることになる。「したがって貴族は、正当な理由があって、優先権を持っていることになる」。

そしてダンテは、この『帝政論』の中でアエネイスの人間性を顕彰することに関心を持っているが、帝国の創始者は自分の徳と祖先の徳の両方によって高貴であり、さらに名誉ある結婚によって高貴さを得たと結論づける。「自身の徳だけでなく、祖先や妻の徳にも基づいており、一方の高貴さと他方の高貴さとが、継承権によって彼の中に流れ込んだ」。

ダンテはこれまでは、自分の個人的な事例を少なくとも表立っては持ち出さずに高貴さを論じてきた。しかし、『神曲』では、高貴さという主題を取り上げるときには、彼自身、彼の家族、先祖が前面に出される。ファリナータとの出会いはその最初の例であるが、ダンテが高貴さを論じるために利用したと言うことはできない。他の著作では自分の直接の言葉を引用することが多いダンテが、ここではファリナータに何と答えたかを語ろうとしない。その答えが高慢な相手を満足させたこと、ファリナータがダンテの先祖をよく知っていることをほのめかしただけである。疑う余地はあるものの、解決はされそうにない問題である。

さらに数年後、『天国篇』の創作に没頭しながらダンテは、自分の祖先、ひいては自身の高貴さ／貴族性の問題に立ち返ることを決意する。自分が高貴／貴族であると主張するには、昔に名を馳せた人の子孫であると公言する手もあるし、もっと良いのは、自分の家系にはすでに騎士がいたと告白することである。だが、こうした騎士としての高貴さを誇るのは、慎重さを要するやり方である。というのも、ダンテは騎士ではなかったからだ。カンパルディーノでは、決戦の朝、フェディトーリとして彼と共に並んでいた他の若者が騎士の武装をしていたのが見られたが、ダンテはそうではなかった。一方、追放される前にダンテが積極的に関わった人民政府は、黒派ではなく白派に与しており、騎士を輩出した家は人民の敵であり、その成員は政府の主要組織に関与してはならないとした。しかし、この制裁は現実に即して柔軟に運用されたため、適用されたのは過去二〇年間に家族の中に騎士がいた人間のみだった。フィレンツェの民衆は、かつては名家であったものの、とうの昔に恐れを抱かせる存在ではなくなっていた家については、放っておくだけの度量があった。騎士ではなく、父や祖父、曾祖父が騎士だったとも主張できないダンテは、高祖父のカッチャグイーダについて話すことにした。

ダンテが『天国篇』第一五歌を書いていた頃は、『饗宴』から長い年月が経ち、彼の人生も大きく変わっていた。庶民が持ち上げる、血統による高貴さをあざ笑うモラリストに便乗することはもうしたくない。ロマーニャやマルカの宮廷では、もはや廃れた論調だった。したがって、カッチャグイーダの口を借りて、自分の家柄も古く、一〇〇年以上の歴史を持っていると宣言することにダンテは何らためらいをもたない。

おお、わが葉よ、お前を待つだけでも
私は嬉しかった。私はお前の根なのだから（…）
（…）お前の姓を名乗る者は、百年以上も前から、
この山の最初の環道を巡り歩いているが、
あれが私の子であり、お前の曾祖父だ。

要するに、アリギエーリ家は四代前からアリギエーリを名乗っており、その名を残してくれた先祖は一〇〇年以上も前に亡くなっていた。だが、それだけではない。それ以前において、曾祖父の父であるカッチャグイーダは騎士であり、それどころか、功績が認められて皇帝から直接任命されるという、考えられる限りで最も名誉な形で騎士になった人物なのである。

その後、私は皇帝クッラード［コンラート三世］に仕え、
皇帝は私に騎士の帯を授けて下さったが、
それは私の武勲を嘉してのことだった。

バルバロッサの一代前の皇帝であるコンラート三世は、一一四六年から一一四八年にかけて行われた第二回十字軍に参加したが、カッチャグイーダは自分が皇帝に付き従って参戦し、異教徒と戦って死んだことを告白する。この殉教の後光が、ダンテの高祖父の理想化された肖像画に最後の仕上げをほどこした。この説明がダンテの創作にすぎず、たぶん夢でも見たあとの思い込みだったとしても何ら不思議はないものの、子供の頃に家で聞かされていた話である可能性の方が高いだろう。フィレンツェには、一一世紀に生きたもう一人の皇帝、コンラート二世の伝説的な記憶が刻みこまれていた。ヴィッラーニによれば、彼はフィレンツェでの滞在を楽しみ、さまざまな形でフィレンツェに貢献し、とりわけ、「フィレンツェの少なからぬ市民を自らの手で騎士に叙任し、騎士たちは皇帝に仕えた」。となれば、こうしたフィレンツェの町の伝統とダンテの家のプライベートな伝統との間に関連性がないう方がむしろ不思議だろう。そして、最後に挙げられる問題が、二人のコンラートがいたことで、実

際、ダンテの息子をはじめ、当時の注釈者たちは、二人のコンラートを始終混同していたという。いずれにしても、本当に大切なのは、アリギエーリ家にも騎士がいたと言えることである。当時の文人たちはそのことをよく理解していた。その証拠に、一四世紀の注釈者たちやその後のレオナルド・ブルーニは、カッチャグイーダに言及するときには、常に「カッチャグイーダ殿（メッセル）」と敬称をつけて呼ぶ気遣いを示している。ダンテが自分は貴族であると公言できたのは、このメッセルという呼び名のおかげである。フィレンツェで平民政府の評議会の席に座っていたときには思いもよらなかった口実ではあるが、騎士でもあったカングランデ・デッラ・スカーラ公の客人としてヴェローナに暮らした人間としては、十二分に申し開きができる。

そして、外から自分を眺め、自分の弱さを笑うという、ダンテならではの非凡な詩句が続く。自分の血統による高貴さを誇示することは自分の弱さにほかならない。『饗宴』を書き上げ、グィニッツェッリを崇拝した者としては、そのことを忘れることはなかった。しかし、それはすべての人に共通する弱さである以上、笑い飛ばせても、怒ることはできない。それが世の常なのだから。しかも、善と正義に反するものは存在し得ない天国で、作者が自らに許した弱さは、もはや弱さとはいえない。

ああ、取るに足らない、血統による高貴さよ。
情がしおれるこの下界で、
人々がお前を讃えようとも、
私はそれを異とはすまい。
なぜなら欲望が道を外すことのない天上にあってもなお、

私は血統を誇りに思ったのだから。
(『天国篇』第一六歌一―六行)

そう告白した後でダンテは、以前、執筆を中断した『饗宴』ではなく、『帝政論』の中で述べた意見を再び取りあげるという贅沢を自分に許す。そして、祖先から受け継いだ高貴さは、時が経つにつれて増すものではなく、日々新たな徳行を加えてたえず強化し続けていかなければ、溶けて無くなってしまうと説く。

たしかにお前は、すぐに縮んでしまうマントのようなもの。
だから日々、何かを継ぎ足していかないと、
時が鋏でまわりを刈り込んでしまう。
(『天国篇』第一六歌七―九行)

――「鋏で」とは、つまり、そのマントを短くして、無くしてしまうことを意味する。

3 カッチャグイーダとその他の人々

1 アダーモの息子（フィリス・アダーミ）カッチャグイーダ

これが、ダンテがアリギエーリ家の創始者について知っていたと思っていたことである。私たちにそれ以上わかることがあるだろうか。フィレンツェ国立公文書館に保管されている羊皮紙には、一一三一年四月二八日、ジェラルド・ディ・ベンゾーネとその妻ガスディア・ディ・ジェネスーロが、フィレンツェ中心部のバディア・フィオレンティーナ修道院の隣にある土地付きの家を、甥であるブロダリオ・ディ・ロドルフォに貸したことが証明されている。そしてこの契約を証明する証人の中に、アダーモの息子カッチャグイーダの名がある。彼がダンテの高祖父にあたる人物なのか。そうだとしたら日付も合う。確証はもちろんないが、当時のフィレンツェ人が命名に関しては相当型破りだったことを踏まえても、この名前は相当に珍しいので、同一人物だといいたくなる。その場合、ダンテが知らなかったらしい彼の高祖父の父アダーモの名前も判明したことになる。バディア地区は、後にアリギエーリ一家が住むことになる場所であり、これも有力な論拠の一つとなっている。そして興味深いのは、ジェラルドが同じくこの地に根づいていたウベルティ家の祖先であるウベルト判事の弟であった点である。つまり、カッチャグイーダはフィレンツェの市民社会の上層部と付き合いがあったわけである。

この資料にはカッチャグイーダが騎士だったとは書かれていないが、ダンテがその点について気をもむことはなかっただろう。というのもダンテの想像では、高祖父は何年も後の十字軍遠征の際に、皇帝から騎士として叙任されていたからである。しかし、実はダンテは――タイミングとしてはここで指摘しておくべきだろう――カッチャグイーダの頃のフィレンツェにおいて貴族であること、あるいは騎士であることが何を意味するのかについて、明確な考えをまったく持っていなかった。ダンテが適用する基準は、ダンテの時代のものである。騎士になることは、豪華な儀式で叙任されたことを意味し、一部のエリートだけが享受できる名誉だった。ヴィッラーニによれば、豪族（マニャーティ）と平民（ポポロ）が衝突していた時代、つまりダンテの青年時代、フィレンツェには約三〇〇人の「叙任騎士（カヴァリエーリ・ディ・コッレード）」がいたという。また、騎士には普段の生活の中で常に誇示を行うことが義務づけられ、市民が支配者となって以降の政治的逆風もあいまって、家族全体の暮らしぶりに影響が及ぶ。しかし、一二世紀のフィレンツェでは、叙任式はまだ知られておらず、武器や馬を調達し、その使用訓練を行うことができる市民は、すべて騎士（ミリテス）とみなされていた。ただし、アダーモの息子カッチャグイーダがその一人であったかどうかは、この文書からは推し量れない。

この文書に限らず、他のどの文書にも、家族の伝承の中でダンテが信じるにいたったことが事実であると証明するものは見当たらない。すなわち、カッチャグイーダがロンバルディアの女性と結婚し（「私の妻はポーの谷間から嫁いできた」）、彼女とともにアラギエーリの名が家に入り、それが相続人の姓として残ることになった（「それでその姓がお前の姓となったのだ」）という発言の真偽である。また、ダンテが『天国篇』第一五歌でカッチャグイーダに言わせたように、彼の兄弟がモロント、エリゼオと呼ばれていたかどうかについても確認されていない。はっきりさせておきたいのは、こうした名がたしかに一二世紀に存在していたという点と、エリゼイあるいはアリゼイはダンテの時代の豪族の家柄であるが、古くからの血縁関係があることを示す文書の証拠はないという点である。ある種の情報は創作できないという信念のもとで、家族の記憶を信じるか、それとも、周知のように、これだけ時代が離れると記憶が途方もない創作力を発揮する場合があることを念頭に、そうした記憶を無視するかどうかは、あくまでも個人の判断に委ねられる。

2　曾祖父アラギエーリ

ダンテの先祖に関する別の文書が、当時のフィレンツェの歴史を知るうえで最も豊富な情報源であるバディアの古文書館から出てくるまでには、五八年の歳月を要した。一一八九年一二月九日、「カッチャグイーダの息子であるプレイテニットとアラギエーリ兄弟」、つまりカッチャグイーダの息子たちは、サン・マルティーノ・デル・ヴェスコヴォ教会の司祭に対して、教会の壁を傷つけるおそれがある、彼らの所有するイチジクの木を伐採することを約束した。教会はバディアからも、現在ダンテの家とされている家からも、わずかな距離にある。アラギエーリはダンテの曾祖父であり、一族の名前の由来となる祖先でもある。プレイテニットの名については、いくらフィレンツェの人々が変わった名前を好むといっても、ダンテの家族の趣味は他に類をみないと言わざるをえない。では、イチジクの木の件は？　当時も隣人同士のいさかいは絶えなかった。同年、サン・マルティーノ教会のトロメーオ司祭は、当時すでに権力と名声を持ち、同じ地域に住んでいたドナーティ家との争いに巻き込まれた。近年こうした係争を研究しているエンリーコ・ファイーニによれば、アラギエーリもかなり高い社会的地位にあったと結論づけるには充分である。

だが、本当にそうなのだろうか。これ以外にアラギエーリが登場する唯一の文書は一二〇一年八月一四日付のもので、こちらはフィレンツェ市政に関する公的文書である。すなわち、メッセル・パガネッロ・ダ・ポルカーリ執政長官（ポデスタ）の二人の評議員（コンシリエーレ）が、「カッチャグイーダの子息アラギエーリおよびその子息＊＊＊」の立ち会いのもと、ヴェネツィア共和国の使節と和解書を締結したが、その目的はわかっていない。この文書は一五年後に作成された写しで、アスタリスクは公証人がアラギエーリの息子の名前を読み取れなかったことを意味しているが、このこと自体はさほど驚くことではない。どう読むかなど誰が気にするだろう！　いずれにしても、アラギエーリがこの文書作成に立ち会ったということは、彼がたしかにそれなりの地位にある人物であったことを裏づけているとみてよいだろう。だが、フィレンツェ市の執政官（コンソリ）に選ばれ、政府のあらゆる役職を分配していた全部で五〇家ほどの選り抜き貴族集団には、彼は属していなかった。まちがいなく当時のフィレンツェを最も良く知る研究者であるファイーニは、このわずかな文書からダンテの祖先の社会的立場についての手がかりを引き出そうとしたわけだが、彼が以前にフィレンツェの支配者集団について詳細な分析を行った際に、カッチャグイーダとアラギエーリのどちらにも言及するだけの論拠を見出せなかった点は無視できない。

しかし、ダンテが曾祖父の口を通して語った、きわめて曖昧ないくつかの示唆をもとに、アラギエーリが重要な結婚をして、当時のフィレンツェで最も影響力のある人物の一人と親戚になったという仮説を立てることができる。ダンテが呼ぶところの「ベッリンチョーネ・ディ・ベルタ」あるいは

「ベッリンチョン・ベルティ」は、一一七六年にフィレンツェとシエナの間で結ばれた協定の筆頭証人であり、『天国篇』第一五歌でカッチャグイーダが敬意を込めて引き合いに出した人物である。一方、アラギエーリの息子で唯一名前がわかっている男の名がまさにベッリンチョーネなのである。彼はダンテの祖父であり、一族の中で比較的まとまった資料が残っている最初の人物である。ただ、この名前は珍しいものではなく、これだけでは仮説の論拠とするには不足であろう。しかし、アラギエーリと同世代で、少なくともドナーティとアディマーリという名家の一員が、それぞれ最初の子供をベッリンチョーネと名づけていたという事実がある。ダンテはカッチャグイーダの口を借りて、彼らがそうしたのは、二人ともベッリンチョーネ・ベルティの義理の息子だったからだと思わせようとする。また、他の箇所では、「高貴なベッリンチョーネ」から名前を取った者はみな同じ一族の一員であることをさりげなく記している。これはつまり、祖父のベッリンチョーネも同じ理由で母方の祖父の名前をつけたと言いたいのだろうか。有力な反論としては、もしアラギエーリが本当にベッリンチョーネ・ベルティの娘と結婚していたのならば、ダンテはそのことをあれほど口を濁すことなく、もっと明確に言い切ったであろうという指摘がある。彼の息子で、『神曲』の初期の注釈者の一人であるメッセル・ピエーロは、『神曲』の記述どおりであると確信していたが、それだけでは我々の疑念を払拭することはできない。彼もまた、遠い昔に結ばれた格式ある血縁関係が誇りの源であることがよくわかっていたからである。

3　祖父ベッリンチョーネと息子たち

知られるとおり、アラギエーリは一二〇一年にはまだ生きていたのに、ダンテがカッチャグイーダに一〇〇年以上も前に死んだと言わせたことに、研究者たちは驚きを隠せなかった。だが、その驚きは的外れである。当たり前のことだが、ダンテは曾祖父が何年に亡くなったのか、正確には知らなかった。当時、家族の記憶は必ずしも我々のものより強固ではなかった。ダンテと同時代に活躍した有名な説教師ジョルダーノ・ダ・ピーサは、ある説教の中で、人々が亡くなった先祖に対して憐れみの情（ピエタス）をほとんど持っていないように思えると嘆いた。「今の人は誰一人、自分の五代前の祖先はおろか、三代前の祖先、いや不摂生な曾祖父のことすら忘れている」。

次の世代、つまり祖父のベッリンチョーネの時代になると、ダンテが作品の中でまったく触れていなくても、資料の数が増え始める。アラギエーリの息子ベッリンチョーネは、一二三二年から一二七〇年までの間に、四〇以上の公文書の中で言及されている。これは同世代のフィレンツェ人としては多く、彼がある程度重要な人物であったことを裏づけている。また、一二七〇年にまだ生きていたということは、どのような印象を持っていたかはわからないにしても、ダンテが彼を知っていたことを示している。では、その祖父ベッリンチョーネとは何者なのか。

二つの文書によると、彼は市政府の運営に積極的に参加している。一二四〇年一二月一四日、「ベッリンチョーネ・アラキエーリ」はアバティ宮殿で、サン・ジミニャーノの何人かの人間に一二〇リラの債権を持つアルベルト・ディ・アルベルトに対して、現行の報復権に従って、完全に返済されるまで、その地域の他の住民に負債を肩代わりさせる権利をフィレンツェのポデスタが認めるという文書に名を連ねている。これはイタリアの自治都市が住民の財政・商業上の利益を擁護したことを示す好例である。一二五一年一一月一〇日、いわゆる第一次平民政権（プリモ・ポポロ）がフィレンツェで発足してからちょうど一年後、旧来の騎士の家系に代わって企業家や職人の世界が初めて権力を握ることになり、サンタ・レパラータ大聖堂での拡大評議会に「ベッリンチョーネ・アラゲリー」が出席した。拡大評議会には、長老市民、自治都市の一般・特別評議員、枢密会議委員、平民隊長（カピターノ・デル・ポポロ）麾下（きか）の評議員、組合（アルテ）の正義の旗手（ゴンファロニエーレ・ディ・ジュスティツィア）と長官（レットーレ）ら、総勢二〇六名が出席した。ベッリンチョーネがどの組織に属していたのかはわからないが、最後の組織に名前が記録されていることから、彼は組合部門、つまり商人や職人のギルドのリーダーの一人だったと考えられる。この会議は、ジェノヴァやルッカとの間に反ピーサ同盟を締結するという重要な決定を行うために招集されたものだった。これだけ多くの評議員が参加したことは平民政府の特徴といえるが、ベッリンチョーネの社会的地位については、彼が活発な経済活動を行った平民であり、支払能力のある納税者であったこと以外にはあまりわからない。

　そのほかにもベッリンチョーネが行った商取引に関する資料があるが、数こそ多いものの、彼の事業の一端をうかがうことができるにすぎない。というのも、そのほとんどがプラートのヤーコポ・ディ・パンドルフィーノという一人の公証人の記録に由来しているからである。ヤーコポは、非常に込み入ってはいるがまとめて一件として数えられる一二四六年の商取引と、同じくプラートで一二五〇年まで断続的に行われたいくつかの商取引に関するすべての文書を記録したが、今では散佚してしまったフィレンツェの公証人たちの記録の中に、同じような文書資料がどれほど含まれていたことだろう。一二四六年の取引では、ベッリンチョーネは六人の息子、アリギエーロ、ブルネット、ドゥルドーロ、ベッロまたはベッルッツォ、ゲラルド、ドナートと一緒に仕事をした。ここで初めて登場し、後にダンテの父となるアリギエーロだが、彼の父はまだ存命であっても彼の親権はすでに解除されており、自分の意思で行動できると述べているし、ブルネットやドゥルドーロも同様であると思われる。一方、下の弟三人はまだ父親の親権下にあり、ベッリンチョーネの同意を得て行動している。そして、さまざまな法的責務に従い、ベッロとゲラルドはすでに一八歳に達していることや、ドナートは一五歳になったことの証明が書面でなされている。毎年一人ずつ子供が生まれていたとすると、最年長と思われるアリギエーロは少なくとも二二歳だったことになるが、統計学的には、成人した六人の男性に加えて女性や早死にした子供もいたと考えるべきなので、おそらくそれ以上の年齢になっているだろう。そうなるとアリギエーロは、ダンテが生まれた一二六五年には四〇歳を超えていた計算になる。ダンテには年老いた父がいたが、早くに亡くなったため、あまり親密な親子関係はなかったものと思われるし、彼の作品には父の話は一度も出てこない。

プラートの公証人の記録があるとはいえ、ベッリンチョーネとその六人の息子たちが行った商取引の内容は、およそ透明とはいいがたい。というのも、当時の文書作成は、現実を忠実に映し出すというより、現実を覆い隠すために行われることが多かったからだ。しかし少なくとも、法外とはいえないもののかなり高い利率を課していたことはわかる。ダンテ家の経済状況を知るためにもう少し詳しく説明すると、主な取引の内容は次のようなものである。一二四六年三月二一日、ベッリンチョーネとその息子たちは、騎士のメッセル・トリンゴ・ディ・プリエーゼに、プラート近郊の土地約二五区画を、小作人が小麦で賃料を支払う収益込みで一四〇リラで売却した。当時の土地所有権はきわめて細分化されていたため、総面積は一〇ヘクタールに満たなかった。特筆されるのは、小作人は毎年八月に小麦をプラートの家に運ばなければならなかった点である。したがってベッリンチョーネとその息子たちはプラートに家を持ち、毎年収穫後に一五人ほどの小作人がこの町に来て地主に賃料を納めていたことになる。

なぜ一族がプラートでこのような利害関係を持ったのかはわからないが、彼らが当時のフィレンツェで繰り広げられていた派閥争いに関与していたことはたしかだろう。これは祖先のことをダンテと話しているときにファリナータが触れた「二度にわたって追い払ってやった」と言っている二つのエピソードのうちの、最初のものではないだろうか。ベッリンチョーネとその家族はプラートに引っ越していたが、それは一時的に皇帝派が優勢だったフィレンツェでは彼らは「好ましからざる者（ペルソナ・ノン・グラータ）」だったからではあるまいか？　ありえない話ではないが、プラートもまた皇帝派が支配していたことを考えると、この想定には少なからぬ難点がある。ベッリンチョーネと息子たちがメッセル・トリンゴに売った土地については、これから述べる彼らの貸金業者としての活動の成果であり、破産した債務者から差し押さえられたものであったと考えられるが、当時、人々は祖先から引き継いできた土地を売ることには消極的であった。そうした状況下でベッリンチョーネと息子たちが土地を売却した目的は、新たな債権への再投資を行うための流動資金を得ることだったと考えるのが順当であろう。貨幣需要は常に高かったが、一二四六年の数か月間のプラートでは特に活発であったにちがいない。というのも皇帝フリードリヒ二世の息子であり、トスカーナでの皇帝代理（ヴィカーリオ）を務めていたフェデリーコ・ダンティオキアがプラートに居を定めており、市政府は彼の生活を支えるために多額の出費を行い、そのために多額の課税が必要となったからである。

ベッリンチョーネの主な仕事が貸金業であったことは、彼がこの機会に長男のアリギエーロ（誤解を避けるためにこのように呼ぶことにするが、本来は祖父の名と同様にアリギエーリ、あるいはアラギエーリと呼ぶべきである）を取引に参加させたことからもうかがえる。実際、父と五人の弟たちは支払金の受取を彼に委任し、メッセル・トリンゴは第一回目の分割払いである一〇〇リラを彼の手に渡している。同日、アリギエーロは父と弟たちからその金を借り、父の定める利率で五年以内に返済することを約束している。そして最後に、これも同日、アリギエーロは総額二八リラと一二ソルディを、三人の人間に六か月の期限で年率二〇%からじつに二五%という非常に高い利率で貸し付けている。これらの取引は複雑に入り組んでおり、数枚の羊皮紙の記述だけではとても完全に理解できたとは言えそうにない。しかし、ベッリンチョーネにとってこれが子供たちに商売の手ほどきをする好機だったと推測することはできる。実際、その頃多忙だったプラートの公証人ヤーコポ・ディ・パンドルフィーノの記録には、次男のブルネットが自分で商売をしてお金を貸していたことが記されている。少し前まではプラートで三リラと一〇ソルディという小金を貸していたが、半年後には一〇ソルディの利息がついた。つまり、年率二八・五%の利率ということになる。一二四六年五月には同じくプラートで、メッセル・トリンゴの弟である、メッセル・アルドブランディーノ・ディ・プリエーゼから、同氏の義父のメッセル・ダゴマーリ・ディ・グラツィアに過去に貸し付けた三件の融資の利息込みの残高として四七リラを回収し、メッセル・ダゴマーリに新たに一六リラを貸し付けた。ここで読者は一リラがいくらの価値だったかを知りたいと思うかもしれない。価格や賃金のシステムが現在とは大きく異なっていたため、確実なことは言えないが、現在の数百ユーロや数百ドルとして換算してもあながち的外れな金額ではないだろう。つまり、ブルネットが回収した金額は一万五〇〇〇から二万ユーロに相当することになる。念のためにいえば、これは国際的な銀行貸付でもなければ、質屋の取引でもない。

これらの取引の多くがプラートの有名な商人で金貸しのアッコルド・ディ・セガドーレの店で行われたことと、アッコルドが行った融資の証人としてブルネットとアリギエーロの名が何度か挙げられていることとも加えて考えるなら、ベッリンチョーネの息子たちが、金銭を元手にして利子を稼ぐ環境に身を置いていたことは明らかである。金融業には巧妙なルールがあり、一二四九年に作成された三枚の証書を見ると、ブルネットは保証人という別の顔を持っていることがわかる。お金を貸す側は、債務者が破産した場合に債権者を安心させるような保証人を要求することが多かった。保証人には、比較的利害関係のない友人や親戚のほか、リスクを引き受ける代わりにもうけをあてにするプロもいた。一二七〇年にも、ダンテの若き叔父の一人であるゲラルドが融資取引に関わっていることがわかる。彼はカンビョ・デッラ・リッパなる人物とともに、自治都市の二人の債権者の保証人として名を連ね、二人に対する返済が完了し、それ以上の請求額はないことを証言している。さらに、この機会を利用して、自分が父親の親権から解除されていること（つまりこの時点では父親は存命だった）と、自分がプロの両替商（カンビャトーレ）であることを宣言している。

だが、結局のところ、ダンテの父や祖父、叔父たちは高利貸（ウズーラ）だったのだろうか。専門的観点からいえば、一点の疑問の余地なく、然りである。彼らが非常に高利の金利を取っていたからだけではない。神学者や法学者の見解は、貸付としての資格を持ち、利子の支払を前提とした融資は、高利貸とみなされるという点で一致していた。ベッリンチョーネとその息子たちが結んだ契約書には、金銭は「貸付（ムトゥオ）」として提供されること、利子の名目（ノミネ・ルクリ）での支払が伴われることが明確に記載されている。しかし、こうした理論的な位置づけが社会に影響を与えることはほとんどなかった。というのも、力強い経済発展がなしとげられていた当時、教会の法学者たちは、少額の金銭貸借を生業とし、現実には貧しい人々に高利で融資を行っている人間だけを高利貸として区別・分類するようになっていた。つい最近どこかから移り住むようになったような、孤立した人間。近所から軽蔑のまなざしで見られながら、ちっぽけな店で商いをする人間。要するに、『クリスマス・キャロル』のスクルージに至るまで、集団的想像力の中で長く生き続けることになる人物類型である。

　しかし、金銭を扱うことはきわめてニーズが高く、また、もうけにもなる営みであり、社会的地位が非常に高い人々をも惹きつけるのも無理はなかった。そこで法学者たちは、多分に偽善的な対応ではあるが、貸付や高利貸について語ることを避け、むしろ、そのような立派な市民は現金を流通させることで公共の利益に貢献しているのだと高言した。彼らは自分の資本を別の方法で使うこともできたなかで、仲間の事業を助けるために貸付を行おうと考えたわけだから、その時点でリスクを負ったことになり、その分の報酬を得ることは当然だという理屈である。したがって、ベッリンチョーネとその息子たちは――このような微妙な事情にはあまり関心がなかったのか、彼ら自身は金銭や利子をそのものずばりの名で呼ぶことを躊躇しなかったが――高利貸ではなく、利益を得る機会があればいつでもうまく立ち回るビジネスマンだったことになる。それに、貸付が彼らの主な事業分野だったとも言い切れない。たしかに、現在伝わっている契約書には、布の取引よりも貨幣の取引の方が大きく取りあげられている。しかし、融資という行為の性格上、物品の売買よりも多くの書類を作成し、より慎重な形でそれらを保管するというのはやむをえない配慮なのである。結論として言えるのは、ダンテの親族は、イタリアの自治都市で理解されていた形での、尊敬される平民（ポプルス）の代表者であり、一二五〇年にフィレンツェで平民政権が初めて誕生したときに、政治の世界にも進出するようになった種類の人々であった。したがって、文字どおりの革命が起きた後、一二五一年の拡大評議会にベッリンチョーネが参加したというのは納得のいく話である。もしも読者が、カッチャグイーダやアラギエーリの社会的地位について語られてきたことと、ベッリンチョーネのそれとの間に大きな隔たりがあるような印象を受けたとしたら、それは間違っていないだろう。コンソリ制時代のフィレンツェで重要な存在だった家系の多くは、その地位をさらに高め、一三世紀前半にはもはや貴族とみなされていた。だがすべてというわけではなく、ダンテの祖先はその数には含まれていなかったといって差し支えないだろう。

4 「アリギエーリ一族」

高貴/貴族ではないにしても、敬意を払われた一族。だが、彼らには姓があったのだろうか？ダンテを当時のフィレンツェ社会の中に位置づけるためには、彼が姓のある家族に属していたかどうか、またいつからそうなったのかを明らかにすることが重要である。当時にしても、その後の数世紀にしても、トスカーナにおいては、平民の男は自分の名と父親の名とによって認知されていた。祖父ベッリンチョーネが登場する最初の証書は一二三二年のもので、公証人ウバルディーノ・ディ・グィスパルドがブォンナユート・ディ・ポンツィオから一二リラを借り、公証人アルベルティーノ・ディ・グイーダを保証人としている。当然、彼らには兄弟やおじ、従兄弟らがいたはずだが、姓がないために、親戚が誰なのかを知るためには、彼らを一人ひとり特定する必要があった。その一方で、姓を持つ家族もあった。そうした家族においては、ブォンナユート・ディ・ポンツィオではなく、グイード・カヴァルカンティと呼ばれ、他のグイードと区別しなければならない場合にかぎって、メッセル・カヴァルカンテ・カヴァルカンティの子グイードという呼ばれ方をした。一三世紀のフィレンツェでは――それまではこの町では誰も姓を持っていなかった――姓を持つということは、ある一族に属することを意味した。つまり、著名で影響力のある一族であり、他の名家と縁戚関係でつながっていた。姓を持つことは家紋を持つようなもので、誰にでもできるものではなく、社会的地位の高さを証明するものだった。姓のある家の一員の身元はすぐにわかった。いずれにしても、ブォンナユート・ディ・ポンツィオよりも重要な人物だった。

しかし、姓の定着は公式な手続きを経たものではなかった。というのも、姓を管理する戸籍簿というものがなかったからで、姓を作り出したのはあくまでも社会の慣習だった。姓を持つ家族というのは、フィレンツェの社会において重きをなし、市民政治の中で親族が支え合って集団として活動していたために、あるいは、ある時期に誰かが有名になり、子孫がその名を名乗るようになったために、人々が習慣的にその名を認めるようになった家族である。彼らは貴族という身分を作りあげたのか？いや、貴族を作りあげたわけではない。姓を持つことで法的な特権が得られるわけではないが、財産を築いた人間なら誰でも、自分の名前が子孫の姓になることを予測できた。たとえば、年代記作家のジョヴァンニ・ヴィッラーニは、実際にはジョヴァンニ・ディ・ヴィッラーノ・ディ・ストルドと呼ばれていたが、その子孫は「ヴィッラーニ家」と呼ばれることになる。

ダンテがカッチャグイーダに「お前の姓を名乗る者は」と語らせた真意は、四世代にわたって姓を持っていることをダンテ自身が誇りに思っているからだ。そして実際に、ベッリンチョーネがフィレンツェのポデスタの証人として登場する一二四〇年の文書を見てみると、公証人のベンチヴェンニ・ディ・ベンチヴェンニ・ディ・ボルゴニョーネが、ピエーロ・ディ・イルデブランディーノやペゴロット・ディ・アルディンゴと呼ばれる人物と、たとえばライナルド・ディ・ジラルド・キアルモンテージのような姓を持つ人物の両方を紹介しているのである。それでは、「ベッリンチョーネ・アラキエーリ」という表記はどのように理解すればいいのだろうか。厳密に言えば、このラテン語の形は「アラギエーリのベッリンチョーネ」と訳すこともできるが、この時点でベッリンチョーネの父親はかなり前に亡くなっているはずなので、「故アラギエーリの」となるはずである。だが、そうなっていないので、公証人にとってアリギエーリ家はキアルモンテージ家のような一族だったと思われる。しかし、一二四六年以降の文書に登場するベッリンチョーネの息子たちは、アリギエーロやブルネット・アリギエーリとは呼ばれず、「ベッリンチョーネの息子アレゲリオ（アレゲリオ・フィリオ・ベッリンチョーニス）」と「ベッリンチョーネの息子ブルネット（ブルネット・フィリオ・ベッリンチョーニス）」と呼ばれているので、彼らもそれほど有名な一族ではなかったはずである。ただし、ほとんどの事例がプラートかフチェッキオのものであり、一二五五年のフィレンツェでは、弟のドゥルドーロが「ドゥルドーロ・ベッリンチョーニス・アラギエリー」と呼ばれている。最後に、一二六〇年、モンタペルティの戦いでシエナ軍に捕らえられたフィレンツェ軍の記録が綴じられた写本『モンタペルティの書』には、一枚の紙に「ブルネットゥス・ベッリンチョーニス・アラギエーリ」、もう一枚の紙には「ブルネットゥス・デ・アラゲリース」と記録されている。これはフィレンツェで彼らが「アリギエーリ」（正確には「アラギエーリ」）と呼ばれていたことの、最初のまぎれもない証拠である。彼らは貴族だったわけではなく、庶民からのしあがった一族なのである。ダンテが誕生するのはその五年後のことである。

4 ダンテ一族

1 家紋

一つの一族であることはひとまず確認できたとして、次いでアリギエーリ家に家紋があったかどうかを問うても無駄足にはなるまい。というより、彼らが考えたように考えてみないことにははじまらない。というのは、現代の私たちには家紋のことなどまったく無関係に見えるからで、実際、現代のダンテ研究者たちはふつう、こうしたことを問題にしたりはしない。それをあえてここで問おうというわけだが、青地に金色の翼が描かれた紋章をアリギエーリ家の家紋と考えてきた後世の伝統を疑ってみるのは健全な考えでもある。この伝統の根拠となっているのは、彼らの姓を「翼を持つもの（アリジエリィ）」と読み解くという、もっともらしいが、ありえない語源解釈である。この紋章はすでに一六世紀にメッセル・ピエーロのヴェローナの子孫たちが用いていた。彼らの母方の後継者であるセレーゴ・アリギエーリ伯爵家は今でもこれを使用しており、彼らの会社が製造するヴァルポリチェッラ・ワインのボトルのラベルにも見られる。だが、この紋章がダンテの時代にはまだ作られていなかったことはほぼ確実である。だからといってダンテにとって家紋が重要だったことを否定するものではなく、そのことは彼の作品のさまざまな箇所に確認することができる。では、結局のところ、彼の一族は家紋を持っていたのだろうか？

一九世紀初頭の伝記作家ペッリは、一三〇二年に作成された紋章集の中に、アリギエーリ家の紋章が描かれているのを見たと主張している。紋章集とは、馬上試合（トーナメント）の際に審判が見分けがつくように、都市や地域の名家の紋章を集めた豪華な図版入りの手稿のことである。ペッリによると、アリギエーリ家の紋章は、「金色と黒色が中央で垂直に区切られ、白い帯が斜めに横切っているもの」だという。現在、この本は散佚しているが、ペッリの記述を読むかぎり、でっちあげとは考えにくい。実際、騎兵として徴用されるような裕福な家柄の人間であれば、まちがいなく紋章を持てた。カンパルディーノの戦いでのダンテは楯を持っていたはずで、当時の騎士なら誰でも楯に自分のファミリーカラーを塗っていた。他に考えられる可能性がなければ、次のような図柄の紋章である可能性を除外することはできない。左が金で、右が黒、水平に横切る白の帯。

2　アリギエーロの家族

これまで見てきたように、一二四六年、ダンテの父は、自分の父の監護権から解放され、事業に関わり始める。彼の名が出てくる、その他の数少ない文書をみても、みな商取引に関するものである。一二五四年、フィレンツェのアリギエーロ・ベッリンチョーネ（アリゲリウム・ベリンチョーニス・デ・フロレンティア）は、サン・サルバトーレ・ディ・フチェッキオの修道士たちとチェルタルド近郊のポーニの貴族二人との間に起きた紛争において、修道士側の訴訟代理人の役割を果たした。この紛争は、修道士たちが貴族に借金をしており、債権者との間で合意に至らなければ法的差し押さえが行われる恐れがあったことから生じたもので、フィレンツェのポデスタが裁くことになっていた。アリギエーロは彼らの代理人になるだけでなく、その際に支払わなければならない金銭を前払いしていた可能性がきわめて高い。一方、一二五七年には、アリギエーロは騎士メッセル・リストーロ・ダ・モンテムルロの未亡人に対して、一年の期限で二〇リラの融資を行っているが、この証書には金利が明記されていない。それ以降、ダンテの父親の名はどの文書にも登場しなくなる。ただし、一二七〇年にボローニャ市政府から依頼された融資に、自分の会社（ソチエタス）とともに出資した「ドミノ・アディゲリオ・アディゲリイ」がアリギエーロであるならば別であるが（ボローニャの公証人たちは。フィレンツェでは考えられない気軽さで顧客全員に「ご主人（ドミヌス）」という敬称を大判振る舞いしていたことを付記しておく）。

アリギエーロの記録の少なさは、彼の兄弟たち、特にブルネットに関する情報の多さとは対照的である。ダンテの叔父の中で最も年長の人物は、『モンタペルティ文書』の中に、ポルタ・サン・ピエーロ地区からの派遣兵で、市旗を掲げる戦車（カロッチョ）の護衛を任された旗区（ゴンファローネ）の歩兵の一人として記されている。この部隊に託された重要な任務から、ブルネットの社会的地位についてなんらかの結論を引きだすことはここでは控えたい。重要なのは、この人物が、遠征に召集された市民の大半と同様に、槍で武装した歩兵であり、一世代後の甥のダンテのように、馬に乗って戦う裕福なエリート市民ではなかったという点である。さらに重要なのは、軍隊がシエナの丘に陣を張ったとき、ブルネットは野営地内の通路の敷設と拡幅を担当した六人のうちの一人だったということだ。それは特に名誉ある仕事ではなく、他の五人はすべて彼と同じ平民で、普通の人々だった。

その後、遠征は終結し、ブルネットは生き延びた。八年後の一二六八年、シャルル・ダンジューの勝利によりフィレンツェが再び教皇派の支配下に入ると、彼はパリアッツァ監獄の署長に復職する。

留意すべきは、それが公務ではなく、金銭の授受を伴う個人による請負契約であった点である。一二七五年、プラート市政府はフィレンツェに公証人を派遣しなければならなくなったが、これは「ブルネット・アッラキエーリをめぐる事情」によるものである。すなわち、ダンテの叔父（ダンテは当時一〇歳）のブルネット・アッラキエーリが、プラートの何某が返還していない一二リラの弁済を求めたために、プラート市政府がその支払を行わざるをえなくなったのである。最後に、一二七八年、ブルネット（「ブルネクトゥス・デ・アリゲーリ」）は一般評議会と九〇人評議会という二つの評議会に参加した。これらの評議会は、フィレンツェ政府とオニサンティのウミリアーティ修道会の修道士たちとの間の紛争を審議するために、九つの大アルテ（同職組合）の代表者（カピトゥーディニ）と共同で開催されたもので、これがダンテの叔父たちのうちの一人がまだ存命中に登場する最後の記録である。

　では、アリギエーロはどうか。一二六五年五月に妻がダンテを出産したとき、彼が生きていたかどうかはさだかでない。厳密に言えば、アリギエーロが、ダンテが生まれた後も別の妻との間にフランチェスコという息子をもうけていることは判明している。ダンテの母親の名前すら出てこないのに、なぜ男たちの話ばかりしているのかと、読者は当然いぶかしく思うだろう。実際、これまでに得られた情報は商取引や政治に関する資料から取られたもので、どちらの分野においてもほぼ男性に限られる。もし結婚が、当時、まずなによりも経済的契約を伴うものでなかったなら、アリギエーロの二度の結婚についてはおろか、二人の妻の名前すらわからなかっただろう。契約の中心に置かれていたのは嫁資の設定の手続きであった。というのも、もし嫁資を正統な権利者に返済するような場合には、きわめて長期にわたる法的係争にもつれこむ恐れがあったからである。ダンテの母親の名がモンナ・ベッラだとわかっているのはひとえに、ダンテの息子たち、ヤーコポとメッセル・ピエトロ判事と、叔父のフランチェスコとの間での財産分割を規定した一三三二年の仲裁合意書があったおかげである。この契約では、アリギエーロの最初の妻で、彼らの祖母であるモンナ・ベッラの嫁資に関することも含めて、あらゆる煩わしい法的手続きに備えて叔父の相続分を二人の甥が保証しなければならないことが定められている。ちなみに、合意書では同じ理由で、フランチェスコの母であり、アリギエーロの二人目の妻たる人物としてモンナ・ラーパの嫁資に触れていることから、アリギエーロはベッラの後に二人目の妻を迎えていたことがわかる。

では、ベッラの実家はどのような家系だったのだろうか。先回りして言っておくと、ダンテという名前はドゥランテが縮まったもので、フィレンツェでは一般的な名前だが、アリギエーリ家には前例がなかったので、母方のほうの家系に由来すると考えられてきた。ダンテという名前が頻繁にあらわれるアバーティ家をベッラの実家とする仮説がしばしば持ち出されるが、確証はない。一二九七年の証書では（のちにまた触れる）、メッセル・ドゥランテ・ディ・スコライオ・デリ・アバーティ判事が、ダンテの多額の負債の保証人の一人になっており、また、ダンテに続いて一三〇二年九月に追放処分になるこのメッセル・ドゥランテがダンテの祖父であると考える研究者も多い。だが、実際にはこのような仮説は成り立たない。たしかにメッセル・ドゥランテ・ディ・スコライオ・デリ・アバーティは、一二八九年に初めて判事として登場するが、その直前の数年間はボローニャ大学の学生だったことになる。となれば、のちに見るように、同時期にボローニャで学んでいたダンテの祖父であるとするのはいささか無理があろう！　ベッラの父親が本当にアバーティ家のドゥランテであったとすれば、年齢的に候補として挙がるのは、むしろドゥランテ・ディ・ラニエーリ・ディ・ルスティコ・デリ・アバーティなる人物である。教皇派がフィレンツェに戻った後の一二六八年に監禁された皇帝派の一員であるこの人物は、メッセル・ドゥランテ・ディ・スコライオ・デリ・アバーティのおじであり、ダンテの母親からみると従兄弟にあたる。しかし、繰り返しになるが、確証はない。一方で、アリギエーロの二番目の妻であるモンナ・ラーパの家族についてわかっているのは、彼女がキアリッシモ・チャルッフィなる人物の娘であることである。チャルッフィはどうやら商人であり、社会階級としてはアバーティ家のような豪族の一族よりもかなり下であった。

アリギエーロがいつ死んだのかはいまだ不明である。彼がすでに死んでいることがわかる最初の文書は一二八三年にさかのぼるが、さまざまな学者が、自らの論理的な誤りに気づかぬまま、一二八二年から一二八三年に死んだと「推定される」と断言したり、さらには「一二八三年に死んだ」とまで述べたりしているが、実際にはもっと前に死んでいるはずである。ブルーニはダンテについて、「彼の父アルディギエーリは幼少期に亡くなった」と述べているが、当時の「幼少期」とは七〜八歳から一四歳頃までだったので、アリギエーロは一二七九年以前に亡くなったことになる。すでに述べたように、ダンテはそのことにどの作品の中でも触れていない。一方、彼の友人であり隣人でもあったフォレーゼ・ドナーティは、ダンテとの間で相手を侮辱し合うソネットのやりとりを活発に交わしている。その辛辣さがダンテ研究者たちを長年たじろがせてきたが、つまるところ、文学趣味のお遊びに興じているに過ぎない。友人がベッドで妻に暖かい思いをさせていないとダンテが咎めると、対するフォレーゼは自分はダンテの父親の亡霊に会ったが、彼もまたひどい有様だったと応酬する。

そして、墓の中にアラギエールを見つけた。

彼を縛っていた紐の結び目が、ソロモンのだったたか、ほかの賢者のだったかは覚えていない。
東に向かって私が十字を切ると、
彼は私にこう言った。「ダンテへの愛に賭けて、
これをほどけ」だが、私にはほどき方がわからなかった……

　このどうにも謎めいた詩句を解釈する仮説には事欠かない。墓とは誰かの墓地なのか、貧しい人々の共同墓地か、それとも異端者、自殺者、高利貸を埋葬する町はずれの墓地なのか、はたまた債務者を送り込む監獄なのか。悩める魂を縛る紐の結び目とは、返すべき不正な利益、復讐に値する不正、あるいは異端の疑いを意味するのだろうか。異端とする仮説は、キリスト教美術に共通する図像要素である「ソロモン（サロモーネ）の結び目」に、悪名高い異端審問官のドミニコ会修道士サロモーネ・ダ・ルッカの名を掛けた言葉の遊びではないかとするものである。サロモーネ・ダ・ルッカは、一二八一年から一二八三年にかけて、つまりアリギエーロの死の直後に、フィレンツェで異端審問を行い悪名を馳せた人物である。だが、最も信憑性が高いのは、フォレーゼは高利貸を埋葬する共同墓地をあてこすったのだとする仮説である。パドヴァの高利貸レジナルド・デリ・スクロヴェーニが、『地獄篇』の第一七歌でダンテが通り過ぎるのを見て、「こんな穴の中で何をしている」と彼に声をかけたのは、おそらく偶然ではない。

　二人が何らかの形で負債の話をしていたとする仮説は、ダンテがフォレーゼに「支払命令に追われて牢獄入りだ」と答えたことからも、ありえる話である。次のソネットでフォレーゼは、貧しさでいうなら、ダンテの家族はどこにも負けないとやり返す。ダンテが叔父のベッルッツォのような窮状に

陥らずにすんでいるのは、ひとえに姉と異母兄弟「ターナとフランチェスコ」のおかげだが、いずれにしても、おちぶれて救貧院に入るのは時間の問題と予言する。これにはダンテも黙っていない。「フォレーゼは自分の父の子ではない。フォレーゼが近づいてきたら、誰もが自分の鞄に目を光らせる」と猛反撃する。父親のことを持ち出されたフォレーゼは最後の攻撃に出て、「ぼくが親父の子でないというのなら、君はまぎれもなく親父さんの子だ」とダンテに噛みつく。

いかにも君はまぎれもなくアラギエーリの子だな。
そのことは、つい先日両替したアクィローネ銀貨のために、
親父さんに代わって君がした、
みごとな復讐ぶりをみてもよくわかる。
たとえ相手を八つ裂きにすることになろうとも、
あんなにあわてて和解するには及ばなかった。

アリギエーロの名が呼び起こされた原因は、あざむかれたまま、ダンテが仕返しもできずにいた両替取引にある。とはいえ、アグリーノあるいはアクィリーノ一枚の両替で揉めたとは考えにくい。これは多くの貨幣に与えられた名称であるが、いずれも銀貨であり、それではそんな取るに足らない取引をめぐる話なのかということになる。それよりは、もっと重要な取引が失敗に終わったことを暗示している可能性の方が高い。父の死後、係争を引き継いだダンテは、たとえ誰かを殺し、それが引き金で血の復讐が始まることになろうとも、性急に相手と和解すべきではなかったということだろう。

「つい先日」とは、研究者が等しく示唆するように、はるか昔の話であることを揶揄したあてこすりである。唯一確実にいえるのは、ダンテの父親について触れる段になったとき、フォレーゼの頭に真っ先に浮かんだのは、彼が金を扱う人間（！）だったということである。

3　冒険人生――ベッロ弟脈の従兄弟たち

しかし、ダンテ一族の全体像を描き出すには、彼の従兄弟たちを紹介しなければ手落ちのそしりを免れまい。彼らの生活は、ダンテの家族が属していた世界の姿、生々しい商売の現実と貴族的生活への誘惑との間を行き来する姿のまたとない実例となっている。祖父ベッリンチョーネにはベッロという弟がおり、このベッロにはグァルフレドゥッチョという息子がいた。商人組合（アルテ・ディ・カリマーラ）の組合員全員がギルドのコンソリに一〇年間服従することを誓った集団宣誓に加わっていることからみて、彼は一二三七年にはすでに成人していた。カリマーラはフィレンツェで最も重要な商人たちの集まりであった。彼らは騎士階級の名家と同じ社会レベルに位置づけられることもあり、それどころか、実際に騎士階級に属しているケースもあった。一二三七年にテッギアイオ・カヴァルカンティがコンソリの一人となり、その祝典が「カヴァルカンティ家の塔」で行われたこともそうした事例を裏づけている。カヴァルカンティの場合、ベッリンチョーネと彼の息子たちよりも、品位を損なわないレベルで商売に携わり、フィレンツェの権門ともよしみを通じた一族というイメージが強い。事実、十余年の後には、大叔父のベッロの行動がわかる唯一の資料が、こうした印象を裏づけている。すなわち、一二五六年、「ベッルス・アラギエーリ」すなわちベッロ・アリギエーリは、サン・ミニアートの修道院長が行った、グイード・カポンサッキに対するモンタルト城の賃貸契約延長の証人となっている。グイードは古い名家の一員で、この地所を一二年前から借りていた。もちろん、それが城であるからといって、なんとか「封建制」の文脈に当てはめようとして判断を誤ってはならない。なぜならそれはれっきとした商取引でもあるからである。カポンサッキ家は修道院の土地と収入の管理を請け負っているが、これはフィレンツェの門閥がお金を稼ぐ方法の一つであった。フィレンツェでは、貴族が自ら商売に手を染めることにためらいを見せることはまずなかった。

ベッロのもう一人の息子のルッジェーリ、通称ジェーリは、一二六六年にはボローニャに滞在していた。原本は見つかっていないが、一七世紀の学者がまとめた歴史資料には、ボローニャなまりで彼の名前が「フィオレンツァのベッロ・アレギエーリの子ゼリオ」と記されている。モンタペルティの戦いの後、皇帝派がフィレンツェで権力を握ったとき、「こうして私は二度にわたって彼らを散り散りにした」というファリナータの自慢話のとおり、ジェーリがフィレンツェを去ったことは間違いない。というのも、教皇派の最終的な帰還後に、財産に損害をこうむった亡命者への補償手続きが開始されたとき、一二六九年の証書によれば、サン・マルティーノ・デル・ヴェスコヴォ教会の教区民、「故家長ベッリ・アラギエーリ家の子ジェーリ」が所有する、ポルタ・サン・ピエーロ地区の家に対して二五リラの賠償金が支払われているからである。一族の家はすべて同じ教区内にあり、当時の慣習どおり隣接していた。ジェーリの家は伯父のベッリンチョーネの家と接していたが、ベッリンチョーネの家の方は損害をこうむっていない。この記録は、六年にわたる皇帝派統治期に、アリギエーリ家の全員がフィレンツェを去ったわけでも追放されたわけでもないと結論づけるのに充分な内容である。したがって、ダンテがまさにその時期に、おそらくベッリンチョーネの家で生まれたとしても、それほど奇異なことではない。

　しかし、一二六九年の証書では、すでに述べたとおり、ベッロは「家長（ドミヌス）」と呼ばれている。たとえ死後であれ、この呼び名で呼ばれる資格のあるダンテの血縁者に初めて出会うという点では興味深い記録である。しかし、いつから、なぜ、ベッロはそのように呼ばれる権利を得たのだろうか。最も自然な仮説は、彼が武装騎士だったからというものだが、この仮説にもやや不審な点は残る。一二三七年には彼にはすでに成人の息子がいて、その時点で「家長」ではなくなっていたことを忘れてはならない。さらに、一二五六年の時点でも、彼は六〇歳近くなっていたので「家長」ではなかった。そのような年齢の男が騎士の祝典に金を使うというのはそう頻繁にあることではないだろう。それとも、よくあることだったのだろうか？　ダンテが『地獄篇』第一七歌で言及しているフィレンツェの高利貸の一人は、フランスで貸金業を営み、高齢でフィレンツェに戻ったカテッロ・ジャンフィリアッツィと特定されており、彼の死後、いくつかの文書では「家長」とも呼ばれている。同時代人のグイード・ダ・ピーサは『神曲』の注釈の中で、ジャンフィリアッツィが八〇歳近くになっても騎士として武装していたと主張している。そうなると、騎士としての武装は、あまりおおっぴらにできない方法で金儲けをした人間が、老後の自分への評価を下げまいとしての懐柔策の一つだったのかもしれない。とはいえ、軍装を整えたこうした高利貸が、自身の詩『愛神がすっかり私を見放したので』の中でダンテが槍玉に挙げている「偽りの騎士たち」に他ならないとするウンベルト・カルピの直感は、さすがに想像を巡らしすぎかもしれない。

　また、一二七六年の証書においても、ベッロは死後に「家長」の呼称が与えられている。この証書では、サン・マルティーノ・デル・ヴェスコヴォ教会の教区民であるジェーリ・デル・ベッロとベッリーノ・デル・ラーポが、四リラの価値がある鉄製の腹当の貸借行為の証人となっている（ただし、偽装された借金の抵当の可能性もある）。ラーポはメッセル・ベッロのもう一人の息子だったはずで、したがってベッリーノも一族の一員であり、この件ではおじのジェーリと一緒に仕事をしている。ジェーリと同じ貸金業者としてかなり大きな金額を動かしていたベッリーノはその後、フェラーラ、ボローニャと移り住み、一二九六年には、外国人金融業者のグループの一員として、信用供与のために市内に住むことを正式に申請した。こうした手続きを定めたボローニャの法令のおかげで、彼はどこから見ても金銭取引のプロであったことがわかる。メッセル・ベッロの三男は、伯父と同様にベッリンチョーネと呼ばれていたが、この文書の中では常に、フィレンツェで一般的に用いられていた省略形のチョーネという表記で記録されている。最初の記録は一二七七年にさかのぼるが、一三〇一年から一三〇二年にかけてチョーネはいくつかの証書に登場し、その中で正式に「家長」と呼ばれていることから、彼も高齢になってから武装騎士になったと考えられる。

大叔父ベッロとその息子や孫たちの記録は、ダンテが育った社会環境が、今日では想像もつかないほどの形で、暴力に慣れ親しんでいたことを思い出させてくれる。一二八〇年、プラート市の刑事裁判所の裁判官は九人の被告人を裁いた。訴状によれば、九人はピストイアに向かう公道で、プラート市の囚人を護衛していたスピリアート・ディ・ジュンタなる人物（通称バルザノ）に銃を向けて襲撃した。九人はスピリアートの行く手を阻み、負傷させて溝に投げ込み、囚人を連れ去った。囚人も手首に怪我をした。襲撃者は男五人と女四人。すなわち、パリジーノ・ディ・カルチャーナなる人物とその妻ディレッタ、ナルナーリ教会の教区司祭ウベルティーノ、ジュンタの未亡人で、したがって被害者の母親であり、現在は司祭と暮らしているボッリーザ、その娘であり被害者の姉妹であるギータ、司祭との間にもうけたもう一人の娘ジャンナ、その夫のピエーロ・ディ・カペッツァーナ、ベッロ・アリギエーリの息子であるジェーリとチョーネの兄弟の九人である。ダンテの従兄弟たちがこのご立派な襲撃団の中で何をしていたのかは知る由もないが、確かなことは、被告人の中で彼ら二人だけが召喚に応じなかったため、一人三〇〇リラの罰金を支払うまでプラートから追放されたという事実である。

我々にとって最も理解に苦しむのは、こうした汚い悪事に手を染めた人間たちが、ごく普通の生活を続け、何ら社会的地位を失うことがなかったことである。というのも、武器を手に、道行く人々を襲って、傷つけ、さらには殺すことは、今日の一般的な社会状況とは異なり、社会の底辺に生きる人間たちだけでなく、立派な市民でもやりかねないことだったからである。かくして、その二年後の一二八二年、メッセル・ベッロ・アリギエーリの子チョーネは、フィレンツェの貴族出身の裁判官、メッセル・アルビッツォ・ディ・トゥルッファ・デリ・アミデイから、フィレンツェのポデスタの裁判官が審理中の事件の訴訟代理人に任命されることになる。そして一二八三年、チョーネは再びポルタ・サン・ピエーロ地区のカピターノ・デル・ポポロ評議会のメンバーになった。金融業務も精力的に続けられた。一二九五年、チョーネ・デル・ベッロは、バルディ、ペルッツィ、スカーリなどの多くの商会や一〇〇人以上の個人とともに、ボニッツィ商会の破産処理に債権者として参加したスピーニ商会の代表者の一人となり、この案件の長期にわたる保全管理において非常に重要な役割を果たした。実際、一二九八年には、債権者全体を代表して債務の目録作成と清算業務を任された二人の管財人の一人となる。

しかし、我々はダンテが高利貸の一族の一員であるかどうかという問題を提起した以上、彼の父親のこの従兄弟が、やり手の銀行家として巨額の資金を動かす一方、ごく少額な消費者金融をあこぎな形で行うこともためらわなかったことは強調しておく必要がある。たとえば、一二九九年三月初旬にチョーネが一一、六、五、四リラの小額融資を行った四回の取引だが、一年のうちのこの時期は、前年の収穫物を食べ切った後の貧しい人々が困窮し始める頃なので、彼らは現物で返済することになる。すなわち、新たな収穫を終えた後の八月一日までに、返済額に相当する小麦で返済しなければならない。困窮のあげく、小麦を若草の段階で、ご想像どおり市場価格よりも安く売らざるをえなくなった農民は、多くの場合、さらに借金がふくれあがり、首が回らなくなる。そうしたあこぎな契約を行ったのが彼らと同じような貧乏人であったなら、間違いなく暴利への非難が巻き起こっていただろうが、高利貸といえども地位の高い市民であり、誰も異議を唱えようとはしなかった。

　とはいえ、一目置かれる市民として、ごく普通の生活を送っていても、殺されるリスクは常につきまとっていた。チョーネの兄弟ジェーリ・デル・ベッロもそうして命を落とした一人であるが、従兄弟のダンテが『神曲』で取りあげたために、誰もが知る話となっている。地獄の第八圏（マレヴォルジェ）に入っていった二人の旅人は、「不和と分裂の種を蒔いた者たち」と出会う。彼らは凄惨な戦いを生き延びながらも、剣に貫かれ、手足を断ち落とされ、血を流している。そうした連中の中にダンテは、自らの罪をつぐなう「私の血族の一人」の姿を見たように思う。ウェルギリウスはうなずき、少し前にダンテがよそ見をしていたときに、その男が「お前を指さし、威嚇するしぐさをしていたが、その男がジェーリ・デル・ベッロと呼ばれるのを聞いた」と語る。その後のくだりでは、登場人物のダンテは、ウェルギリウスが教え諭そうとする道徳的価値観とは相反するものであることは百も承知のうえで、自分が暮らす社会の価値観を公然と擁護する。すなわち、ウェルギリウスがそんな哀れな男のことなどは放っておくように促すと、ダンテは従兄弟が自分に腹を立てるのも無理はないのだと、その理由を熱心に説明し始める。それはジェーリが非業の死を遂げ、その復讐がまだ一族によってなされていないからだというのである（「非業の死に対する復讐が／屈辱の思いを同じくする親族（コンソルテ）の手で／いまだになしとげられていない」）。ダンテは家族の一員であり、当時の語彙体系の中では非常に重要な言葉である親族（コンソルティ）の一人で、そうした復讐の責任を負うべき立場にあった。したがって、ジェーリが腹を立て、声もかけずに立ち去ったのは至極当然のことで、むしろやましさを感じているのはダンテのほうなのである。

では、誰がジェーリ・デル・ベッロを殺したのか？ ダンテの息子ピエーロは知っていた。それは皇帝派の豪族サッケッティ家の一人だった。ダンテが『神曲』を執筆した時点ではまだ復讐はなしとげられていなかったが、ジェーリの甥たち、つまりチョーネの息子たちが、すでに他の暴力事件に関与していたラーポが中心となって、サッケッティ家の人間を殺害した。ダンテが生前にこのことを知ったとしたら、賛意を示したことはまちがいない。埋葬場所のサンタ・マリア・ディ・カファッジョ修道院の記録簿によれば、ジェーリは一二八七年に殺害されているが、何十年経っていようと問題ではない。ダンテの師であるセル・ブルネット・ラティーニは、すっかり忘れていた恥辱に対して復讐がなしとげられるのを見たと満足げに語っていなかっただろうか（「人々の間に、ほとんど記憶をとどめていなかった」）。復讐の義務とその法的・道徳的正当性に時効というものはなかった。

ダンテの親族はこれで全員だろうか？ 断言することは難しい。彼の祖父ベッリンチョーネ・ディ・アラギエーリの時代にはサルヴィ・ディ・アラギエーリなる人物が住んでいたが、その子供たちはダンテの父やおじたちとほぼ同世代で、一二九五年以前の多くの文書に登場する。彼らは従兄弟だったのだろうか？　おそらくそうではなく、彼らは別の教区に住んでいた。一二八〇年、ラティーノ枢機卿が和平のためにフィレンツェを訪れたとき、その息子たちの最後の生き残りである「カルッチョ・ディ・サルヴィ・アラギエーリ」は、抗争状態が続いていたストリナーティ家に対して和解を求めた。ネーリ・デリ・ストリナーティが回想録で述べているように、「彼は独り身の男だったので、最悪の事態を恐れていた」。つまり、彼の身を守ったり、復讐したりするのに誰も指一本動かせないうちに抹殺されてしまうことを恐れたのである。評議員だったもう一人の同時代人は、ゲラルド・デル・ベッロという人物である。彼については何も知られていないが、ダンテの従兄弟で、ジェーリとチョーネ・デル・ベッロの兄弟である可能性が高い。

　しかし、これらの記録は、豪族の家の数を考えるなら、非常に少ない。一二六八年にフィレンツェから追放された皇帝派のリストには、ウブリアーキ家の成人男性二六人、ウベルティ家の成人男性二三人、ジューディ家の成人男性一四人の名が記されている。一二七八年、唯一のアリギエーリ家の人間としてブルネットおじが参加した評議会の集まりには、アディマーリ家一三人、カヴァルカンティ家九人、デッラ・トーザ家七人が参加している。一二九三年、コルシーノ・アミデイが正義の条例に従って保証人を出さなければならなかったとき、そのうち一四人がアミデイ家の人間だった。一三〇一年、サン・ミケーレ・ヴィズドミニ教会の保護権（パトロナート）は、ヴィズドミニ、デッラ・トーザ、アリオッティという親戚関係で結ばれた三つの家に属する五八人の成人男性が共同で保持していた。また一三〇一年には、カヴァルカンティ家の人間七人（全員が騎士）が私的な証書に一緒に登場している。こうした数値を比べてみても、ダンテ一族の「中間的な」立場が見てとれる。

5 子供時代と隣人たち

1　誕生日と名前

ボッカッチョは『ダンテ頌』にこう記す。「この比類なきイタリアの栄光は、宇宙の王が人類の魂を救済する受肉の年一二六五年に（…）私たちの町で生まれた」。では、彼はどうやってそれを知ったのか？　いや、知っていたわけではない。「ダンテがラヴェンナにいたときの最も親しい友人、従者の一人であった、セル・ピエーロ・ディ・ジャルディーノ・ダ・ラヴェンナという有能な男」から聞いた話から推測したのである。セル・ピエーロは、死の床にあったダンテから五月に五六歳になったと聞いたとボッカッチョに打ち明けている。ダンテは一三二一年九月一四日に亡くなったので、生まれたのは一二六五年五月という計算になる。ダンテが異界を旅したのは一三〇〇年というのが通説となっており、『神曲』第一歌の冒頭でダンテは「人生の道の半ばで」と述べている。ちなみに詩篇九〇篇には人生たかだか七〇年と歌われているので、帳尻は合う。生誕の正確な日付については、『天国篇』の中で、自分が生まれた時（「私が初めてトスカーナの空気に触れたとき」）に太陽が双子座にあったことを伝えているので、五月中旬以降に生まれたことになるが、それ以上のことは言えない。

一二六五年にはまだ皇帝派がフィレンツェを支配しており、従兄弟のジェーリ・デル・ベッロを含む多くの教皇派が追放されたことはすでに述べたが、アリギエーロを含むベッリンチョーネとその息子たちは、町を追われるほどの要人でもなければ危険人物でもなかったことは明らかである。ダンテが実際にフィレンツェで生まれたことは、彼自身が『地獄篇』の第二三歌（「私が生まれ育ったのは／美しいアルノ川のほとりの大きな町」）や『饗宴』（その「甘い胸」で「生まれ、養われた」）で証言している。『俗語論』の中では、自分はフィレンツェの「生まれで、その市民であり」、歯が生える前からアルノ川の水を飲んでいたと述べている。『天国篇』第二五歌では、フィレンツェを「私が子羊のごとくに眠った美しい羊小屋」と呼び、「わが洗礼盤」についても語っているが、これは彼が他のフィレンツェ人と同様にサン・ジョヴァンニ洗礼堂で洗礼を受けたことを意味しており、別の箇所では「わが麗しきサン・ジョヴァンニ」と呼んでいる。この場所に思いを馳せて胸を熱くしたのはダンテ一人ではない。ディーノ・コンパーニは一三〇一年の秋、町が内戦状態に陥るのを食い止めたいという必死の思いから、「多くの善良な市民」をサン・ジョヴァンニ洗礼堂に集め、「誰もがかつて、この聖水で聖なる洗礼を受けたこと」を思い出すようにと訴え、「聖なる洗礼が行われたこの聖水盤の上で」、平和と協調を福音書に誓わせた（彼らは皆、泣きながら誓ったが、誰よりも盛大に泣いてみせたのは「町の破壊の主役たち」であった。ディーノはそうした連中に誓わせたことで一人ひとりの魂を汚してしまったと思い、自分を責めた）。

では、ダンテの名前はどこから来たのか？　それは少なくともフィレンツェでは珍しい名前ではなかった。ダンテは若い頃、同名のダンテ・ダ・マイアーノなる人物と論争詩（テンツォーネ）のやりとりをしている。また、ダンテがボローニャに滞在していた証拠を探していた学者たちは、当時のボローニャの公証人台帳の中に、ダンテという名の人物をさらに六人発見した。彼らはいずれもフィレンツェ人である。

フィリッポ・ヴィッラーニ（†一四〇五）は、フィレンツェの著名人を取りあげた本の中で、ダンテの本当の洗礼名はドゥランテであるが、フィレンツェでは短縮形が用いられるのでダンテと呼ばれたと述べている。これはまさにそのとおりで、実際、この町には至るところに、ヴィエーリと呼ばれるウリヴィエーリ、ネーリと呼ばれるラネーリ、コルソと呼ばれるボナッコルソがいた。また、同じ人間がドゥランテと呼ばれたり、ダンテと呼ばれたりする例にも事欠かない。ダンテの母親の出自とされているアバーティ家にもそうした人物が認められる。

たしかにこの詩人は作品の中で常にダンテと名乗っており、詩の文通相手からもそう呼ばれている。ソネット「あらゆる知識を授かったダンテ・アリギエーリ」を書き送った逸名詩人に対して、彼はソネット「私をそのように呼んでくれた君に、我、ダンテ」で応じた。『煉獄篇』第三〇歌では、去りゆくウェルギリウスを見て泣くダンテを見て、ベアトリーチェが「ダンテよ、ウェルギリウスが去っていくからといって、泣いてはいけない」と叱る。唯一の例外は、有名な『薔薇物語』のトスカーナ語への自由な翻訳である『花（フィオーレ）』で、ある箇所で愛神（アモール）が「私がドゥランテを助けるのが至当であろう」と宣言し、さらに別の箇所では「セル・ドゥランテ」という呼び名が用いられる。では、この作品の作者はドゥランテなのだろうか？　また、作者はダンテなのか？　今日では多くの人がそう考えているが、「セル」は誰にでもつけられる一般的な呼称ではなかったことは注目に値する。フィレンツェでは、「セル」の尊称は司祭、公証人、学校教師にのみ厳格に与えられていたし、ダンテが自分自身に「セル」をつけようと考えるというのも奇妙に思える。存命中に作成された公証文書にも、ドゥランテという形は一度も出てこない。だが、ヴィッラーニは正しかった。一三四三年一月九日、ヤーコポ・ディ・ダンテは以前に父がフィレンツェ市によって没収された財産を取り戻したが、唯一、この証書の中で、この詩人は、理由はわからないが、しつこいほどに繰り返し「かつてダンテと呼ばれたドゥランテ」と呼ばれている。いちいちこのような注釈が求められたのは、公証人がアッシジ出身の外国人だったからではないだろうかと考えてみる余地がある。

いずれにしても、それは一族の中で用いられてきた名ではなく、したがって母方の実家に由来するものと考えるのが自然である。これは広く浸透していた慣習でもあった。ボッカッチョは『ダンテ頌』の中で、アリギエーロの名が一族の中に入った理由を説明するためにカッチャグイーダの妻を引き合いに出し、多くの子供を持っていたこの女性が、「女性はそもそもそうした事を好む傾向があるが、彼女も例にもれず、一人の子を通じて先祖の名を復活させることに喜びを見出した」からと仮説を立てている。これらの考察から、すでに述べたとおり、モンナ・ベッラはアバーティ家の人間であるという仮説が生まれた。アバーティ家ではダンテ／ドゥランテという二つの名前が非常によく用いられていたからである。この場合、ダンテはアリギエーロとベッラの第一子ではなく、大人になるまで生き残った中での最初の子供であるかもしれない。そうであっても何ら不思議ではないし、実際、こうした系図においては、統計学的にみてこの夫婦が生んでいたはずでも、幼くして死んだ子供は無視せざるをえないことを再度つけ加えておく（このことはダンテの子供についてもあてはまるが、それについては後述する）。父親がすでに四〇歳を超えていた頃に生まれたダンテには、自分よりも早世した兄がいた可能性が高い。その兄は幼児期ではなく（その場合、次に生まれた子がその名を引き継ぐのが普通だったから）、幼少期や青年期に亡くなっていただろう。

しかし、その他の兄弟姉妹は生き残っており、特に姉妹について我々は――望みどおりの情報ではないにせよ――多少のことは知っている。フォレーゼのソネットでは、「ターナとフランチェスコ」について触れられている。フランチェスコとは、すでに見たようにアリギエーロの二番目の妻ラーパ・チャルッフィとの間に生まれた弟である。初めて記録に現れるのは一二九七年。一三四二年にはまだ存命で、ダンテの子供たちとすべての配偶者の名でサッケッティ家と和解し、ジェーリ・デル・ベッロ殺害に端を発する長年の確執に決着をつけた。一方のターナは商人ラーポ・リッコマンニと結婚し、一三一七年から一三二一年にかけてのいくつかの文書に、すでに未亡人となって登場している。少数の例外を除くほとんどの批評家たちは、ターナもアリギエーロの再婚相手の娘であり、したがってダンテの異母姉でもあると考えているが、この特定にはいくつかの問題がある。ターナの夫は生前、一二八一年から一二九五年の間に書かれた会計帳簿に何度も彼女の名を記している。ラーポは仕事で留守にすることが多く、妻は彼の名前で金銭の授受を行っていた。一二八一年八月に名前なしで初めて言及した後（当時のフィレンツェの俗語で「モルリャーマ」、すなわち「私の妻」）、一二八五年以降はトロータまたはトロッタの愛称でターナを呼んでいる（「トロータ」、「トロッタ」、「わが妻モーナ・トロッタ」）。彼女が死後に「ドミナ・ターナ」と呼ばれることになる人物と本当に同一人物なのかを疑問に付す向きもあるが、一般的には同一人物とみられている。

さて、ラーポ・リッコマンニには、一二九五年七月に結婚した娘のガリツィアと、フランシスコ会修道士となった息子のベルナルドがいたが、彼は一二九七年、サンタ・クローチェの他のフランシスコ会の修道士たちとともに、一人の後援者の遺言書作成に証人として立ち会った。つまり、一二八一年の時点でターナはすでに結婚しており、ときには夫の代わりを務めていた。娘は遅くとも一二八三年に生まれているが、実際はそれよりも二、三年早く生まれた可能性が高い（教会法では女性の結婚最低年齢は一二歳と定められていたが、ダンテ時代のフィレンツェの花嫁の場合、最も多い結婚年齢は一五歳であった）。また、息子は一二九七年にはすでに少なくとも一五歳の法定年齢には達していたことになる。ターナがアリギエーロの再婚相手の娘だとすると、最初の妻はダンテの誕生後すぐに（となると出産時か？）亡くなり、アリギエーロはすぐに再婚したと考えざるをえない。ターナは一二六六年以降に生まれたとは考えられないからである。もちろん、厳密に言えば、一二八一年八月の名前なしでの言及が彼女を指しているかどうかはわからない。「モルリャーマ」はラーポの最初の妻である別の人物の可能性もあり、ガリツィアもベルナルドも最初の妻の子供なのかもしれない。しかし、決定的な判断材料となるのは、ターナとフランチェスコも関わった一三二〇年の売買取引記録において、フランチェスコが同じ父親から生まれた兄弟と記されていることである。公証人がわざわざこのように明記したのは、兄妹の父親が同じで、母親が違ったからであろう。したがって、ターナはまちがいなくダンテの姉妹で、しかもアリギエーロとベッラの娘であり、おそらく姉とみられる。

ボッカッチョはもう一人の姉妹について語る中で、自分はその息子をよく知っているが、驚くほどダンテに似ていると断言している。「ダンテには姉妹がいて、その姉妹はレオン・ポッジというフィレンツェ市民と結婚し、何人かの子供をもうけた。その中で、他の誰よりも長生きした者はアンドレアと呼ばれていたが、彼は顔の特徴がダンテに驚くほど似ており、猫背気味な体格までもが、ダンテがそうだったと言われているとおりだった」。このレオーネ・ポッジは、カピターノ・デル・ポポロの布告役人や教皇派の幹部を務めていたため、フィレンツェではよく知られた人物であり、実際、息子のアンドレアがさまざまな文献に登場している。一二六〇年頃、レオーネはすでにラヴェンナという女性と結婚していたが、この女性をダンテの姉とみようとする者もいた。しかし、そうなるとラヴェンナは弟よりも遅くとも二〇年前、一二四五年頃には生まれていなければならないため、年齢的にみて非常に難しい。厳密に言えば、女性が一五歳で結婚する世界では不可能ではなかった。出産で死ななければ、カテリーナ・ダ・シエナの母について伝えられるように、二〇人もの子供を持つことさえありえた。しかし、この仮説を追究しても、アリギエーロとベッラの結婚に関する情報があまりにも少ないことを痛感するだけの結果に終わるだろう。ラヴェンナについては、レオーネの最初の妻であった可能性が高い。

姉妹の一人については、ダンテが『新生』の中で言及しているが、これはダンテの作品において近親者が登場するきわめて稀な箇所の一つである。彼は九日間病気で寝込み、「身動きがとれない人間のごとく臥せっていなければならなかった」というほど衰弱しきっていた。熱にうかされるあまり、自分が思いを寄せる少女ベアトリーチェの死と自分の死とを想像した。その苦悶の様子は、「私の枕元にいた若い貴婦人が、私の泣き声やうわごとが病が苦しいせいだと思い、不安にかられて泣き出す」ほどだった。すると、「部屋に居合わせた他の女性たち」が様子を見に来た。当時、プライバシーはあまり尊重されていなかった。彼女たちは病人を見守るためではなく、自分の仕事をするためにいたので、若い女性が泣き出して初めて、「私が泣いていることに気づいた」のだった。女性たちは若い女性にその場を外すように言い、病人が悪夢を見ているものと思い、彼を起こそうとした。ここでダンテは、ほとんど偶然のように、その女性が「私の一番近い血筋の親類」であったと述べており、これはたしかに彼の姉妹であることを意味しているが、彼女がターナであったのか、もう一人の女性のほうであったのかはわからない。

3　家とご近所

ダンテが病で倒れた家、そしておそらく彼の生家だった家とはどこだったのか？　現在、ダンテの家と呼ばれる博物館がある場所がほぼそれに該当するが、何世紀にもわたって、改築、取り壊し、ずさんな修復工事が繰り返されてきた結果、当時の様子がおよそ見分けがつかないほどのありさまになっている。彼の曾祖父であるアラギエーリは、サン・マルティーノ通り（現在のダンテ・アリギエーリ通り）に面したサン・マルティーノ・デル・ヴェスコヴォ教会の壁を背に、イチジクの木を所有していた（のちに切り倒すことになるが）。ジェーリ・デル・ベッロの家は、サン・マルティーノ・デル・ヴェスコヴォのポポロ（今でいう「教区」）にあり、皇帝派政権下で損傷を受けたが、一二六九年に教皇派が戻ってきた後、所有者に弁済された。資料によると、この家はサン・マルティーノ教会に面しており、ドナーティ家やマルドーリ家、さらにダンテの祖父となるベッリンチョーネの家と境を接していた。真正面にはカスターニャの塔がそびえ、銀行の帳簿には、一二九〇年の日付で、「カスターニャの賃借人チョーネ・ブルネッティ・デリ・アリギエーリ」によるタッデーオ・ドナーティの口座への支払が記載されている。つまり、彼のおじブルネットの息子は、同じ街区のドナーティ家の人間の借家人であった。また、一二九五年の時点では、チョーネ・デル・ベッロとその息子ラーポ、孫のベッリーノが、同じ教区の、大修道院（バディーア）やチェルキ家に隣接する別の家の所有者だった。

教区に所属することは重要な意味をもっていた。公証文書では、フィレンツェ人の名前の後に、その人が住んでいた「教区（ポポロ）」が付記されることが多い。サン・マルティーノ・デル・ヴェスコヴォ教会の教区は小さく、アリギエーリ家はドナーティ家とともに、その界隈で最も重要な家の一つだった。一二七七年の訴訟では、ドナート・ディ・ウベルティーノ・ドナーティ、ブルネット・アリギエーリ、チョーネ・デル・ベッロが、教会に隣接する空き地に建物を建てるのを阻止しようとする同じ教区の隣人たちの代理人となり、サン・マルティーノの司祭や大修道院長に対峙している。大修道院の隣人たちには気苦労がつきもので、ひんぱんに悶着が起きた。一三〇七年には、市政府が聖職者に課した新税の支払を拒否した修道士たちが修道院内に立てこもり、鎚で鐘を乱打したところ、「日頃から修道士たちに憤懣を募らせていた近隣の有力市民」に扇動された教区民が修道院を襲撃して略奪し、市政府は報復として鐘楼を取り壊させた。

アリギエーリ家が所属する最大の地域単位は、町を六つに区分けした地区のうちの一つ、ポルタ・サン・ピエーロ（またはサン・ピエーロ・マッジョーレ）地区であった。今日、我々は山手と下町、中心と郊外を区別することに慣れているが、フィレンツェの地区はそのようには考えられていなかった。六地区のうちオルトラルノを除く五つの地区は、最も古い中心部から、ホールケーキをカットするように町を分割していた。六つの地区はおそらくそれほど強い地域的個性はもっておらず、そのため、一四世紀には廃止され、新たな地区割りが行われることになるが、それでもフィレンツェ市民の生活の中では非常に重要な役割を果たしていた。カンパルディーノの戦いで前線に配置されるフェディトーリや、二か月ごとに市政を担当する六人の代表委員（プリオーリ）の指名や選挙は、これらの地区単位で行われるため、おのずから政治的同盟や競争の場となっていた。後にそれぞれ白派と黒派の領袖となるチェルキ家とドナーティ家は、いずれもポルタ・サン・ピエーロ地区の、アリギエーリ家から数歩の距離に家と塔を構えており、そのため、ヴィッラーニはここを「醜聞の地区」と呼んだ。

ダンテはフィレンツェにいる間はこれらの家に住み続けた。そのうちの少なくとも一つは、カスターニャの塔の向かいにある、彼が生まれた祖父ベッリンチョーネの家ではなく、サン・マルティーノ教会の向かいの、従兄弟のジェーリ・デル・ベッロの家に隣接していた家が彼の所有になっていた。一三二三年には、同じ教区内にある従兄弟のチョーネ・ディ・ブルネットが所有する家が、マルドーリ家の家や、かなり異例の法律用語を用いてニッコロ・ディ・フォレジーノ・ドナーティ「(並立を許す)または」ダンテの息子の一人であるピエーロの所有物と定義された家に隣接していた。ダンテの亡命後、不動産はすべて没収されていたが、妻ジェンマの兄弟であるフォレジーノが買い戻し、亡命者の死後、少なくとも一部は息子たちの所有に戻ったと考えられる。実際、一三三二年には、ダンテの息子であるピエーロとヤーコポの二人は、叔父のフランチェスコと共同で、サン・マルティーノ・デル・ヴェスコヴォ教区にあり、ドナーティ家とマルドーリ家の屋敷に隣接するまさにこの家を、まちがいなく所有していた。二人の兄弟の間の財産分割は難航したが、一三四一年に仲裁人によって家の所有権はピエーロに割り当てられた。

6 愛と友人

同じポルタ・サン・ピエーロ地区内の、サン・マルティーノ・デル・ヴェスコヴォ教区の隣のサン・マルゲリータ教区には、ダンテの人生に決定的な影響を与えたもう一つの家族、ポルティナーリ家が住んでいた。彼らは商業と金融を生業とする平民の一族だが、文書に登場するのは第一次平民政権（プリモ・ポポロ）時代（一二五〇年〜一二六〇年）以降なので、おそらくアリギエーリ家よりも歴史は浅い。当初は皇帝派政権によって危険な立場に置かれていたが、政権交代後の制裁を生き延びた。フォルコ・ディ・リコヴェロ・ポルティナーリは、一族の中で、ダンテの時代の政治生活に頻繁に登場する唯一の人物であるが、ひときわ傑出した人物である。皇帝派の豪族の家系であるカポンサッキ家の女性と結婚し、カリマーラのコンソリを数度務め、一二八〇年にはチェルキ家と協力してラティーノ枢機卿との和睦をなしとげ、短命に終わった一四人評議会の評議員に一回、第二次平民政権（セコンド・ポポロ）のプリオーリに三回選出されている。ダンテはそのことに触れないようにしているので、注釈者たちの記述を信頼するなら、子供の頃のダンテが恋焦がれたベアトリーチェの父親は彼であることがわかっている。

　ダンテ自身も『新生』の中で二人の出会いを語っている。一二七四年の春、ダンテ九歳、ベアトリーチェはまだ八歳になったばかりのできごとだった。本当をいえば、「語っている」というのは正確ではない。なぜならダンテはベアトリーチェが血のように赤い服を着ていたことと、会った瞬間から彼が恋に落ちたということ以外、何の状況説明もつけ足していないからである。となれば、彼の記述、とりわけ主人公二人の年齢を鵜呑みにしてもよいものだろうか。ダンテは『新生』のことを「私の記憶の書物」の一章であると述べている。しかし、学者たちは、どこから見ても文学作品であり、物語とさえ言い得るこの作品の作者が、最初に自分自身を登場させようというときに、創作のインスピレーションの源となった事実をはたして忠実に再現しようとしたかについて、当然の疑念を抱いている。ダンテの象徴体系の中では「九」という数字が重要な意味を持っていることから、二人の年齢、つまりは出会いの日付を疑ってみる必要があるかもしれない。だとするなら、まだ幼い二人の初めての出会いをダンテが「創作」したのかどうかは、私たちには知り得まい。

ダンテの記述をこれっぽちも疑わず、それどころか、もっと詳しい事情を知っていると主張するボッカッチョは、二人の出会いはカレンディマッジョでのできごとだったと述べている。社会主義運動がこの日を労働者の日に選ぶずっと前から、五月一日は新たな季節の始まりを祝う日であり、家族やご近所同士が集まって宴会や踊りに興じた。ボッカッチョは、「私たちの町ではそれぞれの地区で、人々が男女の別なくそれぞれに集い合い、お祝いをするのが慣わしだった」となぜか過去形で述べている。そこでフォルコ・ポルティナーリは「五月一日、アリギエーロ家を含む隣人たちを自分の家に集めて祝った」。ダンテは「特に祝祭日には父親と行動を共にするのが常だった幼い子供たちの例にもれず」、父親についていった。フィレンツェで定められていた厳しい男女の隔離政策に従い、母親は女同士で祝った点をボッカッチョは明かしているが、これは幼い子供には適用されなかった。実際、この宴会には男女の別なく子供たちがたくさんいて、最初の料理を食べ終えると食卓を離れて遊び回っていた。ボッカッチョは、このときにダンテはベアトリーチェに出会ったのだと結論づけている。

は誰もが当たり前のようにビーチェとつづめて呼んでいた。ドゥランテを誰もがダンテと呼んでいたのと同じである。

「それからというもの、愛神(アモール)が私の魂を支配下に置いた」とダンテは結んでいる。この幼い恋心を——もちろんそれが創作ではないと仮定してだが——今日の精神分析の道具を使って分析することは場違いだろうか？ 人間のありようは、もちろん、時代によって差がある。それはさまざまな情報や価値観、経験が蓄積されていくからだが、子供の頃はその蓄積がまだ進行中なので、時代が変わっても、成長を果たした大人ほどの差がないのである。児童心理学の専門家シルヴィア・ヴェジェッティ・フィンツィは、初恋は通常「八〜九歳頃、時にはそれよりも早い時期に」訪れると記している。それは「思春期に関連した新しい情動、新しい感情の旋風が起こり始める潜伏期間」であるが、正確には思春期にはまだ遠く、まさにそのために幼少期の愛は「ほとんどの場合、完全にプラトニックで、理想化されたものなのである」。それらは性的好奇心やエロティックな戯れとは何の関係もない。そして、その衝動は突発的で動機がなく、「目の色、歩き方、笑い方、飛び上がり方など、誰にもわからない理由で」引き起こされる（血のように赤い服もその一つかもしれない）。

ベアトリーチェの死後、ダンテは、二五歳から三〇歳の間に『新生』の執筆を通じて、現実にはほとんど存在しないが、内面的には計り知れないほど重要な、自分と彼女の関係を再構築するなかで、幼年期から青年期と呼ばれる時期を通じて、そうした関係が変わることなく続いていると主張する。そして、自分の反応を同時代の考え方に照らし合わせて分析する。それは何よりもまず、明らかに非合理な愛が良いものなのか悪しきものなのかを理解しようとする試みだった。愛こそが最も重要で高貴なものだと確信するロマン派以降の私たちにとって、そうした疑念を抱くことは奇妙に思えるかもしれないが、ダンテの時代の人々は、行動は理性によって支配するべきだと信じて疑わず、愛が人を虜にする力を恐れていた。誰もが読み、ダンテも若かりし頃にオック語から翻訳を行った（詩集『フィオーレ〔花〕』の著者をダンテとすればだが）、当時の最も有名なベストセラー『薔薇物語』の中では、「理性」を擬人化した登場人物が愛を攻撃し、人間が近づいてはならない狂気と断じている。ダンテをはじめとする同世代の詩人たちは、本書では触れないが、きわめて洗練された言葉で、この問題を深掘りしていく。しかし、重要なことは、ダンテが自分の幼少期と思春期の恋愛を思い出すにあたり、自分の場合は矛盾がなかったと明言している点である。もちろん、愛は彼を支配し、「このうら若い天使を探して会いに行くように、私を幾度となく操った。そこでまだ幼かった私は、幾度となく彼女を探しに出かけた」。しかし、彼が恋したのは、凡百の女性ではなく、ベアトリーチェだった。つまり、恋狂いの少年の頭の中であれ、彼の恋の対象はどんな非合理な思いも追い払うほど高貴な存在だった。ダンテの弁によれば、「分別ある理性の助言」を押し殺してしまうほど愛が自分を支配したことは決してなく、このことも、彼が愛した女性がいかに崇高な存在であったかを示している。

プラトニックな愛、とシルヴィア・ヴェジェッティ・フィンツィは言う。実際、ダンテはベアトリーチェと一言も言葉を交わすことのないまま、何年にもわたってそれを培ってきたことを認めている。ダンテ時代のフィレンツェでは、先に述べたように、男女の隔離が厳格に行われていた。彼の記述によれば、どこの町よりも厳しかったようだ。女性はほとんど女性と一緒に過ごし、その結果、男性は男性とばかり過ごすことになる。道ですれ違えば挨拶くらいは交わすが、男女の若者が本当に一緒にいられる機会は限られており、貴重なものだった。その最初の幼い出会いの後、少年はたびたび少女に会おうとしたが、挨拶をする機会も、見かける機会もなかった。おそらく彼は何年もの間、一度も彼女に会えずにいただろう。トスカーナの町では、少女が思春期を迎えると、両親は通常、外出させず、家に隔離していたからだ。そして、ちょうど九年後の一二八三年、二人は道ばたですれ違った。

二人はほぼ同じ年齢だったが、社会的地位は大きく異なっていた。一八歳のダンテはまだ満たされない欲望を抱える思春期にあったが、一七歳になったばかりのベアトリーチェはすでに人妻だった。既婚者として外出はできたが、夫である騎士シモーネ・デ・バルディの社会的地位を考えると、一人きりで出歩くことは難しかった。その日、彼女は年上の女性たちと一緒にいたが、初めてダンテに気づいた。彼はまるで物慣れしないティーンエイジャーのようにパニックに陥り（「ひどく動転して」）、気づかれないうちに通り過ぎようとした。しかし、ダンテと目が合ったベアトリーチェは、会釈をした。ダンテは法悦を味わった（「その時、私は至福のかぎりを見たような気がした」）。彼女の声を聞くのは初めてだったのだ！

この時、一八歳の青年は家に逃げ込み、自分の部屋に閉じこもってしまう。ダンテは自分の部屋を持っていたが、これは、中世の家は小さく、過密で、部屋の用途が分かれていないというステレオタイプな歴史観に囚われたダンテ研究者を驚かせる。実際には、ダンテのような裕福な家庭の家が狭苦しかったと考える理由はさらさらない。ダンテの家を見たことがあり、ダンテの曽孫のレオナルド・アリギエーリがヴェローナから訪ねてきたときには、その家を見せている点で、私たちよりも分のあるレオナルド・ブルーニは、ダンテの家は「非常にまともな」家だったと断言している。自室を持つことについては、カテリーナ・ダ・シエナの家族が、彼女の召命を妨げようとして禁止した例がある。

しかし、カテリーナは、妻子がなく日中は部屋に誰もいない状態の弟ステファノの家に祈りに行った。すると父親が折れ、他人から離れて一人で住むための小さな部屋を与えてくれた。染物屋の大家族の家で娘が得られたのであるならば、ダンテの家のようなはるかに裕福な家ならば当然可能だったとみてよい。

こうして一八歳の青年は部屋に閉じこもり、ベアトリーチェとの出会いを思い返す。夜になるとダンテは彼女の夢を見て（裸で、という特筆すべき記述があるが、さりげなく書かれているため、通常、注釈者はそのことに触れない）、激しい感情にとらわれて目を覚ます。これまでのところ、私たちの誰もが経験することと変わらないと読者は言うだろう。しかし、その一八歳の青年とはダンテであり、彼が生きた世界は私たちの世界とは違っていた。その世界では少し前から、読み書きができて本や議論に時間をさける社会的地位の高い若者たちの間で、新たなブームが巻き起こっていた。それは、誰もが関心を抱く話題である愛の情熱を分析し、その分析結果をラテン語ではなく、日常語で詩にすることだった。それが目新しい試みだったことは、『新生』でのダンテの言葉が明確に伝えている。「昔はいわゆる俗語で恋愛詩を書いた者はおらず、ラテン語で書く者が何人かいるだけだった（…）これらの俗語詩人が最初に登場したのは、それほど昔のことではない」。ダンテは一八歳のとき、すでにこのテーマに大きな関心を寄せており、自分より少し年上の、フィレンツェの恋愛詩人の名を聞き及んでいたり、面識があったりした。そこで、すばらしい夢から覚めたダンテは、「私自身、韻を踏んで言葉を発する技にはいささか心得があったので」、自分の経験をソネットに仕立て、名の知れた吟遊詩人（トロヴァトーレ）に意見を仰ぐことにした。

ダンテは「恋心多く、心優しい皆様へ」と題したソネットを書きあげ、匿名で相手に送った。これは誰もがルールを知る一種のゲームだった。ソネットを受け取ることは挑戦のようなもので、それに答えなければならない。今日でも批評家がこうしたやりとりを「論争詩（テンツォーネ）」と呼ぶのは偶然ではない。受け取った相手も同じように高尚な文体で応じることもあれば、冷水でしっかり睾丸を洗って熱を冷ますようにと助言したダンテ・ダ・マイアーノのように、急にコミカルなトーンに引き下げることもあった。もちろん、誰もが新たなライバルが誰になるかを探り合っていたわけだが、そのうちの一人に「友人の中の筆頭と私が呼ぶ者」がいた。ダンテが「筆頭」といったのは、知り合った順番ではなく、大切さや親しさの度合いである。「思うに君が見たものは、人が知りうるあらゆる品格」というソネットでダンテに答えたのが、グイード・カヴァルカンティである。「これを送ったのが私だと知ったとき、彼と私の友情が生まれたとみてよい」。恋愛のテーマは、友情のテーマと密接にからみ合っている。子供の頃に生まれた恋がその後もティーンエイジャーの心を捉え続けるならば、それはまた、新しい友人、子供の頃の友達（誰であったかは知られていない）よりもはるかに深い愛情で結ばれた、本当の、かけがえのない友を見出すための機会にもなるのだ。

ダンテにとって友人は大切な存在だった。フィレンツェの町でローマに向かう巡礼者とすれ違った折り、彼らが憂い顔をしているのを見たダンテは、心の中で自問した。「もしかしたら遠方の友人たちのことを考えているのかもしれない」。たしかに当時の言葉では、「アミーチ」は親戚や家人を指す言葉でもあったし、ダンテが巡礼者に託した心情もそこにあったのだろう。しかし、『煉獄篇』第八歌において、自らを旅人になぞらえたダンテが、黄昏時に旅立った日を思い出し、別れを告げた「親しい友人たち（アミーチ）」を懐かしむとき、この言葉がより重要な意味を持つことは明らかである。『新生』には、グイードに次ぐ大切な存在として、べつの友人が登場する。それはベアトリーチェの兄弟として父親の遺言書に記された五人のうちの一人にちがいなく、おそらく長男のマネットであろう。さらにもう一人、まちがいなくダンテの友人として挙げられるのは、フォレーゼ・ドナーティである。戯れ歌調の有名な論争詩でも知られるフォレーゼは、後に黒派の領袖となりダンテやグイードと激しく敵対するコルソの弟である（しかし、フォレーゼはこの時点ではすでに死んでおり、ダンテは煉獄で彼と会い、兄の悪口を言わせることになる）。

これらの交友関係を通じて、ダンテは自分が生まれた環境よりも高い社会階層、それもフィレンツェで最も高い階層に入り込むことができた。ポルティナーリ家の方がアリギエーリ家よりはるかに裕福で、影響力も大きかったとはいえ、両家とも権門勢家ではなかった。しかし、ドナーティ家とカヴァルカンティ家は、フィレンツェで最も高い声望と権勢を誇る家柄だった。ダンテが一族から受け継いだのは、そうした種類の交流ではなかった。そのことを如実に物語るのが、一二九一年九月六日付の記録にうかがえる人間関係である。グイドゥッチョ・ディ・チャンポロなる人物が、ペトロニャーノの聖ピエトロ地区および教区に対して起こした訴訟を処理するための代理人を任命した証書において、ダンテは公証人セル・ボナヴェントゥーラ・ディ・ターノとともに証人となっている。この代理人とは、サン・ピエトロ・マッジョーレの平民である、公証人セル・マスキオ・ディ・ベルナルドで、当時、ダンテと同じポルタ・サン・ピエーロ地区に住んでいた。ダンテがこうした人々の証人になったのは、おそらく友情や近所づきあいによるものだろうが、特筆されるのは、姓を持たず父称のみの人々と、ダンテが同じ取扱いを受けていることで、証書の作成者はダンテもそうした人々の一人（「故アッラギエーリの子ダンテ」）とみなしていたことを示している。

しかし、『新生』を読むと、ダンテは社会的地位の異なる若者たちや「貴婦人たち」と接していることがわかる。この作品は、当時のフィレンツェの若者たちの出会いの機会を推察する貴重な資料となっている。そうした機会は、同性であれば頻繁にあったが、異性相手ではごく稀だった。教会での説教や聖母讃仰の際、ダンテはベアトリーチェが見える場所に座り、たえずそちらに目をやるが、彼とベアトリーチェの間には別の美しい女性がいた。彼女はそのことに気づくが、ダンテが自分を見ているのだと思い込む。他の多くの出席者もそれに気づき、面白がって冷やかしたりした。もちろん、こうした場で会衆がいつも真面目に説教を聴いていたわけではないのだ。

またある時は、「私を喜ばせようと気づかった」一人の友人が、ダンテをその日に結婚する女性の家に連れていくと、フレスコ画が描かれた部屋で、花嫁が多くの貴婦人たちとともに食卓に座っている。ベアトリーチェがそこにいることに突然気づき、パニックに陥ったダンテは、友人に連れ出されるまでの間、皆に醜態をさらしてしまう。このエピソードは、披露宴の情景として軽く読み飛ばされてしまうのが常であるが、我々が注目するのはそこではない。それは結婚という複雑かつ象徴的な儀式の頂点をなす瞬間なのである。その日、新郎は大手を振って義父の家に行き、「花嫁を引っぱり出して」、わが家に連れ帰る。これは一種の通過儀礼であり、その重要性を裏づけるようなさまざまな対応がとられていた。というのも、「先に述べた町の慣例として、新婦が初めて新郎の屋敷で食事をするときには、婦人たちが同席する慣わしだった」からである。花嫁が初めて他人の家で食事をするときにはつき添うというのが、婦人たちの嗜みだった。その後、夫と二人きりとなった新婦は、新しい生活に入り、男性と親密な関係を築くことになる。ダンテとその友人は昼食に招待されたわけではないが、そうした淑女たちに「しかるべくお仕えするために」、その場におもむいた。要するに、花嫁とつき添いの婦人たちに敬意を払うという口実で、男女間の厳格な隔離と異性間の出会いを同時に実現する、当時の礼儀に従ったわけである。

　さらに、多くの者が若くして命を落とした当時、頻繁に行われた葬儀の場では、ダンテが最後の別れを告げに行ったベアトリーチェの友人のように、その死の床につき添った「多くの婦人たちが、痛ましい泣き声をあげていた」。一二八九年一二月三一日、ベアトリーチェの父フォルコ・ポルティナーリが亡くなる。このときも、ダンテによれば特にフィレンツェでは通例だった当時の慣習に従い、女性と男性が別々に葬儀に参列した。「先に述べた町では、このような不幸の際には、女性は女性同士、男性は男性同士で集まるのが慣わしとなっていた」。『デカメロン』の一節にもそうした様子がはっきりと描かれており、女性たちが亡くなった者の家に弔問に訪れている間、男性たちは家の外で待っていた。したがって、フォルコが亡くなったとき、ベアトリーチェの嘆きに加わるために家に入れるのは女性だけであり、ダンテは泣きながら出入りする彼女たちの姿を見守ることしかできない。思わずもらい泣きしてしまうダンテだが、男女に割り当てられた役割分担の定めを自分が破っていることを気に掛け、人から見られまいとする。だが、それに気づいた女性たちは驚き、ダンテを咎める。「泣くのは私たちにお任せください」。

　これらは、ダンテが自分と社会環境を同じにする人々と交流する姿がうかがえる場面のほんの一部である。つまり、自分が暮らす教区や地区の隣人たちとのつき合いが最も頻繁であることは当然であるにしても、家族中心の環境とはいえない。そこは貴族中心の社会であり、ドナーティ家（ディーノ・コンパーニ曰く、「血筋は古いが、さほど金持ちではない」）のような高貴な血筋の豪族や、チェルキ家（「身分は低いが、やり手の商人で大金持ち」）のような比較的新しい出自の豪族、さらには、豪邸や塔を所有するポルティナーリ家のような富裕平民（ポポロ・グラッソ）との出会いがあった。そうした富裕市民は、騎士らしい華美ないでたちや贅沢にふけることを慎んでいたが、他の点ではもはや豪族との区別はできなかった。ダンテは、アリギエーロの息子というだけであれば、もっと身分の低い客たちの間に座っていただろうが、騎士の息子たちとソネットを交換し合う仲であったため、対等の呼称「トゥ」で呼び合っていた。

そして、詩人としての自覚を持って以来、音楽に合わせて詩句を作ることもあったダンテには、交流を深めてきた音楽家の友人たちがいた。ダンテは『煉獄篇』の最初の方の歌で彼らを紹介している。地獄巡りの恐怖の中では、ほとんど政治と戦争がらみの人間たちにしか出会わなかったのに対して、愛の王国へと近づくにつれ、にわかに彼らを紹介し始めたのは偶然ではない。ダンテにとってはあまりにも早く失った友人たちは、一三〇〇年の時点ですでに皆、この世の人ではなくなっていた。彼らの登場にダンテの意図が働いていたことは明らかで、煉獄に入る前に最初に会う人物を、はるか昔に亡くなった音楽家のカゼッラにするために、ダンテは、改悛をさだめられた魂がすぐに煉獄に入れるとは限らず、何らかの理由で、迎え入れられるまで何年もさまようことがあるという理屈をひねり出さなければならなかった。再会を喜ぶ「わがカゼッラ」に抱擁されたダンテは、見た目ではなく、話す声を聞いたときにようやく彼だと気づく。彼の記憶に深く刻まれていたのは、その声だったからだ。カゼッラと認めるや、ダンテは彼に歌を聞かせて欲しいと頼む。なぜなら現世でカゼッラが愛の歌を歌うと、「私のいかなる欲望も鎮めてくれた」からだ。もちろんカゼッラは願いに応じて、ダンテの歌、「知性の中で私に語りかける愛神は（アモル・ケ・ネ・ラ・メンテ・ミ・ラジョーナ）」を歌い始めるが、これはカゼッラ自身が曲をつけたものにちがいない。ここまでは煉獄の第二歌での話で、第四歌ではダンテはもう一人の友人、リュート製作者のベラックァに出会う。私たちには未詳の人物であるが、ダンテにとってはとても大きな存在だった友人である。怠け者だが機知に富む彼は、生前と同じようにダンテを微笑ませる。昔の注釈者たちはリュート製作者であると記しているが、ダンテは何も語っていないので、推測にとどまる。ベラックァ〔よい水の意〕とはもちろんあだ名だが、できることなら誰も生水を飲まなかった時代の、おそらく皮肉交じりのあだ名である。軽妙で愉快な一節であるが、煉獄、つまり救済に向かう途中で友人と出会うことは、死別のつらさを打ち祓うことでもある。「ベラックァ、これでもう私は君のことで苦しまずにすむ」。ダンテはこの先、『煉獄篇』の第二三歌で、もう一人の親友フォレーゼ・ドナーティに会うときにも、同じ苦しみを思い出すことになるだろう。そこでも彼は、声を聞いてやっとフォレーゼだと気づくのだが、この圏では彼のような食道楽たちは飢えで痩せ衰え、見わけがつかなくなっているのだ。ベラックァと再会して心を晴らしたダンテだったが、今度は痛ましい姿になり果てたフォレーゼを見て、死別のつらさを新たにする。

君の死に顔に、私は涙を流したが、
今もあの時に劣らぬ悲嘆が、私の涙を絞る。

愛する人を早くに失うつらさは、ダンテの時代にはよくある経験で、彼は幾度となくそれを味わわなければならなかった。フォルコ・ポルティナーリの娘ビーチェ（ベアトリーチェ）は、一二九〇年六月一九日、二五歳の若さで亡くなった。ダンテの内面生活にとって、この日付は決定的なものである。ダンテが今で言うところの「悲しみを克服する」のには長い歳月を要し、そのために『神曲』を書かなければならなくなる。その中で彼は、「他のいかなる女性についても語られたことのなかったことを、彼女について語る」ことになる。ベアトリーチェはその短い人生の中で、何よりも一族の出世のための駒となった。ダンテが路上で一七歳の彼女と出会い、初めて挨拶を受けた時、彼女はすでに人妻であったと言われている。シモーネ・デ・バルディは大銀行家の一族の一員だったが、彼らは豪族でもあり、ドナーティ家と大変仲が良かった。したがって、チェルキ家や、その友人であるカヴァルカンティ家、アリギエーリ家、ポルティナーリ家の人々にとっては敵ということになる。ベアトリーチェの義兄弟であるチェッキーノ・デ・バルディは、ある日、コルソ・ドナーティと共にフィレンツェの路上での激しい乱闘に加わった。その騒ぎでグイード・カヴァルカンティは手に傷を負った。ベアトリーチェの死後、彼女の夫シモーネは、「悪行の騎士」ムシャット・フランゼージの妹と再婚した。ムシャットは、フランス王室、特にシャルル・ド・ヴァロワのために大規模な資金調達を行い、チェルキ一派を壊滅に追い込んだ人物である。ベアトリーチェの結婚には、党派の対立を超えた両家の一時的な和解という、もっぱら政治的な意味合いがあり、感情とは無関係であったことは明らかであり、ダンテが作品の中で紡ぎ出したベアトリーチェとのラブストーリーに嫉妬の気配が少しも感じられないのもそのためである。

7 教育

ダンテが受けた文化教育の実態については、ほとんど何もわかっていない。彼と同じ階層の子供たちは学校に通っていた。実際、後のジョヴァンニ・ヴィッラーニの時代には、ほとんどすべての子供たちが学校に通っていたような印象を受ける。というのも、この年代記には、読み方を学んだ男女児童が八〇〇〇人から一万人、四則計算を身につけたやや年長の児童（ガルゾーニ）が一〇〇〇人から一二〇〇人、そしてラテン語と論理学を学んだ少年が五五〇人から六〇〇人いたと書かれているからである。サン・マルティーノ・ディ・ヴェスコヴォ教区では、ダンテが一二歳だった一二七七年にロマーノという学童教師（ドクトル・プエロールム）がいたことが記録されているが、その数年前にダンテに教育を施した教師は彼だったのだろうか？ ここではっきりさせておきたいのは、この時代、学校の先生たちは子供たちにあまり好かれていなかった点である。筆者自身、一四世紀のトリノ市の台帳を見たことがあるが、そこには学校教師の給料の支払決議書の横に、公証人が鞭の絵を描き込んでいた。

ダンテは幼少期に読み書き、代数、ラテン語初歩を学んだ。彼は『俗語論』の中で、「ペテロ（ペトゥルス）はベルタという女性を大変愛している（アマト・ムルトゥム・ドミナム・ベルタム）」といった文章をこしらえて、初級ラテン語の無味乾燥ぶりを揶揄しているが、店の帳簿つけのためだけに読み書きを習った大多数の同時代人から見れば、ダンテはエリートとして扱われるに充分だった。ラテン語は学校で習われる唯一の言語だったが、それは文書化された文法を持っている唯一の言語だったためである。というより、当時の言語において「文法（グラマティカ）」といえば、それはラテン語を意味した。ダンテはラテン語を、話し言葉とは違って変化せず、国籍を超えた情報伝達を可能にする唯一の言語であることから、人工言語だと捉え、バベルの塔によって引き起こされた言語の混乱という災厄をなにがしか埋め合わせるための壮大な人間の発明だと確信していた。

そのため、彼はラテン語を学んだ。何よりもラテン語は、聖書を読むうえでも（その造詣の深さは、彼のどの作品にもうかがえる）、古典文学を読むうえでも欠くべからざるものだった。しかし、彼が作品のいしずえとした幅広い学識が、学校教育のたまものだと考えるべきではない。ダンテの時代のフィレンツェは、およそ文化の中心地とはいいがたかったようで、「一三世紀末のフィレンツェは文化面ではどちらかといえば立ち後れていた」と評されたりもした。ダンテはすでに二五歳を過ぎていたが、ベアトリーチェの死にショックを受け、自らを慰めるためにボエティウスやキケロを読み始めたと、本人が語っている。しかし、それまでは「文法を操るすべ」しか身につけておらず、つまり学校レベルのラテン語しか知らなかったので、理解するのにはいささか苦労した。しかし、そうした書物が好きになったダンテは、もっと理解したい、哲学を学びたいと思い、「哲学が真の意味で明らかにされる場、すなわち宗教者のための学校や哲学者の議論の場に足をはこぶ」ようになった。自分の人生の主となり、自活できるだけの収入もあったので、好きなことに打ち込むことができた。

以来、彼は怠ることなく勉学にいそしんだ。おかげで、ある時、視力が落ちていることに気づき、治療しなければならなくなった。最悪の事態を恐れ、暗闇の中で長時間目を休めたり、繰り返し冷水で目を洗ったりした。ブルーニの言葉を引くまでもないかもしれないが、「哲学、神学、占星術、代数学、幾何学を学び、歴史の講義を受け、万巻の書をひもとき、寝る間を惜しんで研究に汗を流しながら、自らの詩句を飾り、説明するための学識を身につけた」。そうした書物が何であったのかは、つまびらかでない。ペトラルカやボッカッチョが所有し、彼ら自身の手で注釈がつけられた写本は知られているが、ダンテが所有していた写本は残っていない。ダンテ作品の中の引用をもとにダンテの図書館を再現したり、滞在した各都市の図書館で彼がどの写本を見つけたかを調べたりする試みは、示唆に富む仮説を提供してくれるが、確実なものではない。一方、ダンテがある作家の言葉を引用したからといって、それを直接読んだとは限らない。というのも、彼の時代には、多くの知識が抄録、アンソロジー、百科事典の形で流通していたからである。

少年時代に文法、弁証法、修辞学、占星術、代数学、地理学、音楽などの自由学芸を学んだダンテは、詩の研究に転じ、詩をより深く理解するために「歴史と道徳・自然哲学」を学ぼうとした。当時、歴史は学問としては教えられていなかったので、より正確には「歴史そのもの」と、「さまざまな先生のもとでの哲学」を。こうした「先生」や「哲学者」が誰であったかがわかったなら、さぞや快事であるだろうが、それはドミニコ会のサンタ・マリア・ノヴェッラ修道院やフランシスコ会のサンタ・クローチェ修道院で教えていた修道士たちであった可能性が高い。ただし、正確には、どちらも当時はまだ建設途中の喧噪の中にあったため、およそ安らぎと静寂の場とはいえなかった。

ブルネット・ラティーニという人物が、ダンテのこうした勉学の歩みの中にどう位置づけられるのかを知ることは容易ではない。ダンテは『地獄篇』の第一五歌で彼と会っているが、これは二人の非常に親密な関係を示している。師はダンテを「息子」と二回呼び、ダンテは「慕わしい、父のごとく優しい面影」と応じている。しかし、その七年前の一二九三年に亡くなったブルネットは、地獄で男色家たちの中にいる。きわめて重い罪に「穢れ」、厳しく罰せられているにもかかわらず、ダンテは篤い敬意をもって遇する。このことは見過ごせないし、それはラティーニだけでなく、次の歌で出会うヤーコポ・ルスティクッチとその仲間たちへの扱いについても同様である。この共感の理由について学者たちは頭を悩ませてきたが、納得のゆく説明には至らず、ダンテも同性愛者ではなかったのかという疑念だけが残った。しかし、現代の注釈者たちは一般的に、ダンテの態度は大胆といえるほど例外的なものだったと、大げさに言い立てる傾向があることは指摘しておきたい。なぜならそうした注釈者たちは、当時、同性愛者がどれほどの非難を受けたか、そしてそれが法で処罰されるほど重大なものであったかについて、時代を取り違えた認識を持っているからである。実際、ダンテの時代においても、男色が道徳的な非難を受けることはあっても、市当局や教会によって激しく迫害されることはなかった。

そうしたことを考え合わせると、ダンテが他の男色者たちを『煉獄篇』第二六歌に登場させ、救済への道を示したことも驚くにはあたらない。たしかに、どんな罪であれ、それ自体、救いの道なしに地獄に落とされるほどの重罪というものはない。しかし、考えなければならないのは、ダンテはこの時点で師を救うことができたのに、それをしなかったという点である。明らかにダンテは、師が最も重大な形で、つまり悔い改めることなく男色にふけっていたと確信していた。どの時代でも教育者たちの間で見られたように、ブルネット・ラティーニもまた自分の生徒に手を出し、ダンテはその犠牲者の一人となったのではないか。今日、小児性愛に対する恐怖感が増す中で、そうした仮説が出されても不思議ではない。実際、ボッカッチョは、そのような行為が頻繁に行われていたことを当然のように受けとめていたし、少なくとも人々はそう信じていた。「彼らには若い生徒たちがいたが、まだいとけなく、臆病で従順である。(…) それをよいことに、彼らはしばしばこの罪を犯したと考えられている」。しかし、地獄でラティーニに会ったダンテの驚きは本物である。注釈者たちは皆、かつての師にかけた挨拶の言葉(「ここにいらしたのですか、ブルネット先生」)を、そのように解釈している。そして、残りの台詞は、彼がブルネットを慕っていることを疑問の余地なく示している。ダンテが彼を地獄に置かざるを得なかったとすれば、それはブルネットが責めを受ける理由を間違いなく知っていたからだが、自分が彼の弟子であった頃には、そのことをまだ知らなかった可能性が高い。

それよりも本質的な問題が残されている。すなわち、ラティーニは若きダンテに何を教えたのか。詩人は『地獄篇』の中でそのことに触れているが、「あなたは人がいかにして永遠となるかを教えてくださった」という言葉の真意を理解するのはそれほど容易ではない。ボッカッチョに言わせれば、これはラティーニが哲学を教えたことを意味している。ダンテは「自然哲学のきわめて高い理念を身につけるとともに、斯界の逸材と評されていたブルネット・ラティーニとこの作品の中で議論を行うことによって、それを読者に伝えたいと願い」、さらに「そうすることで作者は、自分がブルネットから哲学の薫陶を受けたことを明らかにした」のだと説いた。ダンテの時代、哲学とは自由学芸の伝統を発展させた新しい概念であり、それまでは言ってみれば高校で教わるようなたぐいの基本的理念と考えられていたものを、新たな次元へと導いた。そこでは、論理学を学ぶことが人間の認知能力の分析のための手段となり、天文学の研究が、決定論や自由意志に関する、足元を揺るがす重大な問題提起への道を切り拓いた。それは、神学とは別の道をたどって、人間の条件や存在の目的について観想するための新しい方法であり、そのために「自然哲学」、すなわち現在の私たちが科学と呼ぶものは、「道徳哲学」や「倫理学」と結びついていった。したがって、ブルネットは新しいキリスト教哲学の真の故郷であるパリでの経験をもとに、自由学芸の伝統的教育の上に哲学への新たな入り口を接ぎ木したといえるかもしれない。結局のところ、彼の最も野心的な作品である『宝典』は、「我々の時代以前に哲学を論じた作家たちの素晴らしい言説」を集大成しようとする試みだったのである。

しかし、ダンテは『饗宴』の中で、哲学に興味を持ち始め、ボエティウスやキケロを読み始めたのは、ベアトリーチェの死後「ほど経てから」であり、一二九一年以前ではないと述べている。ラティーニが青年期にダンテを弟子にしていたとすれば、彼はむしろ手紙を書く技術や人前で話す技術を教えたのではないかと考えてみる必要がある。彼はとりわけ「書簡術（アルス・ディクタミニス）」に通じていたが、当時は単に技術的な知識を伝えるものではなかった。文体や修辞法を教えることが、市政を担う支配階級に対しての、市民としてふさわしい道徳教育の一環となっていたのである。このことは、ジョヴァンニ・ヴィッラーニが描き出したプロフィールからもうかがい知ることができる。彼によれば、ブルネットは「フィレンツェ人の稟質を磨き、正しい言葉使いを意識させることで、アリストテレスの政治学にもとづいてわが共和国を導き、統治する方法を教えた」最初の人物である。ラティーニの目で見るなら、それもまた哲学であり、『宝典』で定義したように、普遍の歴史、悪徳と美徳、統治の技術なども含まれた、非常に幅広い概念だった。キケロの『発想論』を俗語に訳して注解をつけた『修辞学』の中でブルネットは、「外国との交渉やさまざまな協議の場における発言の仕方」や「上手な手紙の書き方」を読者に手ほどきしたいと述べているが、彼はそうした技術的教育を倫理的な立場からまったく切り離していない（「人間を教育し、かつ善導する」）。したがってダンテは、古典作家の著作の中に倫理という概念があることを知る前に、ブルネットが哲学や道徳について語るのを聞いていた可能性は否定できないが、それはまったく難しさのレベルが違うものだった。

とはいっても、これらの教えを通じて、ダンテがブルネットから不滅へと至る手だてを学んだとまで主張するのはいささか強弁が過ぎるだろう。そうした技術的、道徳的な教えを受けた可能性を否定するものではないが、ダンテがここで言っているのは、ブルネットからもっと重要なことを教わったということではないだろうか。ダンテが師の教えを思い出すときの言葉、「いかにして人は不滅のものとなるのかを教えてくれた」と、別れ際のブルネットの訴え、「君にはわが『宝典』を勧める。あの中に、私はまだ生きている」との間には、意図的としか思えない対応関係がある。ブルネットはたしかにダンテに哲学の思想と「書簡術」の奥義を伝えたが、弟子の心に最も響いた教えは、書くことによって自分を不滅のものにできるかもしれないという信念であった。

一二八〇年代に、ダンテがボローニャで学んでいた時期があったことはほぼ間違いないし、当然、フィレンツェでブルネットから学び得たことよりもはるかに大きな前進があっただろうが、それはすでに始めていた学芸分野の一つとして修辞学をさらに掘り下げたのであって、まったく別の学問の勉強を始めたわけではないだろう。ボッカッチョはこの点について、次のような言葉でまとめている。ダンテは「自分の国で勉強を始めたが、そうした食べ物がもっと豊富に得られる場所を求めて、そこからボローニャにおもむいた」。ダンテがボローニャに滞在していたことは、彼が移り住んだ最も早い日付も含めて確証が得られているが、それは、ボローニャの公証人たちが台帳の空白を埋めるために、詩、あるいは彼らの表現によれば、韻文を書き写す習慣があったおかげである。一二八七年末に作成された台帳の中に、公証人エンリケット・ダッレ・クェルチェがダンテのソネットを書き写したが、その中でダンテは実際にその目で見たにちがいないガリセンダの塔について触れている。ダッレ・クェルチェは、ボローニャで仕事をしていた多くの公証人の中でダンテの詩や『神曲』の一節を書き写した最初の人物であり、ダンテの名声がすでにボローニャにも及んでいたことを証明している。

ということで、ダンテが受けた教育のあゆみを今一度たどるなら、おおむねこんな具合だっただろう。最初の教師は、家族から雇われた学童教師で、彼が最初に読み書きを教え、同時にラテン語の初歩を教えた。なぜなら、当時は、詩篇や文法書（当時の隠語でいえば「ドナトゥス」）を用いて、いきなりラテン語を読む形で教育されたからである。つまり、最初は祈禱書、次に、誤ってアエリウス・ドナトゥス作と伝えられている文法の手引き書が用いられた。その後、別の教師――「文法教師」――が中級ラテン語や、他の自由学芸の基本を教えた。青年期にはブルネット・ラティーニが「書簡術」を手ほどきしたが、これは文学者のための手慰みではなく、ラテン語のみならず俗語でも手紙や演説原稿を書かなければならない政治の世界では枢要をなす知識だった。『発想論』の注釈者であるブルネットの授業で、ダンテは初めて、弁論術、政治学、道徳の教師であるキケロと出会ったにちがいない。そして、二〇歳前後のダンテは、父親がいないこともあり、自分の人生を切り開いていくためにボローニャにおもむき、自由学芸の学部に通って修辞学の知識をさらに深めた。ダンテは、ジョヴァンニ・ヴィッラーニが記したように、「筆記、作詩、演説のいずれにおいても完璧な修辞を操る者」となった、つまり、詩から政治演説まで、あらゆる表現手段を使いこなせるようになったのである。

この時点で彼は、オウィディウス、スタティウス、ルカヌス、ウェルギリウスといった、当時最も偉大とされていた古典的な詩人の作品と親しんでいたにちがいない。実際、『地獄篇』の第二〇歌で、『アエネイス』に通暁していることを、ダンテはウェルギリウスから褒められている（「あれを隅々まで読み込んでいるお前ならわかるだろう」）。その後、ダンテはボエティウスやキケロの哲学書を読みたくなるが、自分にはまだ荷が重いことを悟る。そこで、哲学の基礎を身につけようと決意し、フィレンツェの修道院付属学校で「わが師アリストテレス」と『倫理学』の発見へと至る道をあゆみ始めた。『倫理学』はその後、ダンテがおそらく最高の敬意をこめて、最も頻繁に引用する書物となる。ダンテがあゆんだこうした学問の道のりには彼なりの一貫性があるし、作品全体を通じて若き日のボローニャ体験にさほど重きが置かれていない理由もそこにある。『神曲』の中でも、ボローニャに関して思い起こしているのは、ガリセンダの塔の傾いている側に立って空を見上げると、雲が通り過ぎていくたびに、塔がこちらに向かって倒れ込んでくるように感じられるという奇異な体験であるが、これは要するに観光客が抱くたぐいの印象である。

とはいえ、ダンテがフィレンツェの「宗教家たちの学校」でフランシスコ会やドミニコ会の教師らの話を聞くだけでは飽きたらず、ボローニャに戻って何学期か「哲学者たちの討論」を聞いていた可能性がないわけではない。ここでいう「討論」とは、一般的なものではなく、当時の知識人たちの生活の要となっていた一種の公開イベントを意味している。貴族や豪族たちが戦争や騎馬試合に男らしさや闘争心のはけ口を求めたように、聖職についたり学問の道に進んだりした彼らの兄弟や従兄弟らは、公開討論の場に同じような喜びやはけ口の機会を見出した。討論では、教師が論題を提起し、出席者の反論に応じる形で意見を戦わせた。「自由（デ・クオリベット）」討論の場合には、論題を選ばず、会場からの問いに答えた。討論に「決着をつける」役割の教師たちに加えて、上級課程の学生である学士（バッチェッリエーレ）たちも、充分な論拠を示しながら論戦に参加した。

ダンテが『天国篇』での聖ペテロとの出会いの場で引き合いに出すのは、知性を試すこのようなきわめて儀式化された討議である。信仰についてペテロに尋ねられそうになったダンテは、不安げに自分の論拠を頭の中で整理する。

　学士（バッチェッリエーレ）が、結論を出すためではなく、弁証を行うために、
　師が論題を提示するまでは、
　身構えるだけで、口は開かずにいるように。（『天国篇』第二四歌四六－四八行）

　このような公開討論はフィレンツェの修道院でも行われており、ダンテも加わっていた可能性が高いが、ボローニャの方がバラエティに富んでいたことはまちがいない。実際、人文・医学部では、イタリアでは唯一、哲学寄りの教育を行った。ダンテが討論に加わっただけでなく、授業料を払って授業に出ていたかどうかはまだ確認できていない。しかし、『饗宴』が証明するように、スコラ的議論のやり方に精通していることに加えて、「法律家、医者や、ほとんどすべての宗教家と同様に」、知識を仕事にし、金もうけのための道具にする「イタリアの文人連中」への非難を幾度となく口にしていることからも、ダンテには他にも大学での経験があったことがうかがえる。文化を売買することを軽蔑するダンテの心性は、大学で講義を受けていた時代に養われたようだが、結局のところ、ダンテはよい思い出を持っていなかったにちがいない。とりわけ才能のある生徒が、大学の講義の凡庸さに嫌気がさし、結局、自分で本を読むのが最良の学習方法だという結論に達するというのは、ダンテに始まったことではあるまい。

　哲学を学ぶなかで、ダンテは大きな代償を払った。彼は真実が最も重要であることを確信し、その結果、「過ちを犯す者、偽りをなす者を憎む」ようになったからである。しかし、アリストテレス哲

学の中心理念は、今日私たちが理解しているような単なる哲学体系ではなく、現実世界と道徳世界を解釈するための普遍の鍵である。それは実体と偶有性、すなわち、物事の本質とそれが受ける変化を区別することにある。哲学的な訓練を受けると、自動的にこのような言葉で世界を読み解くようになる。だからダンテは『新生』の中で、「愛はそれ自体が実体としてあるのではなく、実体の中の偶有性なのである」(『新生』第二五章第一節)と指摘する。そして、そのように論を進めながら、ダンテは過ちを犯したり嘘をついたりした者を救済することは可能であると結論づける。過ちとは、それ自体では悪くはない実体を悪いものに変えてしまう偶有性である。したがって、撲滅すべきはそれを犯した者ではなく、過ち自体である。そしてダンテは、過ちを犯した者を正すには、過ちを厳しく咎めることが効果的であると考えた。「私は……人の過ちを忌み嫌い、さげすんだが、それはその人自身ではなく、過ちが不正であったり、恥ずべきものであったからである。そうした過ちを咎めれば、そうした過ちを不快なものと感じるだろうと思ったのだ」。つまり、他人の過ちを批判することで、その人が過ちに気づいて打ち捨て、ひいては彼に感謝するようになるだろうと、ダンテは信じていたのである(『饗宴』第四章第四―五節)。

8 結婚をめぐる謎

既述のとおり、読書三昧の生活を送っていた頃のダンテは、両親に先立たれ、自立の道を歩んでいたが、彼がすでに結婚していたかどうかはわかっていない。ダンテとジェンマ・ディ・マネット・ドナーティの結婚は入り組んだ謎につつまれているが、そもそもほとんど語られていないこと自体が驚きである。政治の世界に身を置くにあたり、ダンテがドナーティ家の仇敵チェルキ家の一派に与したというのも理由の一端ではあろうが、それ以上に、出来事を年代順に並べられないことが障害となっている。

他の多くの事例と同様、この結婚について知るには、過去にさかのぼる必要がある。まず、ダンテの死から八年後の一三二九年八月にフィレンツェで作成された証書がある。イタリアの都市国家には、政敵を追放してその財産を没収するという慣行があり、それが複雑な法的問題を引き起こしていた。そこで、市政府はその解決を図るために専門の組織を設立せざるをえなかった。ダンテとジェンマのケースはごくありふれたもので、夫は反逆者として断罪され、財産も没収されたが、妻はフィレンツェにとどまり、いかなる罪にも問われなかった。ダンテの不動産には、結婚に際してマネットが義理の息子に与えた嫁資の分も含まれており、ダンテの死後、その所有権はすべて未亡人に移された。こうした嫁資を全額取り戻すことは容易ではなかったが、少なくとも未亡人にはそこから得られる収入を受け取る権利があり、それが唯一の収入源となることも多かった。

未亡人が嫁資からの収入を請求する際には、反逆者の資産を管理する事務所に申請しなければならなかった。一三二九年に所長を務めていたのはボローニャ出身のグリエルモ・デ・マニャーニで、ユデクス、すなわち「判事」を名乗っている。未亡人は自分の権利を証明するために嫁資証書（インストゥルメントゥム・ドティス）を提出しなければならない。私たちがダンテの婚姻の事実を知ることができるのはそのためである。ただし、公証人のピエーロ・グッチとネーリ・ケッリは、登記簿に最も重要なデータを書き写しただけなのであるが。この嫁資証書は、第六インディクティオ［一五年ごとの財産査定周期。一五年紀］とされた一二七六年二月九日、公証人ウグッチョーネ・ディ・バルドヴィーノによって作成された。しかし、ジェンマが提出したのは原本ではなく、公証人ラナルド・ディ・オベルト・ディ・バルドヴィーノが後に作成した謄本である。契約によると、嫁資は小フィオリーノ金貨で二〇〇リラとされており、グリエルモはこの年度分として、ダンテの未亡人に対して小麦二六スタイオ分の収入を割り当てた。

法律では、反逆者の未亡人に支払われる穀物は、一ブッシェルあたり一八リラと定められていた。一ブッシェルは二四スタイオに相当し、一スタイオは四分の三リラ（フィレンツェでは一五ソルディ）に換算された。これにより、ジェンマには二〇〇リラの嫁資から得られる年収として一九・五リラが支払われたが、これは原資の約一〇％に相当する。なぜこうした細かい計算にこだわるかといえば、当時、収入は原資の五％というのが相場だったからである。反逆者の資産の場合、一三二七年の法令では、原資の最初の一〇〇リラに対しては八スタイオ、すなわち六リラ、その後は一〇〇リラごとに六スタイオ、すなわち四・五リラずつを支払う決まりになっていた。つまり、ジェンマに対しては、法定の料率に現行金利を加えた数値の二倍近くに相当する金額が支払われたことになり、ドナーティという名にまだなにがしかの影響力があったことがうかがえる（それともダンテの威光だろうか？死後、年数を経てもなお、彼の名はイタリア中にとどろいていたので、その可能性も捨てきれない）。

しかし、冒頭に触れた謎とはもちろんこのことではない。実際、法律がかなり恣意的に解釈されたり、私情を交えて運用されたとしても、そのこと自体は驚くにはあたらない。第一の謎は、嫁資契約の日付である。それを登記簿に書き写した公証人が間違えたことは明らかである。一二七六年は第六インディクティオではなく、第四インディクティオである。インディクティオとは、中世の公証人がローマ帝国末期の行政制度から受け継ぎ、採用し続けた由緒正しい年号の数え方だが、その目的は、公証人という職業の秘教性を誇示する以外には見当たらない。だが、この数字は注意深く書き留められる慣わしであり、公証人だったら普通は、年号を書き間違えるよりインディクティオを書き間違える方が難しかった。さらに問題を複雑にしているのは、当時のフィレンツェでは一年の終わりが三月二四日だった点である。彼らにとっての一二七六年二月九日は、私たちにとっては一二七七年二月九日になる。もちろん、一二七六年という年号を写し間違えていないことが前提であるが。しかし、本当に解決のつかない問題は、その日、ダンテはまだ一二歳にもなっていなかったことである。ジェンマが何歳だったかはわからないが、通常、妻は夫よりもずっと若く、平均して一五歳前後だが、このケースの場合、年齢差はもっと少ないはずである。しかし、ダンテの年齢が一一歳だったとすると、その年齢で結婚することは、当時も今と変わらず違法であり、教会法にも抵触する。

ダンテの伝記作家たちは、あの時代なら何が起こってもおかしくないという漠然とした思い込みや、当時の結婚式の慣行についての知識不足のせいで、この問題を簡単に考え、一二七七年の証書を両家の予備的な合意書と解釈してきた。つまり、これは子供たちの名前で交わした親たちの契約書であり、実際の結婚式や結婚生活は伴わなかった。そして、それは教会によっても認められ、広く行われていた慣習にもとづくものだったという解釈である。だが、それはまったくの誤解である。この問題に関してきわめて綿密な研究書を著したイザベル・シャボーは、ジェンマが提出した嫁資証書は実際の婚儀の手順の第一歩であること、そして当時の婚儀は教会の司祭ではなく、公証人によって花嫁の実家で行われたことを明らかにしている。嫁資証書は必ず結婚式当日に署名され、続いて指輪の交換が行われた。そしてその後、新郎が新婦を公然と家に連れて帰った。こうした一連の行事の主人公が一一歳の子供であった可能性はまったくない。正確にいえば、稀にありえたのは、王族同士の結婚で、政治的な要請がどんな条件よりも優先され、しかるべき聖職者の許可があれば子供同士でも結婚できたケースくらいである。ちなみに、王は離婚できても、平民はできなかった。王国、すなわち共同体の究極の利益がすべてに優先するからである。しかし、ダンテとジェンマ、正確にはアリギエーロ・デッリ・アリギエーリとマネット・ドナーティの社会階層では、必要な許可を申請して二人の子供を結婚させることは、今日と同様に例のないことだった。

では、どう解釈すればよいのだろうか。結婚が家族の戦略にもとづいて決められるものであることや、ドナーティ家が勢力のある旧家であり、しかもアリギエーリ家の隣人であったこと、さらに、その時点でダンテの父はすでに亡くなっていたと思われることも知る伝記作家たちは、孤児の少年に受け入れ先を見つけ、あわよくば名家の一員に仲間入りさせたいという、一族の切迫した願いがあったと考えた。しかし、このような状況は日常的に発生していた。良家の子女が突然孤児になったり、良家の隣家同士が親族関係の締結を急いだりすることはごく当たり前に見られた。それに対して、ジェンマの嫁資証書の取り交わしは、当時のフィレンツェでは、このようなありふれた状況が——繰り返すが――子供同士の結婚の約束にとどまらず、婚儀という異例の事態にまで立ち至った唯一のケースということになる。そうなれば、考えうる可能性は二つしかない。ダンテとジェンマが本当に一二七七年に結婚し、私たちには想像もつかない理由で、他に例のない仰天の体験をしたか、あるいは、グリエルモの公証人が年号を書き間違えたかである。

はるかに説得力があるのは、この第二の仮説の方だと言うべきだろうか。だが、結論を急ぐ前に、第六インディクティオが始まるのは一二九三年からである点を指摘しておく。この年、ダンテは二七歳だったが、これは若い男性の結婚年齢としては普通である（それでも、当時の社会層の若い男性の平均値よりは低いのだが）。ダンテの作品の中には、自身の結婚についての記述はない。言及されていてもおかしくないような箇所にも見当たらない。たとえば、フォレーゼと交わした論争詩（テンツォーネ）においても、フォレーゼの妻の苦しみに対してダンテは容赦なく攻撃を加えているが、フォレーゼの方はダンテの妻を話題にして意趣返しをしようという気はさらさらない。ボッカッチョは『ダンテ頌』の中で、一二九〇年にベアトリーチェが亡くなった後ようやく、ダンテの親族が「ダンテに妻をとらせようと話し合った」と、周知のこととして語っている。学者たちはたいがい、この情報を一顧だにしないが、あらゆる点からみて、ボッカッチョは私たちよりも多くのことを知っていた。これは「ダンテは青年時代（ジョヴィネーザ）に妻を迎えた」というブルーニの記述についてもいえることで、一部の論者が唱えるように、「ダンテは非常に若くして結婚した」ことの確証にはまったくならない。なぜなら、当時の言葉では、青年時代とは少年時代の後に続き、完全に成人年齢に達したことを意味していたからである。

それに加えて、マネット・ドナーティは一二七七年の時点ではまだかなり若かったはずである。ダンテとジェンマが結婚したとされる日からまだひと月も経っていない三月四日、すでに述べた建物の問題で神父と揉めているサン・マルティーノ・デル・ヴェスコヴォ教区の近隣住民のリストに彼の名前が登場する。隣人の代表としては、ダンテの叔父であるブルネット・アリギエーリと、父の従兄弟であるチョーネ・デル・ベッロの名がある。係争者としてはさらに、叔父であるゲラルドとベッロ、そしてすでに述べた学童教師のロマーノが加わっている。ダンテの父親の名がないことは、彼がもはや故人であったことの大きな裏づけとなる。しかし、重要なのは、「マイネクトゥム・ドミニ・ドナーティ」という表記で、これはマネットの父親が生きていることを示唆している。彼は一二九七年の時点でも存命であり、その証拠に、マネットは「ドミヌス・マネットゥス・ドミニ・ドナーティ・デ・ドナーティス」と呼ばれている。公証人は証書に登場する人物の父親が存命かどうかを重視するのが常で、死亡している場合にはクオンダムかオーリムという表記を加えたが、これは父親の生死が重要な法的結果を伴うためである。つまり、ジェンマの祖父であるメッセル・ドナートは、少なくとも一二九七年まで生きていたわけである（一二九九年以降は正式に故人（クオンダム）の表記を添えるようになる）。父親の死の二〇年前にマネットがすでに結婚していて、自分の娘を早々に嫁がせていた可能性はたしかに否定できないが、やはり不自然さは否めない。当時の慣行どおり、ジェンマは夫のダンテよりも一五歳ほど年下で、一二八〇年頃に生まれ、九〇年代半ばに結婚したと考える方がはるかに妥当であろう。

　この謎ほど重大なものではないが、もう一つ、興味深い事実がある。すなわち、マネットがジェンマに持たせた嫁資が非常に少なかった点である。小フィオリーノ金貨で二〇〇リラという額は、彼らのような社会階級で一般的だった嫁資に比べれば、なんともつつましい。反逆者の資産の支払を判事に申請した未亡人の大半は、もっと高額の嫁資を受け取っており、その額はほとんどの場合四〇〇リラを超え、一〇〇〇リラに達することもあった。そこで研究者たちは往々にして、マネットが金持ちではなかったと結論づける。たしかに、ディーノ・コンパーニが記すように、ドナーティ家は仇敵のチェルキ家ほど裕福ではなかったことも事実である。しかし、嫁資の多寡は、それを整える一族の裕福さとは必ずしも関係がなかった。娘に豪華な財産を与えることは、自分の社会的地位を誇示するための顕示的消費の一つと言えるかもしれない。しかし、誰もが浪費を望んでいるわけではないし、マネットが他に何人の娘の嫁資を用意しなければならなかったのかも知られていない。金持ちであってもときには恥じることなく節約にはげんだ。ダンテ自身も、フォレーゼ・ドナーティとの論争詩の中で、彼が妻をベッドで充分に温めず、みじめな生活をさせているとからかい、フォレーゼの義母が娘を嫁がせたことを悔やむ姿を描いてみせた。「忌々しいったらないわ。干しイチジクで、グイード伯爵のところに嫁入りさせることだってできたのに」。つまり、ドナーティ家のような名門に娘を嫁がせておきながら、この義母はもっと嫁資を減らしても、いや、ただ同然であっても（「干しイチジク」）、もっと名家に嫁がせることができたはずだと恨み言を言っているのだ。娘をわずかな嫁資で嫁がせたとしても、それは必ずしも台所事情が苦しいことの証明ではなく、単にうまい取引をしただけと考えた方がよさそうである。

さらに、先述した一二七七年と一二九七年の二つの証書を読み比べると、マネット・ドナーティがある時点で騎士になっていたことは、後者の文書で「ドミヌス」という敬称で呼ばれていることからもわかる。娘を嫁がせた後に騎士に叙勲された人間が経済的に困窮していたとは考えられない。したがってジェンマの嫁資が少なかったことの意味はただ一つ、この婚儀を成立させたかったのはドナーティ家ではなく、値段の交渉をせずにジェンマを迎え入れたアリギエーリ家の側だった。家柄の高貴さを誰かに証明する必要がなかったドナーティ家は節約できたことに満足したはずである。ダンテとその親族が、フィレンツェきっての名家の一つと親戚になりたいという願望にかられたのか、それとも私たちには想像のつかない種類の理由があったのかは知るすべがなく、論じても意味がない。反対に、マネットがドナーティ家の中でも末流に属し、社会的には騎士階級ではなく両替商や公証人レベルの階級に近かったと推論するのは本質的にまちがっている。なぜなら、女性が自分よりも社会的地位の低い男性と結婚する場合、夫は慎ましい嫁資で満足するのが常だからである。夫が手に入れる名誉は、それを補って余りあるのだ。

9 ダンテと事業

ダンテの父親は実業家だったが、彼がまだ一〇代かおそらく子供の頃に亡くなっている。そのため、長男であるダンテが、法的な成人年齢に達したとき、父から受け継いだ事業の処理を行わなければならなかったのはうなずける。彼の経済的利益に関わる最初の文書は、現在は散佚した公正証書の一七世紀の要約書で、フィレンツェ式の数え方で一二八三年の日付（つまり、一二八三年三月二五日から一二八四年三月二四日の間）が入れられている。その年の五月、孤児が後見人から解放され、財産を自由に処分できる年齢である一八歳に達したダンテは、アリギエーロとの間で交わした二一リラの負債を保証していた商人ドナート・ディ・ゲラルド・デル・パーパが所有する、フィエーゾレ近郊のサンタ・マリア・ア・オンティニャーノとフィレンツェのサンタンブロージョの町にある資産の債権を売却した。債権を買い上げたのは、公証人テダルド・ルスティケッリである。この公証人は、五年後の一二八八年一月一五日に、ベアトリーチェの父であるフォルコ・ポルティナーリの遺言書作成を依頼された人物である。

この資料が残されているのは偶然の賜物である。上院議員でもあった研究者カルロ・ストロッツィは、一六一五年、フィレンツェのサンタ・マリア・ア・モンテドミニ修道院に保存されていた書類の束を調べているときにこれを見つけたが、「文書の大半はこの町で発生した洪水によって損傷を受け、ぼろぼろに破けていた」と記している（アルノ川の堤防が決壊した一九六六年の洪水のこと。私の世代の人間なら誰もが記憶しているが、古くからフィレンツェを悩ませ続けている洪水の最新版にすぎない）。いつものことながら、私たちが持っている資料は膨大な資料のなかでたまたま生き残った断片にすぎず、ダンテの活動（この場合は経済活動）が私たちが持つわずかな痕跡から知られる取引に限られていたと考えるのは重大な誤りであることを強調しておきたい。ダンテが実際に地所の売買をしたのかも、父親の残した財産の管理にどの程度関与していたのかもわかっていない。ただ、債権を売却した以上、その債権を運用して最大限の利益を引き出そうという気はあまりなかったことは確かである。のちほど詳しく説明するが、ダンテはそれなりの財産を持っており、一族の中では初めて不労所得で生活でき、貴族的な活動に従事する余裕があったようだ。

その後のダンテの商取引の証拠はすべて、彼の借入金に関するものである。これは父親の金銭感覚とは好対照で、父親の方は、大口の取引に采配を振った従兄弟のチョーネ・デル・ベッロはいうにおよばず、もう一人の従兄弟のベッリーノ（フェラーラとボローニャで金貸しを営んでいた）ら遠い親戚にも共通する金銭感覚がまだしっかりと根づいていた。記録が残る最初の借り入れは、一二九七年四月一一日、ダンテと弟のフランチェスコがアンドレア・ディ・グイード・デ・リッチから二二七フィオリーノ金貨を借りたことを認めたものである。この情報は、債権者が一三〇八年に債務の返還を求める訴訟を起こした際に記録されたもので、その後、一七世紀の別の学者によって概要が記されたうえで、一九世紀に写しが作られた。私たちの情報源はもっぱらこの写しであるが、それが現在の一〇万ユーロに匹敵する相当な額であったという事実以外には、ほとんどコメントの余地はない。

また、八か月後の一二九七年一二月二三日には、ダンテ兄弟によってさらに多額の借り入れが行われている。ヤーコポ・ディ・ロット・コルビッツィと、ダンテの姉［著者の推定。73ページを参照］と結婚した商人ラーポ・ディ・マンノ・リッコマンニの弟パンノッキア・リッコマンニが用立てた四八〇フィオリーノ金貨である。この証書は、ダンテの義父となったマネット・ディ・ドナート・ドナーティの他に、ドゥランテ・ディ・スコライオ・デリ・アバーティ、ノッド・ディ・リッコマンノ・アルノルディ、アラマンノ・ディ・ボッカッチョ・アディマーリ、スピリアート・ディ・スピリアート・ダ・フィリカイア公証人といった、きわめて高い社会階級の面々が保証人として名を連ねていることからも注目される。これらの家名はダンテの父や叔父／伯父たちの知人の中に見られる名とはまったく異なる。ドナーティ、アバーティ、アディマーリ家はいずれも名だたる門閥である。この文書からうかがえる親族関係のネットワークに目を奪われた一部の学者は、ドゥランテ・デッリ・アバーティもダンテの親族の一人であり、おそらくは母方の祖父ではないかと想像をめぐらした。この仮説はまったくのナンセンスであるが、一方で、リッコマンニ家は結婚によってアリギエーリ家の親族となった。スピリアート・ダ・フィリカイアはチェルキ銀行の公証人として信頼が厚く、裁判官・公証人組合の評議員を務めたこともあった。ダンテとフランチェスコの他の保証人も、いずれもフィレンツェの一握りのエリート階級に属していた。

ミケーレ・バルビのような一昔前の学者は、こうした事実を、アリギエーリ兄弟が困窮しており、多額の金銭を必要としていた証拠とみなした。それに対して、洞察力のある近年の学者の中には、二つ目の借り入れはトリック、つまり債権者をでっちあげるための法的偽装であり、実際には債権者は債務者と共謀し、本当の債権者が法的措置を取る場合に備えて資産の一部の保全を図ったという仮説を立てる者もいる。また、通例どおり、当時のフィレンツェ経済では信用が何より重要であったことを考え合わせるならば、お金を借りた人間がすべて窮乏していたとは考えられない。流動性のある現金は必要不可欠な決済手段であるが、経済成長の中では不足するのが常であり、金持ちであっても急な必要が生じた場合には借りなければならなかった。ダンテとフランチェスコが現金を必要とした理由はいくらでもあり、彼らの実際の財政状態を示すものではない。この例においては「金持ちは大きな借金をし、貧乏人は小さな借金をする」という原則があてはまる。多額の借り入れをするための人間関係や保証人を持てるのは金持ちだけなのである。この二つの借り入れに関わる金額の大きさからは、二人の兄弟が普段の生活費としてではなく、非常に大きな事業のために資金集めをしようとしていたことも考えうる。実際、四八〇フィオリーノもあれば、彼らのような家庭なら一〇年は暮らせただろう。

二つの借り入れのうち、額が大きい方の負債は、推測の域は出ないものの、隣接する不動産を所有する複数の親族が関わる大規模な金融・地所取引の一部ではないかという印象を抱かせるに足るものである。実際、三五年後の一三三二年一一月三日、ダンテの子供たちは、リッティ・デ・コルビッツィの未亡人ジョヴァンナに、父から受け継いだサン・ミニアート・ア・パニョッレの地所を五五フィオリーノ金貨で売却している。この地所は、リッティ・デ・コルビッツィが子孫に遺した地所に隣接していた。同日、同じ公証人の前で、はるか昔の一二九七年に行われた借り入れの債権者であるヤーコポ・ディ・ロット・コルビッツィは、もう一人の債権者パンノッキア・リッコマンニが全体の半分にあたる債権に対して別個に契約を行っていることを確認したうえで、自身の半分の債権のうちジョヴァンナに五五フィオリーノ分を譲渡した。ただし、五五フィオリーノの使用条件は、ジョヴァンナが購入した地所に対して賠償請求が行われた場合にその支払に充てることに限られていた。つまり、ダンテの息子たちが行った売買取引が正規のもので、何ら係争が生じなかった場合、ジョヴァンナは実際上、そのお金を得ることはなく、その分の債務は取り消されたことになる。しかし、もっと異例といえるのは、残りの債務も取り消されたことである。というのも、コルビッツィは同日、フランチェスコとダンテの子供たちに、「感謝と愛情をこめた贈与として」という但し書き付で、三五年前の借り入れ金の残額一三〇フィオリーノの支払を免除したからである。これで事情がすべて呑み込めたと言うのは言い過ぎだろうが、その一方で、一二九七年の取引を、ダンテとフランチェスコが経済的に困窮し、お金が必要だった証拠であると単純に解釈するのは早計に過ぎることがこれでおわかりいただけただろう。

この二人の兄弟は他の多くの文書でも信用取引に関与しているようだが、必ずしも債務者の役割を果たしているわけではない。しかし、これらの文書から得られる最も重要な結論は、結局のところよくわからないということに尽きる。なぜなら、最も肝心なこと、すなわち、こうした金が手から手へと渡った理由が明記されていないからである。ダンテの義父であるマネットは、義理の息子の保証人になったことが他にも二回ある。一回はペルソ・ウバルディーニから九〇フィオリーノ、もう一回はフィリッポ・ディ・ラーポ・ボナッコルティからの四六フィオリーノの借り入れの際である。しかし、二つの取引の日付はわかっていない。一二九九年一〇月二三日、フランチェスコは単独で、つまり、ダンテが関わらずに自分だけの名前で、有名な貸し手ロット・ディ・チーノ・カヴォリーニから、六か月以内の返済を条件に五三フィオリーノを借り入れた。この場合の保証人もやはり、ジェーリ・ディ・ネーリ・デイ・ドナーティ、ラーポ・ディ・スコライオ・デリ・アバーティ、コルソ・ディ・ナッド・デリ・アバーティといった名家の顔ぶれだった。しかし、五か月後の一三〇〇年三月一四日には、今度はフランチェスコがダンテに一二五フィオリーノを貸し付ける。二週間後の一三〇〇年三月三一日には、再びフランチェスコが両替商のテンチーノ・アチェルビとその息子チェルビーノから二〇フィオリーノを借りる。このときも相手は金融業者である。一三〇〇年六月一一日には、フランチェスコがダンテに九〇フィオリーノを貸し付ける。一三〇一年三月二日には、判事のドゥランテ・ディ・スコライオ・デリ・アバーティがテンチーノ・アチェルビとその息子から五〇フィオリーノを借りたが、債権者から支払能力があると認められて保証人となったのはダンテとフランチェスコ・アリギエーリである。そして一三〇一年七月二九日には、フランチェスコが再びチェルビーノからさらに一三フィオリーノを借り入れた。

この目まぐるしい契約の連続から何がわかるだろう？　だが、もう一度繰り返すが、これらはあくまでもたまたま記録が見つかった取引であり、実際にはどれほどの数の取引が行われたかはわからない。結局、これらの記録からいえるのは、ダンテのフィレンツェでは現金は必要不可欠なものであるだけでなく、希少でもあったということだけである。したがって、少額のお金が必要になった者はしょっちゅう借金をしなければならなかったわけで、そのこと自体からは彼らの懐具合まではよくわからない。しかし、ここには他にも考えておくべきことがある。すなわち、一三〇〇年と一三〇一年が、ダンテが追放される直前に最も重要な政治的地位を占めていた年であるという点である。彼が弟からお金を借りたタイミングが、彼の政治的野心――彼がそれを認めるかどうかは別にして――にからむ必要性に直結するものだったとは証明されていないが、可能性としては排除できない。一三〇一年の秋にフィレンツェ政府が彼に託した最後の任務は、ローマ教皇の宮廷への特使という、非常に権威はあるが、本質的に金のかかるものであった。おそらくダンテは、一三〇〇年の聖年にすでにローマへの巡礼に出かけていたのではないだろうか。サンタンジェロ城の橋があまりにも混雑していて、歩行者は対面通行を余儀なくされたという描写が、彼が見たままの風景の記憶だったとするならばだが（『地獄篇』第一八歌、二八－三三行）。このような旅には多額の費用がかかり、外交使節の場合、金持ちでなければ引き受けられないことは明らかである。今日、私たちが見落としがちなのは、そのような状況下では手持ちの現金が不足するため、金持ちであっても借金をしなければならなかったという点である。

ダンテが金持ちだったというのは、一般的に受け入れられている事実ではない。それどころか、学者の間では、彼は貧乏だったという説が繰り返し持ち出されるが、それは何よりも、先に述べた借り入れを額面どおりに真に受けたことによるものである。しかし、ブルーニは「フィレンツェ追放前のダンテは大金持ちではなかったものの、貧乏でもなく、後ろ指さされない生活が送れるくらいの慎ましい財産は持っていた」と請け合うだけでなく、ダンテ自身もある手紙の中で、追放される前は「金のかかった調度品をふんだんに」備えた、かなり高い水準の家庭生活を送っていたことを自慢していたと断言している。グイード・ダ・ロメーナ伯爵家の人々に宛てた手紙や『饗宴』の最初の段落など、亡命した最初の年にさかのぼる文章の中で、ダンテは亡命のせいで自分が陥った思いがけない貧困や、「亡命と貧困という罰」を受けたことの不当さを訴える。誇張はあるかもしれないが、彼の不遇は誰もが知っていたし、もし彼が以前から貧しかったのなら、わざわざこのような不満を言い立てることはなかっただろう。彼は一二九六年と一三〇一年の二回にわたり、百人評議会の評議員に任命されたことがあるが、評議員の資格は地所評価台帳に一〇〇リラ以上の資産が登録されている市民に限られていた。この額は資産の合計ではないことはもちろん、実際に支払った税金でもなく、推定所得にほぼ比例する抽象的な係数であり、税負担の割合を決める際にその都度用いられたものである。評議会設立時の決議にも記されているように、これはダンテが「より多くの富を持つがゆえに、より大きな費用を負担する」最高ランクの納税者に属していたことの証しである。

当時の市民にとって豊かさの基準は、田舎に地所を持っているかどうかであり、ヴィッラーニが証言しているように、人々は都会の家よりも多くの投資を行っていた。「平民であろうが豪族であろうが、田舎に家を持たない者、町よりも豪壮で贅沢な屋敷を建てていない者は市民ではなかった」。これは言い過ぎかもしれないが、ヴィッラーニの目には市民は、田舎に資産を持つ者、すなわち金持ちで大金が使える者と、そうした資産を持たない者とに分かれていたことはまちがいない。さて、アリギエーリ家の場合においても、前の世代が投機や高利貸で稼いだお金を地所に投資し、ダンテと弟はその不労所得で生活していたことがわかっている。資本主義の時代に生きる私たちの視点で見ると、これは自滅的なメカニズムである。なぜなら、資本を再投資して事業を拡大しようと考える代わりに、資本を今日で言うところの「安全な避難先」である地所に封じ込めてしまっているからであるが、彼らにしてみれば、それは高い社会的地位と経済的安定を得るための決定的な進歩の証しだった。

こうした事実は、亡命前のダンテがそれなりに裕福な暮らしをしていたというブルーニの記述が正しいことの充分な裏づけとなっている。ただし、現時点では、ダンテが有罪判決を受けたときに没収され、のちに彼の相続人が手に入れることができた資産に関する情報しかわかっていない。この資料からわかる資産は以下のとおりである。フィエーゾレの丘陵地帯にあるサン・ミニアート・ア・パニョッレ教区のラデーレ（現在のポンタッシエーヴェ市のラドーレまたはラドーラ教区）に所有していた農園。内訳は「母屋」、中庭、井戸、「小屋」、窯、「作業場」、畑、ブドウ畑、オリーヴ畑、各種樹木。

同じ場所にある別の地所と、農園に隣接する共有林の一部。フィレンツェの郊外に出てフィエーゾレに向かう途中にある、当時はカメラータと呼ばれていた地域のサンマルコ・アル・ムニョーネ教区の農園。内訳は屋敷、中庭、畑、ブドウ畑、オリーヴ畑。フィレンツェのサンタンブロージョ教区にある広い地所と、同じ教区にある小さな隣接地を持つコテージ。ブルーニはダンテの一族が「カメラータ、ピアチェンティーナ、ピアーノ・ディ・リーポリに地所を持っていた」と述べているが、彼がこれらの記録文書を参照していたことは明らかである。ピアジェンティーナと呼ばれる地域はまさにサンタンブロージョ教区の中にあった。ダンテ関連資料としてはこのリーポリ周辺の資産だけが残っていないが、弟のフランチェスコはこの地域に大きな関心を持ち、高齢になってからはそこに定住することになる。

ダンテとフランチェスコはこのようにして、自分たちの財産を分割せずに維持してきたと考えられる。唯一、疑問が生じるとしたら、一三一一年のパニョッレの地所の売買契約に関するものだろう。この文書には近隣の一人としてダンテの名しか挙げられていないが、一三二〇年の時点では同じ教区の異なる場所にある二つの地所がいずれも「ダンテとフランチェスコの地所」に接していることがわかっており、一三四三年には、ダンテの息子ヤーコポが、パニョッレの没収された地所を取り戻す際に、没収された時点ではダンテとフランチェスコの間で分割はなされていなかったと宣言している。こうしたことから、ダンテ兄弟が遺産を分割しなかったことがわかる。これは当時としてはいたって普通の選択であったが、没収の対象がダンテのみであっただけに、没収に際しては担当の役人は複雑な行政手続きに頭を悩ませたにちがいない。

慎重な解釈を要するものの、こうした資産の一部の価値を見積もることができる文書がある。一三四一年、ダンテの息子であるピエーロとヤーコポの間で行われた分割では、資産を同額に分割することができなかったため、ヤーコポが兄に一五九フィオリーノを支払ったうえに、ヴェローナの司教座聖堂参事会員の権利からの収益を三年間譲渡することで差額を埋め合わせることが定められた。六年後の一三四七年、ヤーコポが一五九フィオリーノを支払わなかったため、その代償としてサン・ミニアート・ア・パニョッレの農園の半分と、同地の他の四つの地所をピエーロに与える形で仲裁が行われた。そこから、パニョッレの資産の総価値は約三二〇フィオリーノだったと推算することができる。一八世紀初頭に子孫が目にしたポルティナーリ家の文書には、ダンテが所有していたものをポルティナーリ家が購入したカメラータのもう一つの農園が、一三四七年に一〇五〇フィオリーノで売却されたと記されている。この数字は不釣り合いなので、一七世紀の学者が勘違いしたとも考えられる。もしこの数字がフィオリーノ金貨ではなく小フィオリーノであれば、さほど不自然なものではなくなる。三三六フィオリーノ金貨という換算金額は、先ほど述べた農園の価格と非常に近いものとなるだろう。

一三五〇年、ヤーコポ・ディ・ダンテがペストで亡くなった後、彼が婚約を破棄した相手ヤーコパ・ディ・ビリオット・アルファーニの弟が、相続人に対して損害賠償を求めて訴えを起こしたが、相続人がどこにも見当たらなかったため、原告は不動産の評価額の算定を求めた。その結果、裁判官はサン・ミニアート・ア・パニョッレの農園と同地の別の地所を合わせて一一〇フィオリーノと算定した。これは一三四一年と一三四七年に二人の兄弟が交わした契約の時点での算定値よりもはるかに少ないが、地所の価格というものは、算定が行われたときの状況、友好的か敵対的かの立場の違い、親族の関与の有無によって大きく左右されることに留意しておかなければならない。この件では農園の所有権を主張する者がいなかったため、原告が算定価格を低く抑えるように働きかけることは容易だった。

最後に、サンタンブロージョに所有していた地所の価値に関するいくつかのデータがある。一三一二年、フランチェスコはペルッツィ兄弟にこの地域の農家と小さな地所を五九リラと一〇ソルディ「ア・フィオリーニ」(四一フィオリーノ金貨に相当)で売却した。母親のラーパも売却に加わっていた点からは、この資産がもともと彼女の嫁資の一部だったことが想像されるが、フランチェスコとダンテの息子たちが資産の分割を行った一三三二年には、コテージとその付属物はまだ共同資産の一部としてそこにあった。つまり、この売却は明らかにペルッツィ銀行からの貸付の担保にほかならなかった。この分割によって農家の半分がフランチェスコに、半分が甥たちに与えられた。それに対して、サンタンブロージョにあるもう一つの地所は、一三〇〇年にダンテと契約した合計二一五フィオリーノの借金が返済されたことをピエーロとヤーコポが証明するまで、フランチェスコがそっくり保有することになっていた。サンタンブロージョの地所が正味四三〇フィオリーノの価値があったと考えるのは早計だが、農園に匹敵するほど広大で、高い価値のある地所であったことは推察できる。

不動産の賃貸収入に関する数字もあるが、これはより一層慎重に解釈する必要がある。一三三六年の時点では、カメラータの領地は技術的にはまだ法的差し押さえを受けており、それを購入していたポルティナーリ家は、毎年、一二ブッシェルの賃貸料を反逆者資産管理局に支払っていた。一三三九年、サン・マルコ・アル・ムニョーネの住民に対して、カメラータのダンテの資産がどれだけの収入となりうるかについての聞き取り調査が行われた。その答えは、六〇スタイオ(ブッシェル)、すなわち二・五モディウスの賃料がとれるというものだった。一三四三年、ヤーコポはパニョッレの財産を取り戻した際に、没収後は市政府が年間一モディウスで借りていたと述べている。年に一モディウスというのは、サンタンブロージョのダンテの不動産に対して、ある借家人が一三三六年に反逆者資産管理局に支払った賃料である。反逆者の妻や未亡人に家賃を支払っていたこの管理局では、一モディウスの穀物を一八リラとして換算していたので、ダンテから没収した資産は、一年で約八〇リラの収入を生み出すことができたものと推測される。これは一三〇二年の時点では二五〜三〇フィオリーノに相当する。ボローニャ大学の講師の給料よりも多く、なに不自由のない生活を送るには充分だが、フィレンツェ市の最大の納税者を代表する百人評議会の評議員になるのに必要な基準値よりはわずかに低い。

しかし、気をつけてほしい。この金額は反逆者資産管理局が要求した賃料であり、市場の賃料よりもはるかに低いことで知られている。ご想像のとおり、これは没収された財産を公的機関が交友関係や利害関係のつながりの中で賃貸する場合の例にもれない。所有者が直接管理するか、あるいは役人ではなく所有者が賃貸するだけでも、これらの農園からの収入は二倍にも三倍にもなったはずである。さらにつけ加えれば、ダンテに判決が下された当時、農園は荒れ果てており、先に述べた賃料は荒廃後のものである。敵の財産に損害を与えるとき、ブドウの木やオリーヴの木を伐採するのは当時の常套手段であり、切られた木はふたたび実を結ぶまでに何年もかかる。

可能性としては高いが、もし没収されて市政府によって貸し出されたのがフランチェスコの財産ではなくダンテの財産だけだったとしたら、先述した収入は分割されていない財産の総収入の半分に過ぎない。カメラータとパニョッレの農園、そしてサンタンブロージョの地所は、後世の資料からどうにか算出できる以上の収入を二人の兄弟にもたらしたことはまちがいないだろう。

結局のところ、ダンテとフランチェスコは、フィレンツェの多くの名誉ある上級市民がそうであったように、不労所得で悠々と暮らしていたのである。政治活動にも、私たちが知るかぎり、知的活動にも気を取られることのなかったフランチェスコが、ダンテの亡命後にそうしたように、すでに何かささやかな事業に手を出していた可能性は皆無とはいえない。二人が行った借り入れは、これまでのように無条件にダンテのためと決めつけるのではなく、フランチェスコの事業資金であったことも充分に考えられるだろう。しかし、彼らの最も確実な収入源は、サン・マルティーノで毎年納められる小作人の賃料であったにちがいない。そうした契約は、この地域全体で都市で暮らす地主とその地所を耕す小作人とを結びつけるものであった。しかし、トスカーナの田舎に点在する、ありふれた、ごくささやかな農園であっても、ダンテの名には魔法の力があった。一四〇八年のある文書には、もはや廃墟となってしまった「領主の塔」、小作人の家、畑、ブドウ畑、オリーヴ畑、果樹、栽培と収穫用のすべての設備をととのえた農園のことが取りあげられ、「カメラータにあるそこは〈ダンテ・アリギエーリの元農園〉と呼ばれている」とある。

10 政治――豪族と平民

ダンテが商売をほとんどしなかったのは、勉学に懸命に取り組んだことに加えて、遅くとも三〇歳前後にはフィレンツェの政治に積極的に参加するようになっていたからでもある。フィレンツェのコムーネは平民の政権によって統治されていたため、意思決定機関への参加は生産人口の幅広い層に及んでいた。実際の政権運営を担ったのは、実業家や職人を代表する組合(アルテ)のプリオーリ〔代表委員〕六人と、豪族たちの暴力から平民を守るための「正義の規定」を履行させる「正義の旗手(ゴンファロニエーレ・ディ・ジュスティツィア)」である。シニョーレとも呼ばれた彼らは、同じ人間に権力が集中するのを避けるため、わずか二か月の任期で交代した。彼らの下には、百人評議会、カピターノ・デル・ポポロ率いる特別評議会と一般評議会、コムーネ（またはポデスタ〔執政長官〕）の特別評議会と一般評議会と、五つもの評議会があり、全部で六七六人の市民によって構成され、半年ごとに更新された。しかし、カピトゥーディニ・デッレ・アルティ、すなわち二一のアルテそれぞれの代表者たちによる協同機関も政治的な役割を果たしており、評議員の集会への参加や投票を求められることも多かった。行政権と司法権の多くを掌握するポデスタは、他の都市から招かれ、年契約の終わりに査定を受ける職業政治家であったが、政府のポストはそうしたプロの政治家の手に委ねられるのではなく、非常に多くの人間が交代で担当した。彼らは自分たちの普段の経済活動をなおざりにすることはなかった。したがって、現代においてはプロとして政治に携わる人間という響きのある「政治家」という表現は、誤解を招くおそれがある。フィレンツェの場合、事実上すべての納税者がこれらの評議会のいずれかに参加することが望めたわけであり、たとえより頻繁に政治参加をしている人々に絞って考察したとしても、彼らを特権的な政治家集団と混同すべきではない。

ダンテがフィレンツェの政治活動に参加していたことは、一二九五年から一三〇一年までの六年間に残された多くの文献によって証明されているが、まちがいなく、それよりも前から始められていた。ダンテ自身、『新生』の中で、一二九〇年、ベアトリーチェの死に際して次のように告白している。

私はこの荒廃した町でなおも涙を流しながら、土地の諸侯に対して町の状況を書き送った。その際に、預言者エレミアの哀歌の冒頭の一節「かつて民で満ちあふれていた都、いまはひとり淋しく座し」を引いた。

この文章は、ベアトリーチェの死により寡婦のごとく荒れ果てたフィレンツェという力強いイメージから始まっているが、その際にダンテが「土地の諸侯」(フィレンツェの権力者たちを意味していることはまちがいない)に何を書き送ったのか、見当もつかないのがもどかしい。ベアトリーチェの死はフィレンツェにとって悲劇だなどとわざわざ書き送ったとは考えにくい。むしろこの機会を利用して、一般論としてフィレンツェの嘆かわしい状況を伝えたとみるのが自然である。つまり、この失われた書簡をもって、彼の最初の政治的書簡としたいという強い誘惑にかられる。そこには、ハインリヒ七世の時代から公にされ続けてきた声明書の特徴である予言的な言葉が書き連ねられていたのではなかったろうか。エレミアの哀歌からの同じ引用は、一三一四年にダンテがイタリアの枢機卿たちに宛てた手紙の冒頭にも使われているが、このときに言及したのは、教皇が亡くなったばかりのローマである。しかし、マルコ・サンタガタの指摘によれば、一二九〇年六月一五日に就任したプリオーリの中にベアトリーチェの母親の従兄弟がいたので、失われた書簡にはベアトリーチェの死のことも触れられていたかもしれない。いずれにしても、私たちが知るかぎり、これがダンテの最初の公的発言となる。

ダンテがフィレンツェの政治活動に関与していたことを示す次の手がかりは、一二九四年に得られる。これもダンテ自身の証言にもとづくものだが、それを裏づける文書は見つかっていない。その年の三月、ナポリ王の息子でハンガリー王位請求者でもあり、カルロ・マルテッロあるいはカルロ・イル・ジョーヴァネと呼ばれたシャルル・ダンジューが、数週間フィレンツェに滞在した際に、教皇派による歓迎の祝典が大々的に催された。そのときに王子は、六歳年上のダンテと知り合った。ダンテは王子に敬意を表するために市政府が任命した使節団の一人だったのかもしれない。二人の間にはすぐに友情が芽生えたが、それが育つことはなかった。翌年にシャルルが急逝したからだ。この出会いは『天国篇』第八歌から推測されるもので、シャルルは歓喜してダンテのもとにおもむき、自分が何者であるかを明かしている（光に包まれていて、相手には見わけがつかなかったため）。

君は私を深く愛してくれたし、そうするだけの理由があった。
もし私が下界にいたならば、
愛情の葉よりも多くのものを、君に示していたであろうから。

自分の正体を明かす直前にシャルルは、ダンテの『饗宴』の一節「君ら、知性の力で第三天を動かす者たちよ」を引用していることから、若き王子は詩への関心が高かったのではないか、そしてそこに、二人の間に横たわる社会的距離を埋めるに足る充分な共通点を見出したのではないかと推測されている。しかし、まったくこれとは異なる時と場所で二人が出会った可能性も捨てきれない。実際、サンタ・マリア・ノヴェッラ教会のドミニコ会神学校で講師を務めた有名な説教師レミージョ・デル・キアーロ・ジローラミは、「神よ、あなたによる裁きを王に、あなたによる恵みの御業を王の子にお授けください」(『詩篇』第七二篇)という詩行を引きながら、シャルルを讃える説教を行っている。

紹介した二つの事例では、ダンテが早くにフィレンツェの政治活動に関わっていたことを彼自身の証言が示唆している。さらに、一二九四年一〇月、新教皇ケレスティヌス五世に敬意を表するためにナポリに派遣された使節団の一員だったのではないかという、ダンテ研究者の間でも意見が分かれている仮説があることもつけ加えておこう。ちなみにケレスティヌス五世は、『地獄篇』第三歌の中でダンテが「見ただけでなく、誰かもわかった」と宣言している人物である(ただし、名前を出さずにダンテが「怖じ気づいて大きな地位を投げ出した」者と断じている相手が、ほんとうに彼のことならばだが)。

しかし実際には、ジュリアーノ・ミラーニが書いているように、彼の青春期の知的形成と作詩活動について再構成できるものはすべて、「すでに三〇歳になる前から政治的思索とまったく無縁ではなかったダンテの姿」を伝えている。「それどころか、ダンテは詩人としても知識人としても、都市の社会構造、紛争、政権運営に関して緻密に織りなされた思想をよく理解しており、この何層にもなって入り組んだ議論の中で、既存の立場の中で自分なりの道を模索しているのである」。それゆえ、ダンテがある時点で、何千人もの市民と同様に、フィレンツェのコムーネの政治を日々決定する評議会の活動に参加し始めたとしても驚くべきことではないし、むしろそうしないほうが不思議なくらいだ。とはいうものの、最初に記録されているダンテのそうした政治参加のタイミングが、平民政権の存続に関わる重要な決定が下されたとりわけ劇的な評議会だったことには、正直驚かされるが。

一二九五年七月五日、フィレンツェは内戦の危機にさらされていた。二年前に公布された正義の規定によって都市の主要な行政機関から排除されていた豪族たちが、武装して町に繰り出した。彼らは領地の農民や私兵（当時の言葉でマスナディエーリ）の一団を引き連れて、サン・ジョヴァンニ広場、ヌオーヴォ市場、ヴェッキオ橋の入り口を占拠した。そして、豪族側に有利な形にプリオーリが正義の規定を修正し、最も制限的な条項を削除することを要求した。平民、つまり商人や職人たちは、地区ごとの部隊に編成されて、すぐに通りに出ると、ポデスタ宮殿やプリオーリたちが衛兵と共に常駐するカスターニャの塔の守りを固め、通りにもバリケードを設置した。七月の太陽の下、一触即発の緊張感の中で、両陣営の睨み合いは一日中つづいた。町の有力者や修道士たちが講和のために走り回った。そして最終的に豪族たちは、平民側が要求を呑んで規定を変更するという約束のもと、広場を明け渡して撤収することに同意したのである。

さっそく、翌七月六日にはこの妥協案を反映した措置（決議）が投票にかけられた。プリオーリの資格については、騎士に対する禁止規定は維持され、アルテ、すなわち専門職団体への登録が義務づけられたが、もはや実際にその職業に従事する必要はなくなった。「プリオーリ職につくことができるのは、常勤でなにかの職業に従事する市民、またはフィレンツェ市のアルテの台帳または登録簿に登録されている市民とするが、騎士は対象外とする」。要するに登録をすればよいわけで、しかも登録簿への登録手続きは誰にでもできた。というのも、フィレンツェのアルテは、他の都市に比べて、部門別の組合組織、産業や金融業のロビー活動、同信会などの役割を兼ねそなえた複合的な組織であり、厳密に個々の経済分野に絞り込んで対応しているわけではなかったからである。平民政府が変更に合意したもう一つの条項は、豪族が市民に対して行ったテロ行為に対する罰則規定だった。そうした罰則はいくぶん緩和されたが、その理由は、旧来の騎士階級の一員ではあっても、平民政権を支持する気持のある者ならば受け入れていこうと考えたことにある。そこで、規定の中で豪族としてリストアップされた七〇ほどの家を除き、この先はそれ以上の数の家が罰せられることはないと定められた。ただし、過去二〇年間に二人以上の人間が騎士に叙任されていないことが条件とされた。そうした騎士は、富と権力と闘争心を充分に示している点で、平民の明白なる敵とみなされたからである。

こうした措置を投票にかけるのは、口で言うほど簡単なことではなかった。中世のコムーネの仕組みは人口の多い都市ほど複雑になるが、その点、フィレンツェはまさに大都市だった。まず、最も裕福な納税者の利益を代表する百人評議会が開かれ、プリオーリの一人であるパルミエーリ・アルトヴィーティ判事が改革案を投票にかけた。公証人のベーネ・デル・ヴァーリャが賛成の意見を述べたのち、賛成八九票、反対一票で可決された。その後、一二の大アルテのカピトゥーディニも加わったカピターノ・デル・ポポロの特別評議会が開かれ、ロッティエーリ・ディ・ベニンカーザが賛成の意見を述べたのち、賛成七六票の満票で可決された。さらに、特別評議会はカピターノ・デル・ポポロの一般評議会と合同で催されたが、カンビョ・グイダロッティが賛成意見を述べた後に行われた投票は、ほぼ満場一致で賛成となった。これらの投票結果を受けて、パルミエーリ・アルトヴィーティは、この決議をコムーネの一般評議会に提出した。議事録では名前が完全には読み取れないが、名前の末尾が"heri"で終わる人物が賛成の意見を述べ、規定の改革案は、これも「ほぼ」満場一致で最終的に承認された。

名前の最後が"heri"で終わるこの人物とは「ダンテ・アラゲリー」のことだというのが、学者たちの一致した見解である。実際、残りの文字を判読不能な箇所に当てはめてみるとぴったり一致する。また、その年の議事録には、他に該当する名前の発言者はいなかった。本書では、一〇〇%確実とはいえないことを念頭に置きつつ、本当にダンテであるという仮説にもとづいて話を進めることにする。この場合、ダンテは一二九五年のコムーネの一般評議会を構成する三〇〇人の評議員の一人ではあった。だが、ダンテは「一二九五年に政界入りした」という、よく持ち出される主張は、何ら根拠にもとづいたものではない。私たちは評議会のメンバーの完全なリストを持っておらず、せいぜい、発言者の名前を知っているにすぎないが、とりあえず、ダンテが一二九五年以前からすでに評議会あるいはコムーネの他の組織のメンバーであった可能性は充分にある。

しかし、彼が発言を行ったのはおそらく初めてであり、そのことが何を意味するかに注目することが重要である。緊急動議だったにもかかわらず、七月六日に行われた手続きは、厳格に成文化された手順を繰り返した。つまり、ある法案を可決しようとし、しかも過半数の賛成を得ることがかなり確実な場合、各評議会で一人だけが法案への賛成演説を行った後、場合に応じて無記名または記名で投票を行うという手順である。このことは、平民政権のリーダーたちは投票前のあわただしい時間内に、各評議会で一人ずつ法案に賛成する評議員を決めておかなければならなかったことを意味する。したがって、ダンテは他の三人と同様に、全幅の信頼が置ける人物と考えられていたことになる。一二九五年の改革案を通したプリオーリたちは、政権内の穏健派を代表しており、数か月前には自らの政治的優位を背景に、「正義の規定」を起草したジャーノ・デッラ・ベッラを市から追放し、その支持者たちを迫害していた。それはヴィッラーニが記したように、「強い力をもった肥った平民（ポポラーニ・グラッシ・エ・ポッセンティ）」の政府であり、下層平民（ポポロ・ミヌート）の過激思想に敵対し、豪族たちが常習的な暴力行為を放棄するならば、彼らに対して融和を図ることもいとわなかった。そしてこれは明らかにダンテの立場でもあった。

しかし、そもそも豪族（俗に言う「名士（グランディ）」）や平民（ポポロ）とは何を意味していたのだろうか。フィレンツェの社会は階層化されており、複雑で、高い流動性を持っていた。知られているように、フィレンツェ社会を長きにわたって研究してきた歴史家たちは、それらを正確に定義するのに苦闘してきた。同時代の人々ですら、明確な定義を行おうとすると混乱におちいったほどだが、普段の暮らしの中では、これらの表現を使う際にはその意味を正確に理解していたことは明らかである。名士とは、富裕で声望のある重要な家柄に属し、親戚も多く、塔のある屋敷に住み、地所を持ち、不労所得があり、従者や私兵を抱え、定期的に一騎打ちの訓練をしていた人々を指す。暴力的な社会では、必然的に最も畏怖される存在だった。その大半は貴族、あるいは俗語でいう「生まれのいい」人々だった。つまり、騎士道を実践する生き方を誇り、数世代前から市政に参加してきた家系に属していた。その他は、農村から移住してきた、富を蓄えてまだ間もない、一握りの銀行家や実業家たちだったが、フィレンツェの人々はそうした出自を忘れてはいなかった。しかし、名のある先祖がいなくとも、彼らが名士たちの一員になる妨げとはならず、実際、こうした種類のニューリッチたちは、自分たちも騎士として武装をし、息子たちに鎧甲冑を身につけさせ、大金をばらまき、騎士という地位が保証する社会的優位を誇示する習慣を持っていた。

それに対して平民は、工員、職人、商人などで構成され、そういう存在として認知されていた（豪族たちの多くも金融取引に携わっていた。フィレンツェの国際的パワーの源泉となった大銀行は主に彼らの手中にあったが、彼ら自身は自らの手を汚すことはなかった）。イギリスから羊毛を輸入し、それを大勢の労働者に与えて自宅で加工させる起業家と、街角に小さな店を構える商店主との間には、富と名声において天と地ほどの隔たりがあった。しかし、自分の息子を騎士にしたり、工場を経営したり、貴族の生活様式を取り入れたりと、社会的飛躍を果たそうという決心をしない限り、起業家は政治的には靴直しと同じ党派に属していた。もちろん、起業家がそうした党派をより穏健な方向に導こうとした場合は別であるが。自明なことながら、こうした定義には中間的な形態が無数にあるが、これは世襲のカーストが存在しない開かれた社会の特徴である。だからといってそのことが、豪族と平民が対立していたこの時代のフィレンツェ人とは何を意味していたのかを理解するうえでの障害とはならない。

その後、ダンテはそのような中間形態（当時は「中間人（メッツァーネ）」と呼ばれていた）を象徴する存在となった。ダンテは自分が貴族であると主張していた。実際に貴族の先祖がいたからなのか、後年になってはじめてそう言い出したのかはともかく、同胞たちがアリギエーリの名にさほど敬意を抱いていなかったことは、あらゆる点からわかる（貴族だと主張したところで、係累が少なかったので誰にも迷惑はかけなかったし、武装した私兵で守りを固めていたわけでもないので、民衆の敵という烙印を押される理由にもならなかった）。妻のジェンマ・ディ・マネット・ドナーティは豪族の家柄であり、グイード・カヴァルカンティやフォレーゼ・ドナーティなどの親友もいた。大叔父のベッロは騎士だったので、厳しく判定したとしても、ダンテが豪族を名乗るだけの根拠はあったとみてよい。実際、一二八六年に制定された法令では、誰が豪族なのかという疑念を払拭するために、過去二〇年間に一族に騎士がいた者はすべて豪族と定義された。しかし、ベッロは一二六九年にはすでに故人（クォンダム）になっていたので、二〇年の期限は切れていた。いずれにしても、一二九五年に導入された修正によって状況が変わり、豪族になるためには、一族に二人以上の騎士がいなければならないことになった。実際、当時作成された名士のリストにアリギエーリ家が含まれていたことはない。しかも、ダンテは反豪族法の緩和が決定された七月六日以前の平民政権下ですでに評議会の席に座っていた。彼は政治的には穏健派の平民であり、豪族との妥協に理解を示し、無能な市民の独裁に恐怖を感じていた。そして、当時の公式イデオロギーとなっていた考え方を平民と共有していたにちがいない。すなわち、より低い社会階層の人々の市政への参加を促すことよりも、豪族たちが依然として頼りがちだった暴力に対抗し、社会の調和と共通の利益を守るための法と平和的な手続きに重きを置く姿勢を浸透させようとする考え方である。

ここで気になるのは、他に誰がその日の発言者に指名されたのかである。公証人であるベーネ・デル・ヴァーリャは、何年も前から評議会に出席しており、その後可決された措置を支持する発言を過去にも行っていた。実力者であったことはまちがいないが、名字は知られておらず、典型的な平民の代弁者であった。ロッティエーリ・ディ・ベニンカーザも経験豊富な人物で、一二八四年と一二九一年にプリオーリを務めている。一二四四年以降、同名の人物がカリマーラ組合（アルテ・ディ・カリマーラ）に登録されているが、この人物は、後に追放された皇帝派の名家バルサミ家のベニンカーザ・デイ・バルサミなる人物の息子であった。この人物が発言者であったとは考えにくいが、名前からすると、少なくとも同じ一族であると考えられる。ダンテの時代の文書にしばしば登場するこうしたベニンカーザたちは、いずれもスカーリ家の会社の重要なパートナーであったが、平民側につくことを決めた広大な貴族層に属しており、豪族には分類されていなかった。もちろん、ロッティエーリは豪族ではなかった。正義の規定にもとづき、そもそも豪族はカピターノ・デル・ポポロの評議会の席につくことはできなかったからである。それに対してグイダロッティ家は大変な成員数を誇る豪族の家系で、皇帝派と教皇派の双方に分家を持っていたが、こうした評決に際しても彼らの多くは平民側に与するのが常だった。実際、カンビョ・グイダロッティがカピターノ・デル・ポポロの評議会の席についたほか、翌一二九六年にはカンテ・グイダロッティが豪族には明白に禁じられていたもう一つの役職、正義の旗手に就任している。

そして、四人目の発言者がダンテである。こうしてみると、彼ら四人のプロフィールというものがある種の意味を持ち始めてくる。つまりそこには、権力を握っていた平民側のエリートたちの社会的性格がかなり明確に反映されている。彼らはかなり裕福であり、貴族出の仲間たちにも寛容な反面、豪族に対してむやみに敵意を抱く細民層にはほとんど同調していない。改革案の提案者であるパルミエーリ・アルトヴィーティも、まさにこうしたエリートを体現する人物だった。アルトヴィーティは、少し前に起きたジャーノ・デッラ・ベッラ追放に端を発した穏健派の改革の担い手の一人であり、その一族は常に平民として分類されている。それどころか、ジョヴァンニ・ヴィッラーニが言う「平民新政府」の中で最も影響力の大きい人物の一人とみなされていたが、じつは由緒ある豪族の家系の分家であった。代々法曹界で仕事をしてきたが、塔を所有するなど、豪族ならではの社会的標識を数多く持ち合わせていた。彼や他のプリオーリたちは、平民政権を代表して統治を行いながらも、一世紀後の年代記作家マルキオンネ・ディ・コッポ・ステファニが評したように、まさしく「豪族寄りの人々」であった。

穏健な党派に属していたとはいえ、平民政府を支持するダンテの決断に、友人のグイード・カヴァルカンティは苛立ちを隠さなかった。グイードは偉大な詩人であったが、根っからの豪族でもあった。最も気位が高く、すぐに暴力に訴える人物の一人で、貴族の派閥間の喧嘩騒ぎには決まって顔を出していた。そうしたなかでダンテは、なんとかして派閥の宥和を図ろうとする党派の側につくことを決め、グイードのような人物が重要な役職に就くことを禁止するまでにいたった。だが、グイードが知るのは別のダンテ、貴族の若者の遊び仲間に加わることを熱望するダンテ、貴族の文化やライフスタイルを賛美する詩を書くダンテだった。そのダンテの面影はもはやなかった。少なくとも、ソネット「日に幾度となく君のことを考え」（イ・ヴェーニョ・ル・ジョルノ・ア・テ・インフィニーテ・ヴォルテ）については、彼が「あまりにも卑俗な考え」に堕し、凡庸な人々、つまり商店から出て平民政権の評議会の席に座っている「退屈至極な連中」と群れていることを咎めたものだと解することができる。「かつては烏合の衆を毛嫌いしていた」あのダンテが！　ダンテの変節は明らかであり、少なくともグイードはそうした変節を好まなかった。そして、数年後、プリオーリの一人に選ばれたダンテが、豪族の中の危険分子らと共にグイードをマレンマに送って監禁する決定を下した責任者の一人になることを、グイードは知るよしもなかった。

七月六日の投票から三か月余り後に、ダンテはカピターノ・デル・ポポロの特別評議会の三六人の評議員の一人に任命された。これはダンテの政治的立場をきわめて明確に物語るものである。在任期間は一二九五年一一月一日から一二九六年四月三〇日まで。たまたま保存されていた名簿に、ポルタ・サン・ピエーロ地区の六人目の評議員として「ダンテ・アラゲリー」の名が記録されている。予想されるように、三六人の評議員はみな平民階級を代弁する人物であった。メッセルまたはラテン語のドミヌスという称号がつけられていたのは二名のみだった。二名はいずれも法律の専門家であり、騎士ではなかった。彼らの多くは名家の代弁者であり、まちがいなく平民側の人間だった。アルビーツィ、バケレッリ、ラッファカーニ、アルトヴィーティ、アッチャイウオーリ、ベッカヌージ、カニジャーニ、リッチなど、多くは有力な家系の代表者であるが、彼らはまぎれもなく平民の代表者である。大半はあまり知られていない人物であり、他のどの社会集団よりも平民政府での発言力を持っていた「中間層」の代表者である。五人は公証人で、「氏（セル）」という呼称がつけられていた。一人はブルネット・ラティーニの息子ボナッコルソ、もう一人は先に紹介したゲラルド・デル・ベッロである。名簿は評議会の会議の欠席者をチェックするために用いられていた。正当な理由のない欠席には罰金が科せられた。ダンテの名前の横には六つの文字が記されていたが、そのうちの五つが抹消されていた。これは六回の欠席のうち五回に対して正当な理由が認められたものと解釈するのが普通である。評議会の開催頻度はわからないが、月に六〜九回の会議があったと推算されている。それを考えると、半年間で六回の欠席はさほど多い数ではないが、ダンテもまた人の子としてさまざまな雑事に忙殺されていたことを思いやるには充分であろう――それが何であったかはわからないにしても。

　しかし、最も重要なことは、当時の規則によれば、ダンテが評議会に参加するにはいずれかの組合（アルテ）に登録していなければならなかった点である。そして事実、彼は医者・薬屋・雑貨商のアルテに所属していた。それがわかるのは、一四四七年にアルテのコンソリたちが、既存の登録簿に登録されている人物全員の名前を、アルファベット順に一つの登録簿に書き移すことを決めたからである。アルテの書庫には年代順に記録された七冊の登録簿が保管されていた。最も古い登録簿は一二九七年から一三〇一年までをカバーしているが、それ以前の登録簿は失われていた。今日ではすべて散佚しているが、一四四七年の転記版が残されており、そこには最も古い登録簿から転記された「ダンテ・ダルディギエーリ・デリ・アルディギエーリ、フィレンツェの詩人」という名前が記されている。一五世紀のトスカーナ人にとってダンテは有名人であり、「フィレンツェの詩人」という記載が原簿にはないつけ足しであることはまちがいないだろう。また、一二九七年から一三〇一年の間に編纂された登録簿にダンテがこのアルテの加入者として記載されていたことは否定しがたい事実であるが、登録簿が何らかの理由で作り直されることもありえたため、実際の加入がそれ以前にさかのぼる可能性は排除できない。

このアルテが選ばれたせいで、文学者たちによる珍奇な解釈が生み出されることとなった。ダンテは絵が上手かったというブルーニの証言をもとに、このアルテが画家の組合でもあったためにダンテは加入したのではないかと推測する者も現れた。しかし、薬屋の販売品目の中に、染料など、絵の具を作るために画家が用いる材料が含まれていても不思議ではあるまい。同じく珍妙な推論を行ったのがバルビで、彼は当時の医学が哲学に確固たる基盤を置いていたことを論拠に、ダンテがこのアルテに加入できたのは「哲学の研究者としての名声」があったおかげだと考えた。今日ではもっぱら医者・薬屋組合と呼ばれているこのアルテには、実際には雑貨商、つまり釘から紙まで、ありとあらゆる商品を取り扱う商人も所属していたことを考えれば、こうした空想はいずれも妄想の域を出るものではない。一五世紀末には印刷業者もこのアルテに加わった理由もまさにそこにあった。そこにさらに加入したのが、羊皮紙、紙、手稿を取り扱う文具商である。それなら、ダンテがこのアルテを選んだのは本に関わる組合だったからだといっても文句はあるまい。しかし、重要な点は、「フィレンツェ市ポルタ・サンタ・マリア地区の医師・薬屋・雑貨商組合・大学登録簿」と麗々しい表題がつけられた一四四七年の登録簿には、誰でも登録ができたということである。というのも、このアルテはあらゆる種類の専門家や起業家たちを幅広く受け入れる、間口の広い組合であり、正義の規定にもはっきりと記されたとおり、実際の活動の有無は加入のための要件ではないからである。

ダンテが参加した二回目の（私たちが確認できるものとしては最初の）討議は一二九五年一二月一四日、彼が当時所属していたカピターノ・デル・ポポロの特別評議会ではなく、最も重要な金融業・商業グループを代表する一二の大アルテのカピトゥーディニの評議会で行われた。その日、評議会では、退任するプリオーリが指名した賢人（サピエンテス）、すなわち追加評議員のグループも加えて、次のプリオーリを選出する方法が議論されたが、翌日、同じ評議会で投票されることになった。フィレンツェ市政府はきわめて柔軟な手続きによって運営され、たえず修正がほどこされていた。プリオーリは二か月ごとに交代したが、その選出方法は決まっておらず、任期が終わる前日にその都度話し合われた。この日は出席者のうち一一人が立ち上がり、候補者を指名するための手順を別個に提案したが、提案者の一人が「ダンテ・アラゲリー」だった。登録簿はかびが生え、ほとんど判読できないため、各提案の内容は正確にはわからないが、基本的には、各地区のアルテの長が、退任するプリオーリが指名したサピエンテスと一緒に地区の候補者を選ぶか、それとも別々に提案を出すかという問題だった。それに対して、おなじみのベーネ・デル・ヴァーリャが代わりに提案したのは、各地区の長が、自分の地区ではなく、隣の地区の候補者を選ぶという奇抜な案だった（奇抜すぎて、まったく支持は得られなかったが）。ダンテはカピトゥーディニとサピエンテスが合意する候補者を指名するという提案を行ったが、ランド・アルビーツィの提案が優勢となり、カピトゥーディニとサピエンテスが別々に候補者を指名することになった。

こうした手続きは無駄に煩雑なようにも思われるが、選出の状況を丁寧に分析すると、何が本当の問題であったのかがわかる。それは二つの方法のどちらを選ぶかという問題である。一つは、単独候補者リストを作成し、アルテの上層部に対して退任するプリオーリとの合意を義務づけ、分裂が起こらないように誘導したうえで選挙を行う方法。もう一つは、複数のリストを比較できるようにして、アルテにまったく自由に候補者を選出させる方法。了承された案に比べて、ダンテの案は、退任する政権との連続性を高め、最終的な投票の重要性を薄める方向に向かうものであったことはまちがいない。これは各地区での投票が、不和を招く恐れのある対立候補者がいるリストではなく、合意を得た単独候補者のリストにもとづいて行われるためである。しかし、代わりに採用された手続きは、ジャーノ・デッラ・ベッラの改革期にふつうに行われていたもので、立候補者の選定においてアルテのコンソリたちの独立性が保証されており、過去にはしばしば新人の選出を後押ししてきた。これに反対したダンテの姿勢は、当時フィレンツェを分断していた問題に対する彼の立場について私たちが知っているあらゆる知識に符合する。

こうしてダンテは、七月にコムーネの一般評議会で発言し、一〇月にはカピターノ・デル・ポポロの特別評議会で指名を受けた後、一二月には、おそらくさらに重要な、プリオーリを選出する予定の、一二の大アルテのカピトゥーディーニの評議会において発言した。彼が正式な評議員ではなく（評議員であれば、アルテの運営になんらかの形で関与していたはずだがその痕跡はまったくない）、退任するプリオーリの推薦にもとづき臨時に加えられたサピエンテスの一人であったことはほぼ確実である。この点も見逃せないポイントであるが、それは、フィレンツェがきわめて高い緊張状態に置かれていたこの時期に、在職中のプリオーリたちがダンテを信頼に足る人物と考えていたことを意味するからである。実際、平民の間では、正義の規定が緩和された後、領主たちの裏切りや豪族によるクーデターの恐れがささやかれていた。つまり、公式にはまだ平民のものとされていた政府に対して、大きなリスクを冒してでも、より制約の多い、エリート政治のたがをはめようとする党派とダンテが密接に結びついていたことが確認されたといえる。

三回目のダンテの発言の機会は一二九六年六月五日に訪れた。カピターノ・デル・ポポロの特別評議会の評議員資格が失効してからわずかひと月あまりで、ダンテの姿は今度は百人評議会の中に見られた。プリオーリから直接任命され、六か月を任期とするこの評議会は、もともと特別な支出を承認するために設けられたものだが、まさにそれがゆえに、その監査対象は火種になりかねない多くの政治的問題にまでおよんだ。七年前に作成された基準は非常に参考になるものであるが、不思議なことに、ダンテを当時のフィレンツェ社会に位置づける際に、これまでほとんど顧慮されてこなかった。この基準によれば、公共的な支出の管理は、最も直接的な関係を持つ市民、すなわち最も多くの税金を払っている人々に委ねられるべきである。そのため、最低でも一〇〇リラを納めたことが納税台帳に記録された市民のみが評議員となる資格を有する。もちろん、それは常に平民を対象としており、貴族や豪族の任命は明白に除外されていた。百人評議員は「より善良かつ信頼に足る平民階級の職人」でなければならなかった。ダンテが百人評議員であったとすれば、それは彼が最も重要な納税者層に属し、職人（アルティフェクス）ではないにせよ平民（プレビウス）であり、政権から「より善良かつ信頼に足る」とみなされた人物であったからである。

その会議のアジェンダをみると、百人評議会に与えられた権限が多岐にわたっていたことがわかる。カピターノ・デル・ポポロは百人評議会に対して、サン・ジョヴァンニ広場からの病院の移転許可、当時フィレンツェの忠実な同盟都市であったピストイア市の亡命者のフィレンツェ領内への立ち入り禁止、フィレンツェ郊外に不動産を所有するピストイア人への課税の五年間の免除、平民を侮辱した豪族に対するプリオーリと正義の旗手の報復権の拡大、提訴の法的手続きの修正、さらには税の徴収人や公証人の嘆願（給与の増額と思われる）や豪族の監獄の看守の嘆願（内容は不明）への対応などを求めた。なんとも広い守備範囲である。しかし、多数派の言いなりに投票する当時の議会のさまは、今とまったく変わらない。一人の議員が二議案に対して具体的な意見を述べたのみで、「ダンテ・アラゲリー」を含む他の三人はすべての議案に賛成した。実際、評議会ではすべての議案が圧倒的多数の賛成で可決された。反対票が最も多かったのは豪族に対する報復権の拡大の提案で、反対七票、賛成六八票。ダンテは賛成票を投じた。より宥和的な政策に同調するダンテであっても、結局のところは、豪族の暴力から平民を守ることに主眼を置く政権の代弁者となったのである。

11 政治——白派と黒派

ダンテの政治活動について多くの情報が得られたこの一一か月の後は、一三〇〇年まで何も見つからない。もちろん、これだけでダンテがこの長い空白期間にもはやどの評議会の一員でもなかったという結論に飛びつくわけにはいかない。むしろその逆である可能性の方がはるかに高いのだが、よりによってこの期間、会議の議事録に大きな空白がある。劇的な数年間だっただけに残念でならない。コムーネはダンテが与していた穏健派の平民政府が、ディーノ・コンパーニ曰く「正義を欠いた」ひどい状態で統治を続けていたが、フィレンツェの政治生活には別の亀裂が生じており、正義の規定だけでは癒しきれなかった。教皇派は白派と黒派の二つの派閥に分裂していたが、その中心となっていたのが、ポルタ・サン・ピエーロに住み、アリギエーリ家と隣り合っていた二つの家族、チェルキ家とドナーティ家だった。教皇派と皇帝派の対立に劣らない、この激しい反目の結果、ダンテの政治生命は亡命という破局を迎えることになる。

歴史家たちが口を揃えるとおり、二つの家族はまるで豪族階級内部の大きな隔たりを体現しているかのようだった。ヴィッラーニは次のように記している。「ヴィエーリ・デ・チェルキ殿がチェルキ家の当主だった。彼とその家族は精力的に大きな事業を手がけ、結婚によって他の多くの勢家と結びついていた。彼らは非常に裕福な商人で、その会社は世界でも指折りの規模を誇っていた。短期間に大きな権力を手に入れた人間の例にもれず、男たちは従順で無邪気、がさつで恩知らずである」。要するに高貴さを欠いていたわけだが、世の中に居場所を見つけられずにいたことからも、それは明らかだった。誰かの敵となるには資質に乏しく(「従順で無邪気」)、他方、互いに恩恵をほどこしあう政治的ゲームを通じて友達を作るだけの才覚もなかったのである(「がさつで恩知らず」)。しかし、そうしたことは彼らが豪族にのしあがる妨げとはならなかった。一方、ドナーティ家の当主はコルソ・ドナーティで、「彼とその家族は高貴な生まれの戦士であり、財産家ではなかったが、マレファーミと呼ばれていた」という。マレファーミの意味が「悪名高い」なのか「人を困らす」なのかはわからないが、親しみのもてるあだ名でないことはまちがいない。ダンテの義父であるマネット・ドナーティはコルソ・ドナーティの従兄弟であり、コルソの弟はダンテの若い頃の友人のフォレーゼであった。しかし、これらはダンテをドナーティ側に近づける理由にはならなかった。しかも、この観点から見ると、結婚はほとんど決め手にはならなかった。というのも、休戦交渉が行われている場合には敵対する家同士でも結婚に頼ることがあったからである。コルソ・ドナーティ自身、最初の結婚ではチェルキ家の娘と結婚していた(彼女を毒殺したとの噂もあった)。

こうした情報を総合すると、ダンテはチェルキ家の方に近しかったことがうかがえる。自分たちの立場の強化を図ろうとするチェルキ家は、教皇派という豪族中心の組織との関わりを減らして、政府内の平民たちの支持を求めた。実際、ディーノ・コンパーニによれば、チェルキ家の人々は「好意的な目で見られていた」。ダンテと親交があり、母方の実家でもあるアバーティ家や、ダンテの「最初の友人」グイードのカヴァルカンティ家など、多くの豪族がチェルキ家側についていた。グイードはコルソ・ドナーティの仇敵であり、サンティアゴ巡礼の際にコルソがグイード暗殺を図ったこともあった。フィレンツェに戻ってからこれを知ったグイードは、仕返しに仲間と共に乱闘騒ぎを起こし、負傷した。死人が出ても不思議はなかったこのストリートファイトにダンテが加わっていたという記録はないが、グイードのような洗練された知識人が加わっていた以上、ダンテも参戦していたとしてもおかしくはない。

ここで明確にしておきたいのは、豪族は、正義の規定によって市政の重要な役職から排除されていたにもかかわらず、数の多さ、財力、顧客層、軍事力によってフィレンツェの政治に多大な影響力を持ち続けていたということである。したがって、プリオーリの選挙や活動に口をさしはさむようになったとしても驚くにはあたらない。チェルキ家が平民寄りであったことから、一二九九年末以降、プリオーリの大半は白派に受け入れられる人物で構成されるようになり、ヴィッラーニは「チェルキが大きな支持を集めていたため、市政のほとんどが彼らの手中にあった」と述べている。一方のドナーティ家側では暴力に訴えようとする衝動が強まる一方となり、事実、一三〇〇年五月には二つの派閥の緊張が急激に高まった。その休日の夜、晩餐のために集まっていたドナーティ家の若い友人や親たち、いわゆる「若衆組」が、同じ地区の目と鼻の先で祝杯を挙げていたチェルキ家の若い友人や親戚の同じような一団と喧嘩を始めたのである。乱闘中にチェルキ家の若者の一人が鼻を切り落とされた。その後、全員が逃げ出して家に閉じこもったが、犯人を知ったチェルキ家は「大々的な復讐をする」と脅した。

平民政権はきわめて重大な危機への対処が求められていた。というのも、豪族同士が抗争を続けるかぎりでは、正義の規定を適用させて暴力を止めさせることはできなかったからである。かといって、チェルキ家とドナーティ家の間の憎悪は、もはや内輪の問題として片づけられるものではなくなっており、豪族並の富と権力をもった多くの「富裕平民（ポポロ・グラッソ）」もこうした争いに巻き込まれていた。この二つの派閥の衝突は、市政の未解決の問題に火をつけ、表面化させた。一つは、政権への参加が一切許されなかった皇帝派の恨みである。彼らはとりわけ、好戦的で傲慢な教皇派の豪族、すなわちドナーティ家を忌み嫌っていた。コンパーニによれば、「皇帝派の人々はみな、チェルキ家に好意を寄せていた。なぜならチェルキ家なら手荒いことをしないだろうと思ったからである」。また、ジャーノ・デッラ・ベッラを支持し、平民政権の穏健化を認めない人々からの不満もあった。彼らもチェルキ家を支持したが、それはチェルキ家がジャーノ追放に反対しているかのような印象を与えていたからだとディーノは説明している。

　さらに、政権運営を難しくしていたのが、フィレンツェの教皇派の分裂を単純な内政問題として扱えなかった点である。フィレンツェは教皇派の支配する都市をまとめた地域同盟「トスカーナ同盟（ターリャ・ディ・トゥーシャ）」の盟主であり、教皇派はローマ教皇庁という中核組織の意向を無視することができなかった。豪腕ボニファティウス八世が君臨する当時の教皇庁の意向は、まずなにより教皇派が分裂しないことだった。しかし、もし分裂するようなことがあれば、教皇はむしろドナーティ側につくだろうと誰もが思っていた。彼の銀行家スピーニ家はドナーティ派だったからである。しかも教皇には自分の意に沿う者を勝たせるだけの力があった。コンパーニの言葉を借りるなら、教皇は「思いどおりに教会を動かし、逆らう者を打ち倒してきた」のである。フィレンツェ政府はコムーネの自由が危険にさらされていることを恐れるにいたった。そして、カレンディマッジョの争乱の数日前の一三〇〇年四月一八日、フィレンツェをボニファティウス八世の手に引き渡そうと共謀した罪で、スピーニの代理人を含むローマ在住の三人のフィレンツェ人に対して巨額の罰金刑を科した。これに対して教皇は破門で脅しをかけた。

こうした危機的状況の中、市政府は新しいカピターノ、すなわちトスカーナ地方の教皇派全軍の司令官を選出するために、トスカーナ同盟の会議を招集することを決定した。これは通常の行政手続きにもとづく招集ではあったが、こうした状況下にあっては特別な意味合いを帯びていた。つまり、当時マレンマのアルドブランデスキ伯と対立していた教皇が、軍事的支援を必要としていることの意思表示であったからである。カレンディマッジョの直後、会議への参加を促すために、すべての都市国家に大使が派遣された。ダンテはサン・ジミニャーノに派遣され、五月七日に同町の一般評議会で演説を行った。評議会の議事録にはダンテの来訪が記録され、「フィレンツェ市大使、高貴なるダンテ・アレゲリー」と紹介されている。高貴という言葉の当時の用い方からいって、この敬称にあまりこだわる必要はないが、彼の任務が軽微なものではなく、四月一五日から六月一四日までの二か月の任期中、六人のプリオーリから全面的な信頼を得ていたことは明らかである。もっとも、シエナ、ルッカ、ピストイアなどの重要な都市には他の人物が遣わされたのではあるが。

この時点から事態は急展開を見せる。教皇が常ならぬ寛大さを示し、平和使節としてマッテオ・ダックァスパルタ枢機卿をフィレンツェに派遣したのである。一三〇〇年五月二三日付の信任状を持つこの枢機卿は、六月一五日から八月一四日までの任期で招集された新しいプリオーリたちが就任したほぼ同じ頃にこの町に到着したにちがいない。プリオーリ選出の経緯はわからないが、このような緊迫した状況の中で権限を委ねたからには、政権の信頼が厚かった人物であることはまちがいない。オルトラルノ地区はノッフォ・グイーディ、サン・ピエル・スケラッジョ地区はネーリ・ディ・ヤーコポ・デル・ジュディチェ、ボルゴ地区はネッロ・ディ・アッリゲット・ドーニ、サン・パンクラツィオ地区はビンド・ディ・ドナート・ビレンキ、ポルタ・ドゥオーモ地区は刀鍛冶のリッコ・ファルコネッティ、ポルタ・サン・ピエーロ地区は「ダンテ・アラゲリー」。そして正義の旗手がファツィオ・ダ・ミッチョレという顔ぶれだった。白派が多くを占めていた数年間を経て、この任命には派閥のバランスを取ることが求められていたことは明らかである。つまり、最後の二人が白派に対して、最初の二人は黒派である。三人目と四人目の所属派閥はわからない。正義の旗手とプリオーリたちは、就任したその日（六月一五日）のうちに、ローマ在住の三人のフィレンツェ人の有罪宣告を含むすべての機密文書を明かされた。

困難をきわめたこの時期に、ダンテの政治人生で最も重要な任務が与えられた。ダックァスパルタ枢機卿は夏じゅうフィレンツェに滞在したが、事態の収拾はつかなかった。二つの派閥の勝敗だけでなく、平民政府の存続そのものがかかっていた。内戦はクーデタを起こす好機とみる豪族たちもいたからである。フィレンツェの守護聖人、洗礼者ヨハネの祝日の前夜である六月二三日、つまりフィレンツェ市民にとってとりわけ象徴的な意味をもつ重要な日、聖人に贈り物をするために洗礼堂に行列で向かっていたアルテのプリオーリたちが一部の豪族たちの襲撃を受け、棍棒で殴りつけられた。襲撃者は自分たちを排除する政府はもはや許しがたいと、まっこうから言い放った。「我々はカンパルディーノの勝者だ」と彼らは叫び、「それなのにおまえたちは我々をこの町の公職や名誉から追い払った」と言った。ディーノ・コンパーニによれば、ダンテをはじめとするプリオーリたちはこのできごとに「激怒」し、多くの市民に諮ったうえで、両派の数十人の豪族を流刑に処する判決をくだした。ダンテはカンパルディーノで戦った経験があり、それを誇りに思っていた。豪族たちの自慢話に厳しく対応するうえで、彼以上の説得力をもつ経験者はいなかった。

しかし、政権にこの刑を執行する力があるかどうかはまた別の問題だった。マレンマのセッラッザーノへの流刑が科せられたチェルキ家の人間はフィレンツェを離れたが、カステッロ・デッラ・ピエーヴェ行きを命じられたドナーティ家が町を出ることはなかった。プリオーリたちは、屈辱に甘んじるか、内戦勃発のリスクを冒してでも判決を強制執行するかの選択を迫られた。ドナーティ家がルッカの教皇派に助けを求めたことや、ルッカから軍隊が救援に駆けつける準備が進められていたことが知られている。プリオーリたちは、ルッカ市民に対してフィレンツェ領内への立ち入りを控えるように通達を出し、農村には街道の警備を命じた。その一方で流刑判決を受けた人間には判決を受け入れるように説得を試みた。最終的にドナーティ家は反乱を起こすだけの勇気がなく、町を離れた。その直後、プリオーリたちは監禁されていた白派をフィレンツェに戻すことを許可したのに対して、黒派は領外にとどめ置かれた。ダンテを含むプリオーリたちの公平性が保たれたとはおよそ言いがたい裁量である。

この間、枢機卿は公私ともに交渉を続けた。彼はフィレンツェ市と教皇派のためにこの対立を和解に導きたいのだと主張したが、フィレンツェ市民はほどなく、枢機卿の本当の使命はドナーティ家を支援し、チェルキ家をつぶすことにあったことに気づく。市民の怒りは激しく、枢機卿が滞在する司教館の窓に向かって石弓を射つ「痴れ者」までが現れた。対応に窮したプリオーリたちは、枢機卿に新造フィオリーノ金貨二〇〇〇枚を贈った。現在の価値に換算すると一〇〇万ユーロ近い。これは評議会の承認なしに使える限度額だった。プリオーリたちはなんとか枢機卿をなだめようと、このささやかな贈り物をさげすみなさいますなと頼んだ。「大事にするとも、と枢機卿は答え、しばらく見つめていたが、結局、受け取りはしなかった」。

政権運営の二か月などわずかな時間だと思われるかもしれないが、ダンテがプリオーリに就任してからの二か月間はまさに事件の連続で、息つく暇もないほどのスピードで過ぎていったことは否定できない。これまで述べてきたような状況の中で、ダンテがどのような立場をとっていたのかはわからない。両派の代表者（友人のグイード・カヴァルカンティを含む）を追放する形でサン・ジョヴァンニの襲撃者を罰したり、その後すぐに白派たちの帰還を許可したり、同盟国のルッカ政府にフィレンツェの内政に介入しないよう警告したり、憤激する枢機卿をなだめたりするなかで、六人のプリオーリの間で起きたかもしれない軋轢について証言した者はいない。いずれにしても、ダンテと他のプリオーリたちが下さなければならなかった決断は充分にドラマティックなものであり、レオナルド・ブルーニ宛ての手紙の中で、ダンテが「私の不運や不幸はすべて、プリオーリ期間の不吉な会合によって引き起こされ、始まった」と苦々しく語ったのも無理はない。

そう考えたとき、プリオーリの任期直前の月日が、『神曲』というフィクションの中で、ダンテ自らが「暗い森」に迷い込んだと宣言した月日に一致することを思い起こすのは、的外れなことだろうか。読者を彼岸のヴィジョンへと導くこのイメージが本質的に道徳的なものであることは異論の余地はないが、それと同時に自伝としての真実も含んでいることもまちがいない。『煉獄篇』第一歌でウェルギリウスは、ダンテが道を踏み迷ったとき、「自らの狂気ゆえに」身を滅ぼす寸前であったと恐ろしく直截に述べている。ダンテは時間設定のつじつまが合うように念入りに創作しており、作品の中で起きたできごとの正確な日付を特定する手がかりを鏤（ちりば）めているので、この時期、現実に詩人が何をしていたのかを問うてみるのは無駄ではあるまい。ダンテが「人生の旅の半ば」（旅をこの年齢に設定したのは、一三〇〇年が大聖年であったことだけではなく、『イザヤ書』三八章一〇節の記憶に触発されたものにちがいない。「わたしは思った。人生の半ばにあって行かねばならないのか、陰府の門に残る齢をゆだねるのか、と」）にたどり着いたのは、一三〇〇年五月後半のことである。しかし、この作品が始まる日時はそれよりも少し早い。それがわかるのは、『地獄篇』第二一歌で、自分が旅をしているのはキリストの死から一二六六年後のことであると、わざわざ時間まで書き添えて述べているからである。つまり、一部の教父神学の伝統ではキリストの没年とされる三月二五日の直後ということになる。さらに『煉獄篇』第二歌によって、ボニファティウス八世が一三〇〇年二月二二日に開始を宣言したが、実際には一二九九年一二月二五日から自然発生的に始まっていた大聖年から三か月が経過していたことがわかる。では、魂を失う寸前だったとダンテが数年後に語ることになる一三〇〇年三月末の日々に、彼は何をしていたのか。政治活動にどっぷり浸かり、ほどなく――事実か否かについては後に検討する――横領、犯罪幇助、汚職の罪で裁判にかけられ、判決を受ける羽目になった、というのがその答えである。

ブルーニが記したように、この二か月間にプリオーリたちがくだした決定によって、ダンテには厳しい批判が浴びせられた。彼は手紙の中で自分は白派ではないと明言しているが、世論は彼を白派と認識していたのである（「自分はどの党派にも与しない人間であるといくら抗弁しても、白派寄りと見られていた」）。政治家の常として、ダンテもまた、自分なりのやりかたで行動を記憶し、評価していた。他のプリオーリたちに同調して、流刑となった白派の帰還を望んだことを咎められたダンテは、当時それは「プリオーリの職務外だった」と反論したが、このできごとの日付を記した唯一の記録者はそれを七月としている。ダンテは彼らを帰還させた理由として、とにかくセッラザーノの空気が悪く、グイード・カヴァルカンティが病死してしまったことをつけ加えた。職務外という理由づけで充分だったのに、このような言い訳を積み重ねてしまうと、自己弁護に益するどころか、かえって説得力を弱める結果となる。

どうにか二か月の任期が終わり、聖母被昇天の祝日（八月一五日）には新しいプリオーリが就任したが、事態に改善は見られなかった。これまでのようなプリオーリたちのバランスが崩れ、白派がふたたび政権を支配するようになったからである。ダックァスパルタ枢機卿が使命を果たせぬまま九月末にフィレンツェを去り、抗争のすべての原因は未解決のまま残された。コルソ・ドナーティはローマにおもむき、チェルキ家とその仲間がフィレンツェを支配し続ければ、皇帝派が復活する危険性すらあると教皇に思わせる説得工作に希望をつないでいた。両派が秘密裏に会合を開き、剣の手入れにはげむ一方、平民政府は二か月ごとにプリオーリを変えながら、日和見を続けるばかりだった。相手を出し抜こうと懸命な豪族たちに無駄な刑罰を科すものの、危機を脱する手だてはまったく持ち合わせていなかった。一三〇一年四月一四日、ダンテは新しいプリオーリの選出方法を決める二か月に一度の恒例の会合に際して、一二の大アルテとサピエンテスからなるカピトゥーディニの評議会で発言し、優位を占めていた動議に賛成した。それは退任するプリオーリが指名する「サピエンテス」の合意のもとで、コンソリに候補者を提案させることで、アルテの独立性に制限を加えるというものである。同日、カピトゥーディニ以外は各地区二人ずつのサピエンテスのみからなる少人数の評議会において、ダンテは正義の旗手の選出方法を決める単一の動議を提出し、賛成の演説を行った。動議は全会一致で可決された。彼は、政権を代表する人間であり続けたが、その政権は崩壊しつつあった。

四月末前に、ダンテは新たな、見たところ平凡な任務を与えられた。フィレンツェ政府の運営を担う多くの委員会の中に、道路の建設と改修にあたる六人の役員からなる委員会があった。当時は、大規模で多額の費用を要する、サン・プロコロ通りと呼ばれる道路の建設工事が進められている最中だった。道路は市壁からピアジェンティーナ村、さらにそこからアフリコ川の急流までを結ぶものだった。最初の区間の工事はすでに完了していたが、最後の区間はまだ曲がりくねっていて通行できず、それをまっすぐにするには土地の収用、樹木の伐採、家屋の取り壊しが必要だった。ダンテは工事監督に任命された。収用のための手配、道路の建設と舗装の任務、さらには道路の新設によって恩恵を得る地域住民に税を課す権限が与えられた。

　研究者たちの見解は、風雲急を告げるこの時期にダンテがこうした地味な仕事に取り組んだことに驚きを隠さない者と、この任務は実際には非常にデリケートなものであったと考える者とに分かれている。というのも、この決議では、プリオーリや正義の旗手に頼ろうとする農村の平民たちにとって新しい道路は必要不可欠であり、豪族に気づかれて面倒ごとに巻き込まれることなく町に入れる点が強調されているからである。しかし、実際のところ、第二次平民政権は「包括的（ラルゴ）な」政府であるため、このような膨大な数の委員会の活動を想定しており、そのすべてが（経済面はもちろん）政治的な役割も果たしていた。都市で政治を行うということは、何かが起きたときにそれを受け入れる準備をすることを意味していた。さらにつけ加えるなら、ダンテはまさにこの地区に地所を持っており、仕事の割当てに際してダンテがことさら特別扱いを受けたわけではないことがわかる。一方で、ここからはダンテが生きた時代のフィレンツェが大普請の真っ最中であったこともうかがえる。今日私たちが目にするフィレンツェを作り上げるために、教会もコムーネもふんだんに金を使い、膨大な数の人夫たちに職を与えた。だが、ダンテ自身は、マルコ・サンタガタが指摘するように、その完成を目にすることはなかった。一二七九年からはサンタ・マリア・ノヴェッラ教会、一二八四年からはバディーア、一二九五年からはサンタ・クローチェ教会、一二九六年からはサンタ・マリア・デル・フィオーレ教会、一二九九年からはヴェッキオ宮殿の工事が始まった。現在のロンドンやニューヨークのように、フィレンツェは生命力と資金であふれ返っており、過去を惜しみも敬いもせずに、その顔かたちを変えていった。

それから二か月後の一三〇一年六月一九日、ダンテはさらに危険な状況に直面していた。その日、彼が再び一員となった百人評議会は、カピターノ・デル・ポポロの一般評議会と特別評議会、そして一二の大アルテのカピトゥーディの評議会と合同で開催され、二件の動議に対する採決を行った。一件は教皇ボニファティウス八世からのもので、アルドブランデスキ伯に対抗するためにマレンマに一〇〇人の騎士を派遣するようフィレンツェのコムーネに要請したもの。もう一件はコッレ・ヴァルデルサのコムーネからのもので、内容はわからないが、同盟都市の慣習に従って、フィレンツェの人間をポデスタとして派遣するように要請したと考えられる。公証人のルッジェーロ・ディ・ウーゴ・アルビーツィが真っ先に立ち上がり、両件の要求を受け入れるように助言した。つづいてダンテが立ち上がり、コッレ・ヴァルデルサの要請に異論はないが、教皇が要請した騎士は派遣に応じる必要はないと述べた。この発言の後、グイドット・カニジャーニ判事が立ち上がり、両件の要求に賛成する旨の発言をした。会議場は緊張に包まれていたにちがいない。今回はすでに合意がなされている決議を通すのではなく、真の意味での賛否両論の決定が行われたのである。そして実際、政府が難局に直面したときに起こることがここでも起きた。アルビッツォ・コルビネッリ判事が、教皇の要求に対する投票の延期を提案したのである。そして、そのとおりとなった。コッレ・ヴァルデルサの要請のみに対して「着席挙手」による投票が行われ、全会一致で承認された。

ボニファティウス八世がダンテの名を黒書に記したのが、この会議の報告を受けた時だったかどうかはわからないが、会議が緊迫した状況に置かれ、ダンテが自身の評価を大きく下げる危険を背負っていたことはまちがいない。それだけではなく、会議の議事録作成にあたっておかしな点があることが指摘されている。公証人は百人評議会（最もデリケートな問題を審議する際には無記名で投票することになっていた）での会議内容を記録するための原簿を用意していたが、百人評議会とともに招集され、挙手でも投票できる他の評議会の名前を、土壇場になって追加で行間に書き込んだのだ。動議を通しやすくするためなのか、逆に妨害するためなのか、いずれにしても、何らかの裏取引を充分に疑わせるものである。それ以上はなんとも言えないが、状況が逼迫していたことはたしかである。豪族とのきずなをますます強めようとする富裕平民（ポポロ・グラッソ）の有力一族をないがしろにすることなく、両派の豪族に憎まれる平民政府を維持し続けること。その一方で、歩み寄りを行う傾向が強いとみられる（まさにそれゆえに、皇帝派の人々にも好意を持たれた）白派と良好な関係を築いていくこと。そして、教皇派の中の黒派に対する流刑措置を継続すること。しかし、これはこれで、ローマの宮廷に影響力を持つ彼らを排除し続ければ、教皇派や教会を裏切ったという非難を浴びる恐れがあった。二か月ごとにメンバーが交代する平民たちよりもはるかに切り盛りに長けた政治家でも、これだけのことを同時になしとげよと言われたなら、頭を抱えこんだだろう。

六月一九日、各評議会が別個に会議を開いた。百人評議会ではカピターノ・デル・ポポロが、教皇に仕えるために一〇〇人の騎士を派遣するという要請を、細部を新たにして再提出した。派遣部隊の司令官はネーリ・デ・ジャンドナーティ、副官はトレッロ・デ・ブロンチとし、派遣期間は最長で九月一日までとする。カピターノ・デル・ポポロを務めたアット・ダ・コルナルトは、一二九九年から一三〇〇年にかけてルッカで同じ役職に就いていたが、コルソ・ドナーティがライバルとの抗争の決着をつける際にルッカの軍事的支援を得たのもちょうどこの頃だった。アット・ダ・コルナルトと彼を任命した人々は、ローマ教皇の要求を押し通す決意をしていたと考えられるし、すでに司令官が任命されていたということは、執行部がそれが通ることを期待していたことを示している。この提案に加えて、カピターノ・デル・ポポロは、地方で募集した歩兵の賃金支払に三〇〇〇リラを割り当てるという提案をした。グイドット・カニジャーニが二議案に賛成意見を述べると、続いて立ち上がったダンテは、最初の議案に反対し、二番目の議案に賛成した。無記名投票の結果、第一号議案は賛成四九名、反対三二名、第二号議案は賛成八〇名、反対一名となった。ボニファティウス八世の政治的介入とドナーティ家への大胆な支援がフィレンツェ市政にもたらした亀裂は、これ以上ないほど明白なものとなった。

　ダンテの次の発言は九月一三日に行われた。今回も包括的な会議となったが、その規模はこれまで述べてきたどの会議をも上回るものとなった。百人評議会に、カピターノ・デル・ポポロの一般評議会と特別評議会、コムーネの一般評議会、全二一アルテのカピトゥーディニの評議会、さらに参加を要請された「善人（ボニ・ヴィーリ）」が加えられ、フィレンツェの要人たちが誰一人欠けることのないような配慮がなされた。扱われた問題はきわめて重大なものだった。すなわち、「正義の規定と平民の法令を守り抜くため」に何をすべきかを議論し、決定するというものである。このような大規模な集会で提案されるにはあまりにも一般的で、それでいて難易度の高い議題は、状況がいかにさし迫っていたかを示している。また、教皇ボニファティウス八世との関係は傷口が開き、膿んでいた。フランス国王の弟シャルル・ド・ヴァロワは、ボニファティウス八世の呼びかけにより、シチリアのアラゴン家との戦争でシャルル・ダンジュー（カルロ二世）を助けるために、フランス軍の先頭に立ってイタリアにやってきており、教皇が軍事力を手に入れれば、それを利用してフィレンツェに一泡吹かせることになるだろうと誰もが期待していた。

最初に立ち上がって発言したのはダンテだった。会議を記録した公証人は、ダンテの名前を書いた後、彼の演説を要約するための余白を残しておいたが、結局何も書き込まなかった。凶兆めいた行動である。ダンテが何を言ったかはわからないが、彼の後に発言し、議事録にも記録された人間の意見とは違っていたことはたしかである。発言者とはおなじみのグイドット・カニジャーニで、彼はポデスタ、カピターノ・デル・ポポロ（このときもアット・ダ・コルナルト）、プリオーリ、正義の旗手に危機管理の全権を与え、場合によっては評議員を選出し、これらに加えることを提案した。しかし、最終的に何かが決議されたのかどうかはわからない。

九月にはハイペースで評議会の会合が開かれ、その席上でダンテが発言を行った。九月二〇日、評議会、カピターノ・デル・ポポロの一般評議会と特別評議会、アルテのカピトゥーディニの合同会議において、ボローニャ市の大使が、外国で買い上げ、海路でピーサに陸揚げした穀物をフィレンツェ領内を通過させる許可を求めた。収穫後まもないこの時期にボローニャ当局がすでに穀物を買い上げていたということは、一三〇一年が不作の年で、飢饉の恐れがあったのではないかと考えられる。クーデタが起こりかねない状況にあったフィレンツェにとってはたしかに不安材料ではあったが、ボローニャは友好都市だった。白派の中心人物の一人であるラーポ・サルタレッリ判事が賛成の意見を述べた後、ダンテもこの提案を支持する発言を行い、議案はほぼ満場一致で可決された。

一週間後の九月二八日、百人評議会は、些末なものも含めて、不穏な内容の案件の長いリストを審議した。こうした場合の例にもれず、一見無秩序な審議の連続が、精神的な混乱の表れなのか、それとも入念に立てられた計画の結果なのかははっきりしない。プリオーリたちはまず、一か月の支出限度額を超えていないので、二五リラの小額の支出を認めてほしいと要求し、次に、彼らの礼拝堂のために六三リラもする祈禱書の購入を提案した。ここまではごく普通の行政事務であった。しかしその後、彼らはどんな仕事にも好きなだけ役人を任命でき、その給料も好きなように設定できる権限を要求したほか、九月中旬以降に行われた偽の告発、偽証、流血騒ぎを裁く全権限をポデスタに与えることを求めた。さらには、殺人で死刑判決を受けたゲラルディーノ・ディオダーティの息子に恩赦を与える権限を求め（ゲラルディーノはダンテの前任のプリオーリだったので、ダンテを候補者として推した一人だったことになる）、政庁舎の警護に雇われた一〇〇人の兵士（ベッロアリイ）に、一〇月一日以降さらに六か月間の報酬を支払う要求も行っている。

　このような微妙な政局の中で、こともあろうに行政官が、好きなように役人を任命し、その給与もまったく自由に決める権限を求めるというのだから、正直、恐れ入るほかはない。また、偽の告発や流血騒ぎを罰する日付をわざわざ九月中旬、つまり会議の二週間前からに限定しているというのもどこかうさん臭い。しかし、アルビッツォ・コルビネッリ判事は、三か月前に教皇の要請に対する投票を延期した人物であり、すべての議案の承認を支持した。その直後にダンテが立ち上がり、同様の趣旨の発言を行った。これらの議案はすべて可決されたが、反対票は皆無か、ごくわずかだった。ダンテには知る由もないことだが、彼がフィレンツェの評議会で発言に立つのはこれが最後となる。

12 追放

一三〇一年一一月初旬、シャルル・ド・ヴァロワは一二〇〇人の騎士を引き連れ、フィレンツェに入った。土壇場まで黒派の人々は彼に特使を送り、彼らにいわせれば街を牛耳る皇帝派を信用しないように懇願していた。チェルキ家を皇帝派と表現するのは少々強引だが、イタリア政治の複雑さを知らないフランス人には、このたぐいのことを吹き込むだけで事足りた。白派はフランス王の弟が本当に平和と調和をもたらすために来てくれるのではないかという甘い期待を抱いたが、黒派はローマ教皇が敵を打ち倒すために彼を送り込んだことを重々承知していた。真実を知ると、チェルキ家の支持者たちは恐慌をきたした。誰もが保身にやっきとなり、非難を受けた派閥と自分は無関係であると弁じ立てた。「バンディーノ・ファルコニエーリという臆病者は、『皆さん、私はほっとしました。これまではおちおち眠れませんでしたから』と洩らした」と、コンパーニは嫌悪もあらわに伝えている。プリオーリたち（この二か月間、ディーノ自身も一員だった）は、教皇と交渉を重ね、必死に懐柔に努めたが、しびれを切らした黒派は、町なかで暴力に訴え、襲撃を始めた。プリオーリたちは、ある聖職者の助言を受け、神のお慈悲を請うための行列を催した。しかし、「多くの市民が我々をあざけり、そんな暇があるなら剣を研げと揶揄した」。

ついにシャルル・ド・ヴァロワは仮面を脱ぎ捨て、白派の主導者たちを逮捕させた。一方、コルソ・ドナーティをはじめとする流刑者たちは、大手を振って町に戻ってきた。それからの五、六日間、黒派たちは思うさま、敵を殺し、拷問にかけ、略奪し、屋敷に火を放ち、破壊した。ダンテの地所も襲撃を受けた。「屋敷に押し入られ、あらゆるものが掠奪され、破壊し尽くされた」と、ブルーニは回想している。恐怖の日々を語るヴィッラーニは、勝者が「倉庫や商店、白派を支持した人間の家で掠奪を始め」、その後、郊外に持つ敵の地所を狙った懲罰のための遠征を組織的に行ったと証言する。ブルーニはさらに続けて、「田舎では破壊行為が続けられた。襲撃を繰り返しては、八日以上にわたって掠奪と焼き討ちを行ったので、多くの美しく豊かな財産が破壊され、燃やされた」と述べている。ある文書には、ダンテが所有していた農園には、一三四三年になってもなお「焼かれた家」と「焼かれていない家」があったことが記されており、ブルーニの情報がまぎれもない事実であったことを裏づけている。

フィレンツェの新しい支配者は、任期中のポデスタとプリオーリに対して違法に辞任を強いた。「最悪の平民たち」——ディーノ・コンパーニの立場からすれば当然の評価だが——による新しい政権が誕生し、カンテ・デ・ガブリエッリ・ダ・グッビオがポデスタに任命された。無法な暴力に、合法的な暴力が取って代わった。でっちあげの告発が始まり、政敵に対する法的措置の準備が整えられていった。「多くの人が告発された。してもいない隠謀を企てたと自白を強要され、一件につき一〇〇〇フィオリーノの罰金が科せられた。自ら弁護を行わなかった者は告発され、欠席裁判で財産刑や身体刑の判決が下された。従順に罰金を支払った者も、別の罪で告発され、情け容赦なくフィレンツェから追放された」

ディーノ・コンパーニによれば、一三〇二年初めの時点で、追放された者の数は六〇〇人を超えた。

彼は、個人や家族をとりまぜて、最重要人物四〇人ほどの名前を挙げており、その中には「ローマへの特使を務めたダンテ・アリギエーリ」も含まれている。

この特使の件については、たびたび疑念が呈されてきた。以前、ディーノはシャルル・ド・ヴァロワのローマ入りを記録した後、「白派はローマの宮廷に使節団を送り込んだ」と記しているが、彼らの名前については触れていない。これは一三〇一年一〇月のできごとのはずだが、のちに彼は、教皇が提案書を持たせてフィレンツェに送り返した二人の特使、マーソ・ディ・ルッジェリーノ・ミネルベッティとコラッツァ・ダ・シーニャについて言及している。他の特使たちはローマにとどめ置かれたが、その一人がダンテにちがいない。「ローマへの特使を務めた」という表現は、典型的な加筆であるとの指摘がある。つまり、原本の筆者よりも多くの情報を持つ者が原本を書き写した場合、内容にいくらか色をつけるために書き足しを行う傾向がある。一五世紀に転記された、ダンテが登録されていたアルテの原簿には、ダンテの名前の横に「フィレンツェの詩人」という語句が挿入されていたことはすでに見たが、ダンテの名がこの手の誘惑に駆り立てたことはまちがいない。何の記録文書も残されていない以上、ダンテの特使に関してその信憑性に疑問が持たれても無理はないが、その根拠といっても、公の場ではっきりと自分の見解を述べ、要求を拒絶させたような人物をボニファティウス八世のもとに送ることは賢明な選択とは思えないからという程度にすぎない。だが、年代記作者も伝えるとおり、白派は目端のきく集団として一目置かれていたわけではない。

その一方で、ダンテが亡命を余儀なくされた贈収賄の告発と審理については、ことこまかに情報が得られている。黒派がごり押しをしたポデスタが就任すると、慣例どおり、判事と警官の一団を引き連れてきた。行政権と司法権はまだ分離されていなかった。その中の一人、パオロ・ダ・グッビオは、汚職、賄賂、公金横領などの総称である「贈収賄」の事件を裁くために派遣された。贈収賄は中世イタリアの政治生活の悪夢そのものであり、ダンテは『地獄篇』第二一歌の中で、贈収賄のための嚢を用意し、罪人たちを煮えたぎるピッチの中を泳がせることで、贈収賄への怒りを露わにした。しかし、一三〇二年一月、裁判にかけられたのは当のダンテの方だった。パオロは一二九九年末から在職していたプリオーリたちに対する一連の裁判を準備したが、その中でも特に五人の滞納者を欠席裁判の対象にした。一人目のゲラルディーノ・ディオダーティは、重罪で投獄された豪族を釈放するために七二フィオリーノ金貨を受け取った罪に問われ、別に判決を受けた。残りの四人は、パルミエーリ・アルトヴィーティ、「ダンテ・アラギエーリ」、リッポ・ディ・ベッカ、オルランドゥッチョ・オルランディである。

この裁判がどのような状況で行われたかを知るには、コンパーニ曰く「勇敢な平民」であり、したがって平民政府の忠実な支持者であったオルランドゥッチョ・オルランディが、クーデタ前の緊張した日々の中で、ある晩、メディチ家の人々に路上で襲われ、死んだと思われ、そのまま放置された事件を思い出してみるとよい。この襲撃が処罰されなかったことは言うまでもない。ここで初めて年代記に登場するメディチ家は、豪族ではなく「有力な平民」である。彼らは今や豪族と連帯感を持ち、豪族のようにふるまっていたが、正義の規定にもとづいて起訴することはできなかった。通常の司法は政治に従属していたため、このような場合には無力だったのである。

しかし、クーデタの翌日には、正義が情け容赦のない顔を見せた。判事は瀕死の怪我人を含めた四人の被告人に対して、被害の申立人なしに、自らの職権で審理を進めた。罪状は贈収賄や恐喝、具体的には、次期のプリオーリや市政府の高官の選挙がらみの賄賂、友人に便宜を図る政策や資金割当の認可をめぐる賄賂を受け取ったことが挙げられた。また、許可された限度額を超えて公金を使い、教皇やシャルル・ド・ヴァロワに不利になるように不正に使用したこと、教皇の来訪に反対し、フィレンツェ市や教皇派の利益を損ねたこと、ピストイア市を分断させ、教会に忠実な黒派を町から追放したことも罪状に加えられた。

一三〇二年の裁判は、フィレンツェ政治の転機となった。それ以来、敗れた相手を、それまでのように何の口実もつけずに、行政措置によって町から追放するのではなく、正規の司法手続きでたたきのめす方が好まれるようになった。とはいえ、形式的には正しい贈収賄裁判を装っていても、被告に対する告発が明らかに政治的なものであることは誰も隠そうとしなかった。不公正な裁判だったかどうかを問われるなら、まちがいなく、新政権は敵に対する報復を行っていた。しかし、通常の予備審理は行われた。拷問による自白にもとづいて有罪判決が下されたスターリン時代の裁判とは違い、自白を強要された被告人はいなかった。全員欠席だったためではあるが。そして何よりも、このパージは人を選んで行われたものであり、当時在職していた多くのプリオーリたちはお咎めなしだった。となれば、これなら有罪にできそうだと踏んだ者を中心に裁判にかけようとしたとみるのが自然であろう。ダンテは私利私欲のために贈収賄を行う腐敗政治家だったのか？　無論、そんなことはない。だが、不適格な人間に職務が渡ってしまわないように、あるいは友人への資金を保証するために、政権内にあって、党派の利益を図って圧力を加えるダンテがいたとしても、率直にいって、ありえない話ではあるまい。四人の被告は一度も出頭しなかったので、有罪を認めたとみなされ、一人五〇〇〇リラという莫大な罰金に加え、誰かが出頭して請求を行った場合には横領した金を返還しなければならなかった。一三〇二年一月二七日、カンテ・デ・ガブリエッリが判決を公表した。三日以内に支払わなければ、被告人のすべての不動産は没収され、家も取り壊される。だが、支払っても、二年間はトスカーナ郊外に監禁される。「偽造や贈収賄を行った者は」市の公職につくことが永久に禁じられることを思い起こさせるために、彼らの名前は市の法令の中に明記されることになっていた。

しかし、新政権にとってはこれで充分ではなかった。一三〇二年三月一〇日、ポデスタは前月の裁判で贈収賄の罪に問われた一五人に対して新たな判決を下したが、そのほとんどが一二九九年から一三〇一年の元プリオーリであった。彼らは一人も出頭せず、罰金も払わなかった。ポデスタは法令や正義の規定に依拠しつつも、実際には恣意的に行動しており、もしプリオーリたちがフィレンツェ市政府に捕らえられた場合には、火刑に処すると宣言した。一五人の中には、ダンテとその共同被告四人が含まれていた。

黒派のクーデタはさまざまな利害を集結させたが、その成果はまちまちだった。反対勢力を制圧した豪族と「富裕平民」派の勝利は確定したものの、妥協をしつつも、豪族を政権から排除することで正義の規定の精神に忠実であり続けようとした平民政権は弱体化することになった。ボローニャのヤーコモ・デッラ・ラーナは『神曲』の解説の中で記しているように、今や「怒れる」教皇派の家族が権力を握った。「彼らはかつては権力を握っていた平民を侮辱し、ある者は追い払い、ある者は殺戮した。この地にとどまる者もいたが、小麦粉の中に隠れるネズミのように身を潜めていなければならなかった」。つまり、殺されたり、追放されたりしなかった者は、しっかりと口を閉ざし、目立たないようにしていなければならなかった。だが、そうした人間の中に交じるには、ダンテは曰くがありすぎた。晩年のダンテは、ヴィッラーニが記しているように、「わが町の最も偉大な執政官の一人」、つまり最も影響力のある政治家の一人だった。実際、彼と一緒に仕事をしていた他の五人のプリオーリが誰一人、クーデタ後の数か月に裁判にかけられていないことを考えれば、ヴィッラーニの言葉にまちがいはない。新政権はダンテを許すことができなかった。「追放された人間の中にダンテがいた。彼はこの町を治めていた中流階級の人間の一人だった」。

13 亡命者の家族

ダンテの家族にとって亡命とは何だったのか？　もし追放令が出された時点でまだローマから戻っていなかったなら、妻を連れずに一人で未来に立ち向かうという決断をもっと容易にできたかもしれない。ジェンマがダンテの亡命に同行しなかったことは、ボッカッチョが断言している。フィレンツェを離れるにあたってダンテは、「妻子をそこに残してきたが、子供らは年齢からいって亡命生活をさせるに忍びなく、一方、妻の身は安全だった。というのも、彼女は敵の党派を率いる有力な家と縁戚関係にあったからである」。つまり、子供らがまだ幼すぎたため、ダンテは同行させることをあきらめた一方、ジェンマがコルソ・ドナーティの親戚であったことから、ジェンマ自身の先行きについては心配していなかったのである。しかし、家族のことを何より気にかけるこのダンテ像は、ボッカッチョがその少し前に書いた、結婚後、妻が夫に突きつける煩わしい要求にも言いなりのダンテの姿を批判した有名な一節とは、いささかのずれがある。こうした夫婦の関係は中世ではおなじみのテーマで、教訓話とユーモア小話の中間のような文学ジャンルが栄えていた。だが、ボッカッチョはこのテーマを大まじめに取りあげている。ボッカッチョによれば、もともとジェンマとそりが合わなかったダンテは、亡命を口実にすればもう会わずにすむと考えたのだと言う。「ひとたび彼女と離れてしまうと（…）、ダンテはもはや彼女の居場所に行こうとは思わず、自分の居場所に彼女が来ることも望まなかった」。二つの解釈に中間点はない。ボッカッチョが真実を語っていて、ダンテとジェンマの結婚は失敗だったのか、それとも、ボッカッチョが根も葉もない噂話に踊らされたかである。

ジェンマがフィレンツェにとどまったことは、ダンテの甥の一人アンドレア・ディ・レオーネ・ポッジが、後年、ボッカッチョに語ったことで確認できる。ダンテに有罪判決が下された後、夫の家が略奪にあうことを恐れ、「ジェンマ夫人と呼ばれていたダンテの奥方は、友人や親戚の助言により、貴重品とダンテの原稿を収めたいくつかの金庫を家から持ち出して、安全な場所に保管した」。つまり、ボッカッチョ自身が書き留めているように、修道院に移したのである。政変が起きても修道院には手を出さないことを期待して、貴重品を修道士に預けて保管するというのは、フィレンツェの富裕層が反射的に考える自衛策だった。数年後、亡命者の妻たちが嫁資として持参した財産の返還を請求することが認められたとき、ジェンマはそうした金庫に保管していた書類が必要となった。金庫は隠し場所から一度も移したことがなかったので、彼女は金庫の鍵を預けた代理人と共に、甥のアンドレアに必要な書類を取りに行かせた。

ボッカッチョによると、ダンテの親友と称する別の人物（自称親友の多いこと！）ディーノ・ペリーニが同じエピソードを語った中で、ジェンマが金庫を開けに行かせたのはアンドレアではなく自分だったと主張したことで、このエピソードの信憑性はいくぶん揺らいだ。さらに、アンドレアもディーノも書類の中に『地獄篇』の最初の七歌の自筆原稿を見つけたと主張しているのは、ますますもって怪しく、さしものボッカッチョでさえ話半分として受けとめた。しかし、この伝説が家族の友人たちの間で広まったことで、ジェンマがフィレンツェにとどまったことの確証にはなった。また、ある時点で彼女が当局に連絡をとって、差し押さえられた嫁資の返還を求めたことも事実である。それ以外に、一三〇二年の運命の日以降、彼女についてわかっていることはほとんどない。一三一五年、母親のモンナ・マリアが亡くなり（父親のマネットはすでに亡くなっていた）、ジェンマに三〇〇リラを遺した。ただし、ダンテが他のドナーティ家の相続人を、義理の息子のためにマネットが行った保証に起因するあらゆる義務から解放することが条件となる。ジェンマが登場するその後の文書は、すべて彼女の未亡人時代にさかのぼる。なお、彼女は一三四三年にすでに亡くなっている。

当然ながら、一三〇二年より前に生まれたダンテの息子たちは、父が永久にフィレンツェを去った時にはまだ子供だったはずである。この年の判決文に彼らの名前が出てこないということは、彼らが未成年であった事実を裏づけており、彼らが本当に母親と一緒にフィレンツェにとどまったことを示唆している。その後の文書に最初に登場するのは、最も知られていない人物であり、彼が本当にダンテの息子なのかを疑問視する学者もいるほどである。一三〇八年一〇月二一日、ルッカにおいて、「フィレンツェのダンテ・アリギエーリの息子ジョヴァンニ」が、ルッカの商人たちとフィレンツェのマッチ社との間の商取引の証人の一人として登場する。マッチはダンテの亡命仲間である教皇派の白派であり、このことから、ダンテ自身も当時ルッカにいたのではないかと推察されている。一五歳に達していれば証人になれることから、一三〇八年にはすでに成人した息子がいたということは、遅くとも一二九〇年代初めまでには結婚していたことを示すかなり有力な根拠となる。すでに仮説を紹介したとおり、ダンテとジェンマの結婚契約書の日付を一二七六年（現在の日付に直すと一二七七年）二月九日とするのは誤記にもとづくもので、本当は第六の一五年紀（インディクティオ）が始まった一二九三年二月九日だったかもしれない。そうなると、ジョヴァンニが一三〇八年一〇月二一日の時点では一五歳になったばかり、あるいは一五歳とみなされていたことになるので、この仮説はきわめてぎりぎりで成立する余地があるが、フィクションの領域に踏み込む恐れがあることも否めない。要するに、ジョヴァンニが嫡出子であるならば、ダンテとジェンマはもっと前に結婚していた可能性の方が高い。しかし、数年後の一三一四年には、「ダンテ・アリギエーリの息子ジョヴァンニ」が、一族が農園を所有していたサン・ミニアート・ア・パニョッレの町長選挙の立会人になっていることがわかる。したがって、その時点でジョヴァンニはフィレンツェに戻り、父のもとにはいなかったことになる。その後、ジョヴァンニに関する情報は一切なく、相続人を残さずに亡くなったと考えざるをえない。

ダンテの他の息子たちの名が初めて記録に登場するのは、一三一五年にアンジュー家のロベルト王の総督がダンテに対して下した新たな判決の言葉である。フィレンツェはこの二年前から市政の実権を総督に委ねていた。ダンテは他の多くの反逆者らとともに、服従、保証金の支払、亡命に同意した者に与えられる恩赦を拒否していた。一三一五年一〇月一五日、恩赦を受け入れる期限が切れたことと、翌日までに出頭しない亡命者はすべて斬首刑に処することが発表された（ダンテはすでに火刑の判決を受けていたが、集団判決ではそうした細かい点はあまり顧慮されなかった）。一一月六日、判決はポルタ・サン・ピエーロ地区の三つの家族、正確には、保証金を支払った者を除く、一五歳から七〇歳までのすべての男性家族に対して下された。その家族とは、ベアトリーチェの実家であるポルティナーリ家において、保証金を支払った一五人を除くすべての家族、ジョーキ家のうち二人を除くすべての家族、そして最後に「ダンテ・アリギエーリとその息子たち」である。ジョヴァンニがその時点で、名前が記されていない息子たちの中に含まれていたかどうかはわからない。その場合、彼は前年まで暮らしたフィレンツェの領地を離れざるをえなかったことになる。当然、次男のピエーロと三男のヤーコポもいたはずだが、ダンテの晩年、ラヴェンナで一緒に暮らしたとき（最終章で触れる）まで正確な情報はない。

ペトロッキは、ダンテの息子であるジョヴァンニ、ピエーロ、ヤーコポの名前が、詩人が『天国篇』で出会うことになる三人の使徒の名前であると指摘している。もちろん、この一族にみられる名ではない。つまり、ダンテは当時の慣例に反して、父のアリギエーロや祖父のベッリンチョーネの名を引き継いでいないのだが、これは珍しいことである。しかし、この選択の裏には、亡き父たちへの反発心か、少なくとも個人主義的な無関心があるのではないかと考えてみる価値が充分にある(ロマンティックな解釈に傾き過ぎる恐れはあるが)。また、私たちが知るかぎりではダンテの最初の娘であるアントニアの名前の由来も説明がむずかしい。『天国篇』第二九歌で軽蔑した口ぶりで言及している砂漠の聖アントニウスに対しても、言及したことのないパドヴァの聖アントニオに対しても、ダンテは何の信仰心も抱いていなかったようだからだ。アントニアの名は母ジェンマとともに一三三二年の証書に登場するが、この文書では、兄のピエーロとヤーコポが決めた土地の売却に関する同意を求められている。

それに対して、もう一人の娘につけたベアトリーチェという名前(ジェンマがどう思ったか、知りたいものだ!)は非常に重要な意味を持つ。この女性の名が記載された一三五〇年の記録文書は、一八世紀と一九世紀の学者が目にしているものの、その後謎の紛失状態にある。文書では、他ならぬボッカッチョが、「ダンテの娘で、ラヴェンナのサント・ステファノ・デッリ・ウリーヴィ修道会の修道女ベアトリーチェ」に対して、一〇フィオリーノ金貨を渡すようにオルサンミケーレ兄弟会から指示を受けている。ダンテ研究者たちは、修道院に入れるようにダンテ自身が手配し、一三七一年の文書ではすでに死亡した人物として扱われているこのベアトリーチェこそがアントニアであると考えている。なぜなら一三三二年の証書では、パニョッレの農園の売却についてジェンマとアントニアの同意が求められており、したがって、その時点でダンテの他の娘は生きていなかったと推論されるからである。だが、この推論は誤っている。ベアトリーチェが修道女であったならば、相続権を放棄していたはずで、一三三二年の証書作成のために召喚されなかったのは当然である。それどころか、彼女が修道院に入ったのは、父親がまだ存命でラヴェンナに住んでいたときであったと仮定するなら、まさにその証書はベアトリーチェとアントニアが別人であったことを示していることになる。

また、ダンテの異母弟であるフランチェスコもダンテと同じ判決を受けたのだろうか? 一三〇四年五月一三日、「フィレンツェのフランチェスコ・アリギエーリ」は、当時、亡命者の大半が移り住んでいたアレッツォで暮らしていたが、その地で、長年亡命生活をしていた皇帝派のランベルティの保証で一二フィオリーノを借りた。フランチェスコもフィレンツェを離れざるをえなかったことはかなり明白であり、実際、一三〇五年八月一四日付の行政文書には、二人の兄弟が反逆者とされた際に没収された不動産が次のように記されている。「前記コムーネの反逆者にして罪人であるダンテ・デッリ・アリギエーリと弟フランチェスコの財産」。しかし、フランチェスコの不在は長くは続かず、一三〇九年にはフィレンツェ領フチェッキオの近郊の町ピエーヴェ・ア・リポリで作成された証書の証人として再び登場する。「フランチェスコ・アリギエーリ、通称ジェーリ」という奇妙な表記がなされているが、他の文書と照合した結果、まちがいなく本人である。それなら、赦免を得ていたということだろうか。たしかに、妥協を受け入れさえすれば、亡命先から帰還する手だてはいくらでもあった。しかし、実際は、一三〇五年の証書を作成した公証人の手続きに少し混乱があったようで、当該の資産は二人の兄弟の間で分割されずに所有されていたのに、ダンテの持分である半分の財産だけが没収されてしまったのである。忘れてはならないのは、ダンテはプリオーリの任期中の職務に関連する罪状で裁かれたことで、弟はそれとは無関係だった。ダンテの名前は公式の亡命者リストのいくつかに記載されているが、フランチェスコの名前はまったく出てこない。また、ダンテの死後、フランチェスコとその甥たちの財産証書には、ダンテの財産が過去に没収されたことがしばしば言及されているが、フランチェスコの財産が没収されたという記述は一切ない。つまり、フランチェスコは有罪になったこともなければ、追放刑を受けたこともなかったというのが最も穏当な結論である。それなのに、分割されていない財産の半分を没収してしまったせいで、多くの複雑な問題や誤認を招いてしまったのにちがいない。

フィレンツェに戻った後、フランチェスコはいくつかの文書に登場する（ダンテ関連の文書がその半分でも残っていたなら！）。それによって、フランチェスコがペーラ・ディ・ドナート・ブルナッチと結婚していたことや、サン・マルティーノ教区に住み続けたが、ある時点で、母の実家チャルッフィ家の出身地であるピエーヴェ・ア・リポリ教区に住まいを移したことがわかっている。また、彼は農園を売買して多額の資金を得ていたことも知られており、彼やダンテが貧しかったという通説の反証となっている。フランチェスコの事業は、なにかにつけ、血を分けた親族や結婚によって増えた親族からの支援を受けていた。すなわち、母ラーパの妹でスコルチャ・ルピチーニの未亡人である叔母のビーチェをはじめ、甥のゴッチャ・ディ・リッポ・ルピチーニ、故ラーポ・リッコマンニの未亡人である異母姉ターナ、従兄弟のニッコロ・ディ・フォレジーノ・ドナーティ、甥のヤーコポ・ディ・ダンテといった人々である。そうした家族のきずなや隣人関係が、一人ひとりの周囲に、私たちにはときには解きほぐせないほどの、おそろしく緊密なネットワークを作り上げていった。しかし、フランチェスコはそれなりに力のある実業家であり、兄の身に降りかかった災難によって破滅することはなかったのは明らかである。では、ダンテの財産の方は一体どうなったのだろうか。

14 資産の行方

一三〇五年八月一四日、二人のフィレンツェ市の使節が、二人の警官を伴ってフィエーゾレの丘陵地帯の町サン・ミニアート・ア・パニョッレにおもむき、市長と住民に対して、一定量の小麦を拠出するようにとの命令を伝えた。自費で二人を派遣したのは、ヴェッツォ・ヴェッツォージなる人物で、フィレンツェ市はその支払を、ダンテ（とフランチェスコ。だが、すでに見たとおり、これが誤りであったことはほぼまちがいない）から没収した資産の収入に対して徴収する小麦で行うことになっていた。ヴェッツォへの支払は、騎士一人の給料に相当した。つまり、コムーネのために軍馬を維持する費用に充てるためのものであり、これが没収した資産からの収入を活用する一般的な方法であった。サン・ミニアート・ア・パニョッレのコムーネが支払を担当したのは、ダンテの資産には借り手がいなかったためであり、その場合、地元のコムーネが土地を耕し、フィレンツェ市政府にその収入を支払う義務があった。

いったんダンテから没収してしまえば、その資産はもはや彼のものではないと単純に考えたくなるが、物事はそのようには運ばなかった。翌年以降、パニョッレのいくつかの売買証書に、隣接する土地の所有者の一人としてダンテの名が記載されているが、没収についてはまったく触れられていない。事実、差し押さえられた資産はコムーネが管理しており、亡命者にはもうその資産を自由に処分する権利はなかったが、名義は亡命者のままだった。資産は、妻や相続人の権利と同様、重大な問題であり、簡単に抹消することはできなかったのである。有罪判決を受けた者の家族は、没収された資産を手に入れ、それが永久に失われるのを防ぐために、さまざまな対策を講じていた。妻は嫁資の権利を主張することができたが、ボッカッチョも述べているように、ジェンマはまさにそれを行使することで自分と子供を養うことができたのである。

彼の資産の中には妻の嫁資の一部が含まれていたが、それは市民の怒りから彼女が苦労して守り抜いたものであり、その果実によって彼女とその小さな子供たちは細々と食いつないでいた。

また、いくつかの資料からうかがえることだが、サン・マルティーノ・デル・ヴェスコヴォ地区のダンテの住まいの例で見たように、ジェンマの兄弟であるフォレジーノ・ドナーティとその息子のニッコロは、没収資産の一部を市政府が売りに出したときに購入する形で、それらを取り戻すことができた。また、忘れてはならないのは、亡命者はいつでも恩赦を受けることができた点である。没収された資産が所有者の名義のままだった理由の一つは、亡命者が恩赦を受けた場合、資産を取り戻す権利があるからだった。ダンテのケースの場合、問題が入り組んでしまったのは、私たちの解釈が正しければ、フランチェスコの持分がまったく差し押さえられていなかったためである。農園の半分は正当な所有者のものでありながら、農園の半分を没収して別個に管理するわけだから、反逆者資産管理局の苦労も忍ばれよう。そう考えると、市政府が得ていた収入がこれほど少ないのはなぜか、しかも正当な所有者がそれまでに得ていた収入よりもまちがいなく少ないのはなぜかが見えてくる。これは要するに、市政府が没収した地所を貸し出すか、不運にも借り手がつかない場合には地元自治体に耕作を命じる形でどうにか得ていた収入なのである。

そうした状況に置かれていた以上、ダンテの死後、彼の遺産が何らかの形で相続人に返却されたのもさほど驚くにはあたらない。一三三二年五月、仲裁により、資産は叔父のフランチェスコと、ダンテの生存している二人の息子たちの間で分割された（つまり、この時点まではダンテとフランチェスコが共同所有していたことになる）。兄ピエーロは判事と呼ばれる身分となり、ヴェローナに住み、母方の従兄弟であるニッコロ・ディ・フォレジーノ・ドナーティを代理人に立てていた。弟ヤーコポは、一三二五年の恩赦にもとづく罰金を支払った後、フィレンツェに帰還し、そのまま暮らし続けていた。半分がフランチェスコ、残り半分が二人の甥に帰属するそれまでの共有財産についてはすでに見たとおりであるが、こうした記録文書のおかげで、その内訳を次のように知ることができる。フィレンツェのサン・マルティーノ・デル・ヴェスコヴォ教区の住居、カメラータの農園、サン・ミニアート・ア・パニョッレの農園とその周辺の土地、サンタンブロージョ教区の農家と土地。

これらの遺産すべてを、ダンテの相続人がこの時点で本当に自由に利用できたわけではない。叔父と甥たちが選んだ仲裁人であるロレンツォ・ダ・ヴィッラマーニャ公証人は、カメラータの地所がフランチェスコからマネット・ポルティナーリの息子たちに売却されたばかりで、甥たちはまだその収益の半分を得ていない状態だったことを確認している。サン・マルティーノ・デル・ヴェスコヴォの家も、三人の共同所有者の合意のもとで、三人の利益のために売却されていたが、これは金融取引の保証とするために行った取引だった。要するに負債に対する担保であり、所有者はそれを買い戻す予定であることが明記されていた。仲裁人の決定により、フランチェスコはポルティナーリ家が支払ったカメラータの農園の代金に加えて、サンタンブロージョの地所と同地の土地つき農家の半分を自分のものとし、ピエーロとヤーコポは農園とパニョッレの他の土地、買い戻されたサン・マルティーノ・デル・ヴェスコヴォの家、そしてサンタンブロージョの農家の残り半分を手に入れることになった。

肝心なことは、これらの取引はすべて当該物件がまだ没収されている状態で行われた点にある。フランチェスコはカメラータの地所をポルティナーリ兄弟（ベアトリーチェの甥で、おそらくダンテの親友の息子たち）に売却したが、この物件は反逆者から没収した地所（正確にはその半分だと考えられるが）の一つにまだ挙げられていた。市政府が反逆者から没収した資産のリストからこの農園を抹消していないかぎり、購入者は市政府に賃貸料を支払う義務があり、フランチェスコはそれを購入者に返済しなければならなかった。この費用はフランチェスコの持分に対して課せられたので、甥たちは自らの負担分として、彼に毎年小麦三〇ブッシェルを支払っていた。一三三二年の分割では、パニョッレの農園については何も書かれていないが、九年後の一三四一年、ダンテの息子たちが分割を決めたとき、パニョッレにおける隣人でもあった仲裁人パオロ・ディ・リッティ・デ・コルビッツィは、この農園をヤーコポに割り当てた。そして、フィレンツェ市政府から買い戻すためにさらに支払を求められた場合には、ヤーコポは兄に一五フィオリーノを支払うか、買い戻した資産の半分を兄に譲渡しなければならないとつけ加えた。彼らにしても、すでに資産が自分たちの手に入っているのか、それとも差し押さえられた状態のままなのか、正確にはわかっていなかったようで、反逆者資産管理局が何を考えていたかは推測の域を出ない。実際、その二年後、ヤーコポはフィレンツェ市の財務局に対して、没収資産のリストから自分の地所を最終的に抹消してもらうために、一五フィオリーノ金貨を支払っている。しかし、フランチェスコと甥たちの間で分割された時点では、サンタンブロージョのダンテの資産はまだ反逆者資産管理局によって管理されていた。だからといって、一族がそのことに手をこまねいていたわけではない。実際、この土地は一三三六年、フランチェスコの叔母ビーチェの甥であり、後にフランチェスコの妻ペーラの相続人となるゴッチャ・ディ・リッポ・ルピチーニが借り受けている。一族のきずなのネットワークが、反逆者資産の没収や貸出の手続きをはばみ、その結果、差し押さえられた資産に対する支配権を完全に失うことを防いだ様子が、ここにはうかがえる。また、こうした人々にとって土地を所有することは、情緒的価値や自身のアイデンティティーと深く結びついており、ある農園を簡単に他の農園に交換できはしなかった。さらに、先祖から受け継いだ家や土地を守るために彼らが全力を尽くし、有罪とされようが没収されようが、半世紀近くもそれらを維持し続けた姿も浮かび上がる。パニョッレ、カメラータ、ピアジェンティーナといった地名はダンテの心の琴線に触れたはずであり、ダンテのことを考えるときにはそのことを思い起こす必要がある。

15 悪い仲間

突然、自分の町から暴力によって追い出されることは、政治に関わるイタリア人にとって予想外のできごとではなかった。コムーネ内での熾烈な抗争は、だいぶ以前から、政敵を単なる対立相手ではなく、公の敵、殲滅すべき犯罪者とみなし、非合法化させる動きにまで発展していた。そのこともあって、大派閥である教皇派や皇帝派は、追放処分を受けた者に亡命や援助を提供する、ある種の横断的な共同体としての機能を担っており、亡命中であっても個人だけでなく一族全体が生活と繁栄を続けることができた。フィレンツェの皇帝派のリーダーであるウベルティ家の場合、当時は三〇年以上も亡命生活を続けていたが、ディーノ・コンパーニが言うには、「国外にあっても威風あたりを払い、声望衰えず、王侯貴族から賓客として迎えられつつ、大きな事業をなしとげていた」。フィレンツェを追われた白派たちが、はるか以前から追放の身にあった皇帝派の支援を求めたことや、その数に恃(たの)んで武力での帰還を画策したのは当然のことである。一三〇二年の春から夏にかけて、白派と皇帝派は手を組み、ムジェッロ領主のウバルディーニ家の支援のもとで、いくつかの城をフィレンツェ共和国に対する反乱へとみちびき、「ヴァルダルノでの全面戦争」に突入した。ブルーニによれば、ダンテは自分の有罪判決を知った後、ローマから戻ってシエナにいたが、この情報を得ると、フィレンツェに戻るのは得策ではないと悟り、ただちにシエナとアレッツォの間にあるウベルティーニ家の城の一つ、ガルゴンザで開かれた集会で反乱軍に加わったという。

こうしてダンテは再び戦争に巻き込まれたわけだが、今度はフィレンツェとの戦いであり、これこそまさに戦争だった。この数か月間に、フィレンツェの裁判所は、皇帝派、白派の区別なく、フィレンツェに反旗を翻した亡命者に対する評決を奔流のごとく出し続けた。そこには、攻撃、襲撃、掠奪の数々、裏切りによって奪われた城、破壊され、火を放たれた家や教会、誘拐に続く拷問と恐喝、盗まれた品物、負傷したり殺害されたりした人々の名がこれでもかとばかりに挙げられていた。フィレンツェの裁判官にとって、犯人は平民の敵であると同時に一般的な犯罪者でもあった。「食い詰め、絶望にかられ、悪行に走ったならず者の皇帝派ども」。判決はすべて有罪であったが、つねに被告人の政治的意図が強調され、彼らの犯罪は「常に死を、教皇派に死を！」という叫びとともに実行されたと繰り返し述べられた。

ダンテは戦陣に加わった。したがって実際に鎖帷子を着込み、剣を持ち、白派の旗印の下、他の騎士たちとともに馬上にあったとしてもいささかも不思議はない。ほどなく彼は公式書簡の中で、「我々の」純白の旗と、血に染まった「我々の」赤い剣について語ることになるが、これが単なるメタファーなのかどうかは判然としない。ある文書によれば、この数か月間、ダンテは反乱軍連合の一戦士であるだけでなく、最も抜きんでたリーダーの一人であったことになっている。この文書は湿気による傷みが激しく、判読が難しいが、日付は一三〇二年六月八日のようである。ムジェッロとカセンティーノの間の山地にあるグイーディ伯の城サン・ゴデンゾでは、亡命した一八人のフィレンツェ人が、この地域の名門ウバルディーニ家に対して、フィレンツェとの戦争で被る損害を賠償することを約束した。一八人の中には、四人のウベルティ、四人のウベルティーニ、二人のスコラーリ、一人のパッツィといった皇帝派の豪族たちに加えて、白派亡命者のリーダーであるトッリジャーノ、カルボーネ、ヴィエーリ・デ・チェルキ、アンドレア・ゲラルディーニ、「ダンテ・アッレゲリー」らが名を連ねていた。ダンテが社会的地位が最も低い人物の一人であることはまちがいなく、したがって、この会議に出席していたのは個人的な名声によるものと考えざるをえない。

要するに、誇り高き教皇派の町フィレンツェでほんの数か月前まで権力を握っていた白派の亡命者たちが、皇帝派と手を組み、「教皇派に死を！」と叫んで戦争をする気満々でいたのである。驚くべき事態ではあるが、疑う余地はない。亡命初期のダンテが書いた作品『俗語論』の中に、輝かしい英雄として皇帝フリードリヒ二世とその息子のシチリア王マンフレーディを讃えるという、熱烈な皇帝派が書いたかのような箇所があることに疑いの余地がないのと同様に。こうした姿勢については、黒派のグイード・オルランディの言い分に分があるようで、彼は白派に対する悪意のあるソネットの中で、白派が敵対する派閥に寝返ったことを非難している。「かつての教皇派がいまや皇帝派とは／これからは奴等を反逆者と呼ぶがいい／ウベルティ同様、共和国の敵と」。だが、本当に全員がこんなに早く皇帝派になってしまったのだろうか。それとも、かつて敵側がボニファティウス八世の耳にささやいたとおり、もっと前から隠れ皇帝派だったのだろうか。ダンテが教皇派から皇帝派に鞍替えしたのは事実なのか、事実ならそれはいつからどのくらいの期間のことかを確かめるために、ダンテ学者たちは彼の作品をくまなく渉猟したが、残念ながらそうした日付の推定は仮説の域を出ない。亡命者が置かれた状況下では、思想的な信念を守り抜く余裕はほとんどなかったという考えを受け入れる必要があるだろう。派閥はどんな立場の人間でも入りうる思想横断的な集団となっており、フリードリヒ二世やマンフレーディ王を強く支持する教皇派が簡単に見つかるように、聖なる教会のトップに皇帝派の枢機卿がいたりもしたのである。そうした派閥をまとめていたのは、そのときどきの風向きであって、特定の信念への支持ではなかった。

一三〇二年の夏、軍事行動に失敗し、ヴァルダルノでゲリラ戦を展開していた城を次々と失った亡命者たちは、この時点で、軍事の専門家に軍の指揮を任せることにした。そこで選ばれたのが、数年前からフォルリを支配していた一族の代表であるスカルペッタ・デリ・オルデラッフィだった。歴史家で教皇秘書のビオンド・フラヴィオは、一五世紀の人文主義者の一部があやつる、あいまいで気取った、およそとらえどころのないラテン語の文書の中で、当のスカルペッタや、ヴェローナ領主のカングランデ・デッラ・スカーラを始めとする北部の皇帝派の領主たちと交渉するために、ダンテ自身がフォルリに派遣されたことを示唆している。ビオンドはこれらの問題に関するすべての情報は、スカルペッタの秘書であるフォルリ人ペッレグリーノ・カルヴィの手紙から得たものであると断言している。実際、ダンテの名は手紙の中にたびたび登場し、ダンテ自身が口述していることもある。そしてビオンドはフォルリ出身なので、たしかにこれらの文書を読み得る環境にはあった。しかし、カングランデについて言及している点に不審が残る。というのも、後にヴェローナの領主となるこの人物は当時まだ一一歳で、領主は兄のバルトロメオだったからである。控えめにいってもいささかの混乱が見られるビオンドの情報についての判断はおくとしても、ダンテがこの時期フォルリにいた可能性は高い。その証拠にディーノ・コンパーニは、白派の人々はアレッツォに避難先を求めたものの、ボニファティウス八世にそそのかされたポデスタのウグッチョーネ・デッラ・ファッジョーラから冷遇を受けたために、「大半がフォルリに去ってしまった」と述べている。

しかし、新しい同盟関係は期待外れの結果に終わった。一三〇三年三月、オルデラッフィの指揮の下、大きな期待を持ってムジェッロの地に降り立った亡命軍は、プリッチャーノ城の近くで屈辱的大敗を喫した。フィレンツェ軍を率いていたのは、フォルリでオルデラッフィ家と敵対していた一族の代表で、ダンテが『煉獄篇』第一四歌で恐ろしい姿に描き出したポデスタ、フルチェーリ・ダ・カルボリである。亡命者にとって幸運だったのは、その半年後に、宿敵である最恐の教皇ボニファティウス八世が、コロンナ家と結託したフランス王の使者ギヨーム・ド・ノガレによってアナーニで捕らえられ、その衝撃から立ち直れぬまま一〇月一一日に憤死したことである。フィレンツェでは、白派追放後も、豪族と平民間や、貴族の派閥間の争いが続いていた。「コルソ・ドナーティが政権内で思うような地位を得られなかったため」とヴィッラーニは簡潔に述べている。こうした暴力沙汰が一向に収まらないなか、一三〇四年初頭、黒派政権の行動に業を煮やした新教皇ベネディクトゥス一一世は、和平を成立させるために、再びフィレンツェに教皇特使を派遣する決断をくだした。この任務に彼が選んだのは、最も親しい協力者の一人であるニッコロ・ダ・プラートだった。教皇と同じドミニコ会の出身で、枢機卿に任命されたばかりのニッコロは——ここでもまた党派の垣根を越えて——皇帝派に対して協調的だという評判だった。

純白の旗と血に染まった赤い剣という表現が登場し、これまでのところダンテの最初の書簡とされているものが書かれたのは、この時期にさかのぼる。筆者がダンテだというのは伝統的に言われていることだが、署名はフィレンツェの白派の評議会と全市民、および名前がAで始まるカピターノの連名になっている。この時期に該当するカピターノといえば、ほぼまちがいなくアギノルフォ・ディ・グイーディ・ダ・ロメーナである。手紙はダ・プラート枢機卿に宛てたもので、亡命者側が枢機卿の命令に従い、和平条件を受け入れる用意があることを伝えている。日付は記されていないが、枢機卿から送られてきた手紙に対して遅ればせながら白派が書いた最初の手紙であり、一三〇四年三月に和平特使がフィレンツェに到着した後に書かれたものと思われる。ダンテの全著作の中で、党派性を帯びたフィレンツェ人の言葉づかいがおそらく最も強く表れたものといえるだろう。政敵ではなく白派こそが本当にフィレンツェを愛する者たちであり、自由を守るために内戦を戦ったことの責任を負う覚悟であると高言するダンテは、枢機卿に対して、彼の和平活動こそはまさに白派の願いであり、戦いの目的でもあると請け合う。「市民の共存のきずなを傲慢にも断ち切った者たちを法に従わせ、祖国に平和をもたらすこと以外に、我々の純白の旗が何を求めただろうか。我々の赤く染まった剣が何を求めただろうか」。

フィレンツェ入りを果たしたダ・プラート枢機卿は、豪族同士の衝突に辟易していた市民たちから熱烈な歓迎を受けた。枢機卿は平民政府を再編・強化した後、そこまでの任務の成功に目がくらんだのだろうか、フィレンツェ市内に白派と皇帝派の亡命者たちを呼び入れ、政敵と和解させようとまで言い出した。反逆者側は一も二もなくこれを受け入れ、二人の代表者、当時のトスカーナ方言では「市長（シンダコ）」を派遣した。一人はペトラッコ・ディ・パレンゾ・ダッリンチーザ、すなわちフランチェスコ・ペトラルカの父親である。一三〇四年四月二六日、サンタ・マリア・ノヴェッラ広場に集まった人々の前で、「外側」の二人の代表者と、「内側」つまり権力の座にあった黒派の二人の代表者が「和平のために口づけを交わした」後、枢機卿は合意の詳細の交渉に移るべく、「地区ごとに二人ずつ（一人は白派、一人は皇帝派）、計一二人からなる亡命者側の代表者をフィレンツェに呼び寄せた」。しかし、今回も、抱擁と口づけだけでは真の意味での両陣営の和解にはいたらず、最悪の結末を迎えることとなった。枢機卿の努力に水を差そうと考えた教皇派の豪族たちが、枢機卿の本当の意図は皇帝派を再び権力の座に就かせることであると平民に信じ込ませたため、町の雰囲気は一転、険悪なものとなった。結局、亡命者側の一二人の代表者はフィレンツェを離れてアレッツォに避難した。一三〇四年六月の初めには、憤慨した枢機卿もフィレンツェ市に聖務禁止令と破門宣告を出したうえで、フィレンツェを去った。

　ブルーニは、その時期の亡命者たちはアレッツォに居を定め、「一二人の評議員を選出したが、ダンテはそのうちの一人だった」と述べている（彼らは使徒のように常に一二人だった。ダンテもフィレンツェに一時帰還した一二人の市長の一人ではなかったのかという疑問が生じるが、知られている数少ない名前を見る限り、そうではなさそうだ）。一三〇四年一月から八月にかけて、アレッツォの公証人が作成した契約書草案には、スカルペッタ・デリ・オルデラッフィ名義でペッレグリーノ・ダ・フォルリ（ビオンドが言うところのペッレグリーノ・カルヴィ）から貸借契約が行われたほか、ファリナータ・デリ・ウベルティの息子など、亡命中の皇帝派や白派の大物たちへの貸与が行われたことが記録されている。この公証人は、五月一三日にダンテの弟フランチェスコが一二フィオリーノ金貨を借りたことも記録している。つまり、ヴィッラーニが指摘するようにトスカーナで二、三年続いた不作の後の「大飢饉」の年である一三〇四年中に、ダンテが枢機卿に宛てた手紙の中で白派の「同胞（フラテルニタス）」あるいは「共同体（コンソルティウム）」と呼んだ仲間たちはたしかにアレッツォにいたことになる。ただし、後に検討するが、ダンテ自身はおそらくほとんどそこには滞在しなかっただろう。

　ダ・プラート枢機卿の使命が失敗しても、亡命者たちは落胆しなかった。フィレンツェ市内にはまだ多くの支持者がいて、内戦がいつ起きてもおかしくないような状況を作りだしていた。彼らの支持基盤は、黒派の豪族たちの暴力に恐れおののく平民の大半だった。枢機卿がフィレンツェを離れてわずか数日後には状況が激変したため、白派が武力で町を再び制圧するのを防ぐには、黒派は建物に火をつける以外に手だてがなくなった。風に煽られた炎は燃え広がって大火となり、フィレンツェの中心部全域を焼き払い、はかり知れない損失をもたらした。一方、枢機卿の報告を聞いた教皇庁は、フィレンツェ政府を牛耳る派閥への怒りをますます募らせた。新教皇の誕生により、ローマとフィレンツェの銀行との関係も変化しており、ベネディクトゥス一一世は、前任教皇が重用したスピーニ家のような黒派につながる銀行ではなく、チェルキ家の銀行に頼るようになった。

こうして亡命者の間には、市民の分裂と動揺に乗じてフィレンツェを武力制圧できそうだという希望が生まれた。彼らはひそかにトスカーナやロマーニャ地方全域の仲間に呼びかけた。一六〇〇人の騎兵と九〇〇〇人の歩兵を率いて、何の警戒もしていないフィレンツェにアペニン山脈から急襲をかける計画だった。彼らはモントゥーギ丘陵の町ラストラに到着すると、そこに一、二日滞在し、ピストイアから到着するはずの援軍を待った。そして一三〇四年七月二〇日、すでに警戒をしている市内に攻め込んだ。サン・ガッロ地区に何の抵抗も受けずに進軍すると（ヴィッラーニによれば、「当時、市にはまだ新しい城壁も濠もめぐらされていなかった。旧城壁は途切れており、一部は崩れていた」）、サン・マルコ広場の近くに陣をかまえた。そこは当時「カファッジョ・デル・ヴェスコヴォ」と呼ばれ、公園のようになっていた。兵士たちは、市中にいるはずの多くの支持者たちが彼らに呼応して蜂起するのを、炎天下、飲み水もないまま、何時間も待ち続けた。結局、何の動きもないことを知ると、旧壁の城門の一つを占拠し、旧市街をサン・ジョヴァンニ広場まで攻め込んだ。だが、そこで防衛隊と衝突し、押し戻されると、たちまち戦意を喪失し、潰走した。

ラストラの戦いとして知られることになったこの戦さの惨憺たる結末は、あまりにも不可解であったため、どの年代記作家も何かしらの理屈をつけようとした。ディーノ・コンパーニは、反乱軍が夜まで待たず、期待していた援軍がまだ到着しないうちに、しかも仲間が姿を見せるには勇気のいる日中に市内に突入したのが間違いだったとした。ジョヴァンニ・ヴィッラーニは逆に、すぐに市内に入らず、ラストラに一日長く滞在したのが誤りで、そうでなければまちがいなく制圧できていたはずだと記した。いずれにせよ、この思いがけない結果は、「神の御業であり、思し召しであると思われる」と記録者は結論づけている。結果はどうあれ、亡命者たちは最後のカードを切ってしまい、大義名分は失われた。あまつさえ、彼らを好意的に見ていたと思われた教皇ベネディクトゥス一一世が、わずか八か月の在位期間で亡くなってしまった。ほどなく、「白派と皇帝派は、トスカーナのほとんど全域で打ち負かされ、追い払われた」。

ブルーニの言葉を信じるなら、ダンテはこの惨敗の際にも白派に与しており、それどころか党派をひきいる一二人の「評議員」の一人でもあった。だが、ラストラの日を経てようやく、もはや望みはないと見切りをつけ、ヴェローナでの居場所を求めてアレッツォを去った。「こうして、この大きな希望がついえたダンテには、これ以上猶予はならないと思われたので、アレッツォを離れてヴェローナにおもむいた。そして、デッラ・スカーラ家の当主たちに大変丁重に迎えられ、しばらく彼らのもとに滞在した」。しかし、『天国篇』第一七歌においてカッチャグイーダがダンテの未来を語るときには、これとは違う話をしている。ダンテはフィレンツェを追われることになるが、この町ではすでにそのための企みが進行中なのだという（一三〇〇年の隠謀！　何年も後にダンテはそのことを確信するわけだが、この点も興味深い）。そして彼の仇敵は「日々キリストが売り買いされている」ローマの宮廷の支持をすぐにでもとりつけるだろう。ダンテは他の者たちと共に追放されるが、彼らと同じ運命で結ばれるという事実こそが、彼にとって最も重い負担となるのだという。

おまえの肩に最も重くのしかかるのは、
おまえと共にこの谷間に落ちる
邪悪で愚かな仲間たちだ。(『天国篇』第一七歌六一―六三行)

シェンピアとは「愚かな、無知な」という意味で、ラストラの一日の後には誰もがそう判断したであろうし、それを言うなら、そもそもムジェッロでのスカルペッタ・デリ・オルデラッフィの惨敗の後にとっくに見抜いていただろう。ダンテは自分がいち早くそうした判断にたどりつき、他の亡命者たちと議論になったことや、不幸な目にあったことを明言しており、そうしたことを総括して、カッチャグイーダは単刀直入、仲間は「おまえの恩を仇で返し、狂った非道な仕打ちで報いることになるだろう」と予言する。そしてダンテの曾祖父は告げる。おまえではなく、奴らが頭をぶつけ、その愚かさと忘恩に対する代償を払うことになるだろうと。

……だが、遠からず、
おまえではなく、彼らのこめかみが赤く染まることになる。
そのけだものじみた本性は、彼らの行いが何よりの証しとなるだろう。
だからおまえは自分自身をただ一人の党派とするがよい。

白派との決裂ぶりはきわめて険悪なものだったにちがいない。その記憶がより鮮明だった頃に書かれた『地獄篇』では、ブルネット・ラティーニがダンテに対して、たとえ幸運にも彼らのかぎ爪から逃れることができたとしても、白派と黒派の双方がダンテの血を渇望するだろうと予言しているほどである（「幸運はおまえに大きな名誉を授けるだろうが／一方の党派も他方の党派も、飢えたようにおまえを追うだろう／だが、牧草は雄山羊から離しておくがいい」）。では、ダンテは何をしてそれほど彼らを怒らせたのか。一四世紀の最初の注釈者の一人であるオッティモは、党派の評議会においてダンテが、一部の友軍の召集を延期すべしと進言したところ、肝心なときに友軍がまったく現れなかったため、反逆罪に問われたのだろうという珍妙な説をひねり出しているが、この委細不明の著者がどのようにしてそれを知るにいたったのか、またどうして彼だけが知っているのかは謎である。

また、『地獄篇』第一〇歌でダンテがファリナータの口を借りて行った謎めいた予言も、この決裂との関連で考えなければならない。

しかし、ここを治める女性の顔に
五〇回目の灯りがともる前に、
その技がどれほど難しいかをおまえも知ることになるだろう。

皇帝派のリーダーが言う「技」とは、追放された後に祖国に戻ることである。『神曲』というフィクションでは我々は一三〇〇年三月の終わりにいるわけだが、ダンテの話相手は、それから五〇か月も経たないうちに、フィレンツェに戻ることが思ったほど簡単ではないことに気づくだろうと告げたわけである。これは明らかに、ダンテが白派と袂を分かった時点を指しており、彼の希望のすべてはこの後の勝利に託されていた。つまり、五〇か月後は一三〇四年五月、ラストラの惨敗の二か月前ということになる。ファリナータは月について語っている以上、これは月齢に換算すべきだと考える研究者もいて、その場合には三年と一〇か月後となるため、決裂は一三〇四年一月以前にまでさかのぼる計算となる。しかし、三月にはまだ希望と自信にあふれていたダンテが、白派の全市民を代表してダ・プラート枢機卿に手紙を出していることがわかっている。したがって、ファリナータの月数の計算は太陽暦のはずであり、ダンテがフィレンツェに戻るのはそう簡単ではないと悟った瞬間は、一三〇四年五月末、すなわち、亡命者の代表者たちが街を離れ、枢機卿の使命の失敗が明らかになった時である。

白派との訣別後にカッチャグイーダが描き出した一連のできごとの流れは、のちにブルーニが伝えたものと一致する。つまり、ダンテはヴェローナにおもむき、領主であるデッラ・スカーラ家の賓客として迎えられたのである。

おまえの最初の避難先、最初の憩いの地は、
聖なる鳥を階段（スカーラ）の上に戴く
偉大なるロンバルディア人の厚誼の館となるだろう。

ここでいう「聖なる鳥」とは、ダンテがこの詩を書いた当時、皇帝代理を務めていたデッラ・スカーラ家が、家名の由来となった階段の上に掲げた紋章を飾る皇帝の鷲のことである。

16 ヴェローナの謎

ダンテは人生最後の二〇年間を亡命生活の中で過ごした。この期間についてわかっていることは少ない。前章までに再検証を試みたことと比べても格段に少ない。ダンテについて触れた文献資料はほとんどなく、彼の作品に含まれる自伝的要素の手がかりはますます謎めいたものになり、いかようにでも解釈できるようになる。ダンテ研究者の間では、『神曲』の執筆段階についてはおおむね合意に達しているが、『饗宴』と『俗語論』の年代については異論があり、『帝政論』が書かれた時代についてはまったく意見が分かれる。ダンテの人生の表面的な事実の中で最も重要なのは、彼がどこに住んでいたかであり、それがわかれば誰が彼を支援していたかがわかるだろう。しかし、この分野においても、パズルの断片をつなぎ合わせて首尾一貫した筋書きを再構築しようとする試みはどれも、啞然とするほどまちまちである。ある学者にとってはほぼ確実なことでも、別の学者にとっては議論にも値しない愚論となる。

疑問符だらけで、信頼できるデータに乏しいこの状況の中で、少なくとも、白派と訣別したことや、党派を牽引する立場から一転して、落ち着ける亡命先を求めて、ひとりヴェローナでの新生活に踏み出した心変わりについては、ダンテ自身が情報を与えてくれていることを知り、一安心する。実際、ダンテはカッチャグイーダの口を借りて自分自身のことを語っている。だが、安心したのもつかのま、信頼できるデータの時系列の中にいざこの自分語りを当てはめようとすると、ダンテ版の説明ははなはだ胡乱なものであることがわかる。『神曲』の執筆時――ヴェローナのカングランデ・デッラ・スカーラのもとに寄寓していた頃であることに異論を唱える者はいない――ダンテはできごとの正確な順序を忘れてしまったか、理由があってわざと取り違えたかのいずれかであると結論せざるをえない。

ダンテは「邪悪で愚かな仲間たち」と別れた後、彼らは頭をぶつけるか、あるいは少なくとも自分を恥じることになるだろう（「彼らのこめかみが赤く染まることになる」という表現は、どちらの解釈も成り立つ）と述べているが、字義どおりに捉えるなら、ダンテはラストラの惨めな敗戦で他の亡命者たちが無能ぶりをさらす前に彼らを見捨てたが、その後、「偉大なるロンバルディア人」と彼が呼ぶデッラ・スカーラ家の人間が初めて迎え入れてくれたと述べていることになる。ダンテは「多くの希望」がついえた後でヴェローナに向かったとするブルーニよりも、やはりダンテ自身の言葉を信じる方が無難だろう。その場合、ダンテがヴェローナに到着したのは一三〇四年七月以前ということになるが、ではどのくらいさかのぼれるだろうか。ファリナータの予言では、白派との訣別の時期は一月と五月の二つの可能性があることはすでに述べた。正確には一月中か、五月中かである。二つの時期の間には、ダンテがまだ名望ある代表者の一人であった白派の名前で有名な手紙がダ・プラート枢機卿宛に送られているので、二番目の時期の方が断然可能性が高いと思われる。つまり、亡命者仲間との訣別の時期は、四月から五月の間に置かなければならない。

そうなると、「偉大なるロンバルディア人」とは、一三〇四年三月初旬に亡くなった兄のバルトロメオからヴェローナの支配権を受け継いだばかりのアルボイーノ・デッラ・スカーラ（その下の弟カングランデはまだ少年だった）であったことになる。実のところ、『神曲』の旅が始まったことになっている時期、つまり一三〇〇年三月末には、ヴェローナの領主はまだ三兄弟の父親であるアルベルト・デッラ・スカーラであり、ボッカッチョはダンテを迎え入れた懐の深い当主はアルベルトであったと考えた。では、そう考えてはいけない理由はどこにあるのか？　ダンテは『神曲』での自分の発言がつねにその時点での現世の状況に正確に対応するように入念に配慮している。しかし、息子のピエーロを含む初期の注釈者たちはみな、アルベルトが一三〇一年に亡くなっているため、アルベルトではありえないことは承知している。問題は、ダンテが褒めちぎった相手はアルボイーノではなく、バルトロメオであるとする点で意見が一致していることで、現代の研究者もほとんど全員が同じように考えている。その有力な根拠は、アルボイーノに対してダンテが『饗宴』においてかなり辛辣な、不当ともいえるコメントをしていることにある。『饗宴』第四編の中で、ダンテは本当の高貴さについて論じている。「高貴さ（ノビリス）」という言葉が「知っている（ノスコ）」という動詞から派生したものと思い込み、したがってよく知られた者のことだと考えるのは愚の骨頂であることを明らかにした後（あいにく、形容詞ノビレの語源はまさにノスコなのだが）、いくつかの例を挙げる。もし広く知られているかどうかが大事だというのなら、「アルブイーノ・デッラ・スカーラはグイード・ダ・カステッロ・ディ・レッジョよりはるかに高貴だということになるだろう」。そして、ダンテは声を大にして言う。「それは誤りもいいところだ」と。この記述を論拠に、多くの論者がアルボイーノは「偉大なるロンバルディア人」ではありえないと考える。『饗宴』の草稿とカッチャグイーダが登場する『天国篇』の「歌」との間には、少なくとも十数年の隔たりがあるのだが。

　当然、ここには大きな問題がある。「偉大なるロンバルディア人」なる人物が、アルボイーノではなく、ダンテが白派の公式スポークスマンとしてダ・プラート枢機卿に手紙を出す直前の一三〇四年三月に亡くなったバルトロメオ・デッラ・スカーラのことだとすると、「邪悪で愚かな仲間たち」と訣別した「後に」ヴェローナの領主がダンテを受け入れるだろうという、カッチャグイーダの口から語られた主張を受け入れることはもはやできない。この矛盾を解決しようとして、手の込んだいくつもの仮説が生み出された。ダンテは他の反逆者との最初の対立の後、バルトロメオがまだ生きていた頃、たとえば一三〇三年の春、ムジェロへの遠征が失敗した後に、ヴェローナに亡命先を探しに行ったのかもしれない。一三〇三年六月一八日にボローニャで白派が契約した借用書には、スカルペッタ・デリ・オルデラッフィを筆頭に総勢一三一人もの代表者が名を連ねるが、一三人の評議員の中にダンテの名前が見当たらないのはその証拠ではないだろうか。そして一三〇四年の春、ダ・プラート枢機卿の調停活動によって生まれた期待感を胸に、ダンテはヴェローナから戻り、アレッツォに集まった反乱軍に再び合流したのではないか。しかし、その場合、ダンテは事実とは異なるストーリーをカッチャグイーダの口から語らせたことになるが、そんなことが信じられるだろうか? カッチャグイーダによれば、「邪悪で愚かな仲間たち」に堪えかねたダンテは、彼らと仲違いした後、「自分自身をただ一人の党派とする」決断をする。つづいて「偉大なるロンバルディア人」のもとに身を寄せようとして、賢明にも他の亡命者と訣別する決断を下すが、案の定、彼らは惨憺たる敗北を喫する。しかし実際には、「自分自身をただ一人の党派とする」どころか、ダンテはデッラ・スカーラ家の歓待を受けた後、白派に戻ってその評議員の一人になることを受け入れ、党派を代表して枢機卿に手紙を書いていたのである。少なくとも、この場合、ダンテは『天国篇』の中で、自らの過去を明らかにバイアスのかかった形で書き換え、白派との決定的な訣別に先立つ心の迷いや一貫性のなさをぼかそうとしているといえる。

だが、可能性は他にもある。バルトロメオ・デッラ・スカーラの時代に、ダンテは国を追われた亡命者としてではなく、連合軍の特使としてヴェローナにおもむいていたのかもしれない。この仮説はあまりにも突飛で、議論に値しないように思われるが、例によってごくわずかな情報の切れ端がある。ダンテが白派の特使としてフォルリにいたとき、デッラ・スカーラ家に助けを求めるためにヴェローナにも足を運んだというビオンドの怪しい情報である。対面相手がカングランデ・デッラ・スカーラ（後世の人々の記憶の中では突出して偶像化されていた）だとビオンドが誤認していたことには目をつぶるとして、この旅は、バルトロメオの領主としての期間が短いことから、早ければ一三〇二年末にスカルペッタ・デリ・オルデラッフィ率いる連合軍の編成の準備のために、あるいはムジェロ遠征が失敗に帰した後の一三〇三年に、白派が夏に企てていた軍事活動の再開の準備のために行われたものだとする仮説が立てられている。しかし、そうなると、カッチャグイーダの予言は事実とのつながりを一切失い、過去の隠蔽とまでは言わないものの、過去を根底から作り替えていることになる。つまり、ダンテは、「邪悪で愚かな仲間たち」の公式代表として「偉大なるロンバルディア人の厚誼」を利用した後、何年も経ってから、そうした仲間たちとの訣別の末に、「ロンバルディア人」の歓待を期待してヴェローナに現れたわけである。この解釈を受け入れるためには、カッチャグイーダの予言にもとづき出来事を再構成すると、デッラ・スカーラ家の宮廷での最初の滞在の意味と年代が完全に覆されてしまうことを認めなければならない。今日、ダンテの伝記を書こうとする者は誰であれ、ダンテが「自分の人生の全体的な筋書きや細部について、非常に頻繁に考えを変えた」ことをもはや無視することはできない。

考えうる最後の選択肢は、実際に起きたことをダンテは忠実に描写しているという仮説である。すなわち、ダンテが白派や皇帝派の仲間と訣別したのは一回のみであり、その前には、一三〇四年の春に白派や皇帝派の仲間たちと共にアレッツォにおもむき、全員を代表してダ・プラート枢機卿に手紙を書き、ラストラでの惨敗の少し前に一人でヴェローナに向かうことを決めたというものである。しかし、この仮説は、ダンテがカッチャグイーダの口を通して提供した自伝的証言の信頼性を守るどころか、さらにややこしい問題を引き起こしてしまう。なぜなら、ダンテはカングランデの宮廷でこの詩を書くことで、兄（この時点ではアルボイーノのはずである）から受けたもてなしを情愛と感動の思いをもって思い出しているかのような印象を与えているが、以前の彼はまったく別の考え方をしていたからである。『饗宴』では、アルボイーノにとってもその家族にとってもあまり愉快ではない比較で引き合いに出されているが、一説によれば、ヴェローナでの最初の滞在中に書き始められたという この論考を書いた時点では、ダンテはデッラ・スカーラ家に対して特段の感謝の念は抱いていなかったようだ。というのも、『煉獄篇』第一八歌では、ヴェローナのサン・ゼーノの匿名の修道院長が、バルトロメオ、アルボイーノ、カングランデの父親であるアルベルト・デッラ・スカーラを痛烈な言葉で非難しており、自分の非嫡出子で障害者の息子をヴェローナのこの有力な修道院の院長に任命した彼に天罰が下ることを予言しているからである。

すでに墓穴に片足を突っ込んでいる男は、
ほどなくあの修道院のことで悔やみ、
その実権を握ったことを嘆くことになるだろう。
なぜなら彼は、しかるべき聖職者の代わりに

体は不自由、頭はさらに悪く、生まれついての出来損ないの
自分の息子を院長の座に据えたからだ。(『煉獄篇』第一八歌一二一―一二六行)

一三一三年に亡くなったジュゼッペという名のこの修道院長に対するダンテの憎しみは、明らかに当人と会ったことで生まれたものであり、彼が初めてヴェローナを訪れた時の印象があまり良くなかったという仮説の有力な論拠となっている。そこで気になるのは、『天国篇』における「偉大なるロンバルディア人」やデッラ・スカーラ家の手厚いもてなしのイメージの背後には、この歌を書いた頃、再びヴェローナにおもむき、今度はカングランデの歓迎を受けたダンテが、それまでは悪印象しかなかった一族に対する見方を変えざるを得なかったという事実があるのではないかという点である。

実際、「偉大なるロンバルディア人」を引き合いに出した直後、カッチャグイーダはダンテに向かって、一三〇〇年の時点ではまだ九歳だが、特別に恵まれた星の下に生まれ、偉業をなすことになる少年にヴェローナで出会うだろうと予言する。「おまえはその人物とその恩恵に期待するがよい」。ダンテがカングランデの早熟ぶりにどれほど感銘を受けたとしても、自分には特別な未来が待っていると確信してヴェローナを再訪したわけではあるまいから、ここでの事後予言は、カングランデという扱いづらい存在ありきで行われたことは明らかで、あとから振り返ってみるとデッラ・スカーラ家の宮廷が最も歓待をしてくれた亡命先に思われたのか、あるいはそう書かないわけにはいかなかったのだろう。実際、カッチャグイーダの予言の詩行を書きながら、ヴェローナの領主を喜ばせるために、その弟のことを褒めておこうと冷静な計算を働かせていたとしても不思議ではないし、後述するように、領主のご機嫌を取り結ぶために彼はあらゆる手だてを講じていた。

「偉大なるロンバルディア人」なる人物（もうおわかりのとおり、それがアルボイーノであっても少しもおかしくない）を神格化している可能性はさておき、数年前、ダンテが何の支援もなく、一人亡命先を求めて最初に訪れた場所としてヴェローナの町を記憶していたことはたしかである。その後ダンテが、フィレンツェから追放された白派や皇帝派と行動を共にしたかどうかは大して重要ではなく、カッチャグイーダの予言では、敗けて散り散りになった「白派の一党」との訣別が、実際に起きたことよりもずっと劇的に述べられている。重要なのは、ヴェローナがダンテにとって、『饗宴』にも記されているように、自分が白派の有力者というより、「物乞い同然の巡礼者」と感じられた最初の場所であるということである。

そして、それはダンテ個人の印象だけにとどまらない。ちょうど彼のヴェローナ滞在の頃に書かれたチェッコ・アンジョリエーリのソネット「ダンテ・アリギエーリよ、私が人畜無害な道化だというのなら」には、このシエナ生まれの詩人がすでに堪え忍んでいた、他人の慈悲にすがる生活を、ダンテも送るはめになったことが嘲笑の的とされている。

ダンテ・アリギエーリよ、私が人畜無害な道化だというのなら、
君とて私の同類ではないか。
私が他人と昼食を共にするように、君は夕食を共にする。
私が脂身をかじるように、君はラードの固まりに吸いつく。
私がローマ人になったように、君はロンバルディア人になりはてた。

このソネットは、散佚した、同じようなダンテの諧謔詩に対する返答であることは明らかである。ダンテは亡命しても仲間と連絡を取り続けていたが、このやりとりは彼がどこに行っても多くの人の目にさらされるほど有名な文学者であったことの証しであり、そのことが彼の無力感や孤独感をよりいっそう深めていた。

ダンテ自身、『饗宴』の冒頭で、このことを驚くほど率直に告白している。突然、自分が何の手だてもなく漂流していることに気づいた者のあてどなさを描写した後（「文字どおり私は帆もなく、舵もない船となり、痛ましい貧しさの熱風に吹かれるまま、あちこちの港や河口や海岸へと運ばれていった」）、すぐさまダンテは、何よりも自分の胸を焼き焦がすのは、それまで自分を讃えてくれた人々に惨めな姿を見られることだと洩らしている。「こうして、それなりの名声のおかげで私を違った目で見てくれていた多くの人々が、うちひしがれた私を見るようになり、それればかりか、これまでに書きあげた作品にもこれから書く作品にも以前のような敬意を払わなくなるにちがいない」

ようするに、ダンテは己が身を恥じていたのだ。しかし、各地の宮廷での歓待を求め歩く亡命者はどのような暮らしをしていたのだろうか。党派に属しているかぎり、全国津々浦々の仲間が支援の手を差し伸べてくれるので、問題の解決はさほど難しくない。だからこそ、ダンテが「自分自身をただ一人の党派とする」と誇らしげに語っていることは注目すべき点であり、それは「自分のために行動しなければならなかった」という意味でもある。彼がそれなりに名のある政治家であり、何よりも令名高い詩人であり弁論家であったことが、歓待を得る助けになったことはまちがいない。また、最近では文献学者の間で、当時の領主の書記官が作成した書簡や和平条約の中にもダンテの文体の特徴が見られるという意見が増えている。つまり、ダンテは政治的コミュニケーションの手練れでもあり、その手腕を買い、報酬を払う者がいてもおかしくなかった。

ヴェローナでダンテは、いくつかの点で、私たちが考えているよりも自分の世界と変わらない世界を発見したのである。もちろん、そこで話されていたイタリア語はフィレンツェのものとはかけ離れていた。その数世代前、フランシスコ会は本来の本拠地である中部イタリアから北に向けて布教団を派遣することを決めたとき、卓越した説教師だったバルナバ修道士に団長の任務を託した。彼は「ロンバルディア語とドイツ語」をあやつったというが、これではどちらも外国語であるかのようである。しかし、ダンテの時代には、特にダンテのように鋭敏な耳をもった人間にとっては、もはやそのようなことはなく、ヴェネト言葉は「粗野で荒くれて」はいるが、「はい」を"si"という地域の言語であることに変わりはないとダンテは述べている。また、ヴェローナは経済的活況という点ではフィレンツェとさほど変わらない大都市だった。ブレンナー街道に面した戦略的な位置にあるため、ヴェネツィア、ポー渓谷、ドイツ間のすべての貿易が必ず経由する地であり、宿屋や見本市は外国の商人でいつも賑わっていた。ヨーロッパ最大級の馬市が開かれ、トレンティーノの森からアディジェ川に沿って運ばれてくる木材貿易の重要な中継地であり、水車の水力を使って紡績工程の自動化をなしとげた豊かな繊維産業の拠点でもあった。フィレンツェのように、商人階級や平民階級の組織が政治を左右するほどの発展を遂げていた一方で、大貴族は中心から追いやられるか追放されるかしていた都市国家である。

しかし、共通点はそこまでである。第一に、フィレンツェとは異なり、ヴェローナでは人々が皇帝派に与していたが、これは繁栄の基盤を帝国との交易に置いていた都市としては当然の結果だった（つまりダンテは、ヴェローナには自分以前にもフィレンツェからの亡命者が大勢いた状況を知っていたことになる。ウブリアーキ家に代表される彼らは、皇帝派の銀行家や豪族の一族として地域の金融界で幅をきかせていた)。しかもヴェローナでは、平民が直接町を治めたり、それをめざして闘ったりする代わりに、一人の強者に権力を委ねていたが、それは北イタリアの多くの地域で確立されつつあった統治モデルだった。すなわち、領主が領地の平和を保証し、派閥争いを終わらせ、商人、職人、公証人といった「新しい者たち(ホミネス・ノーヴィ)」を定期的に政府の要職につけるというモデルである。ダンテが『天国篇』第一七歌でカッチャグイーダに言わせた言葉は、自分の統治下で社会の流動性が加速することをカングランデはきわめて重視しており、それを広く伝えたかったことのたしかな証しである。

その者のおかげで、富める者と物乞いの境遇が入れ替わり、
多くの人々の人生が変わるだろう。

デッラ・スカーラ家の中で、職人と平民のカピターノと、商人のポデスタの権限を最初に手中に収めたのは、カングランデの伯父であるマスティーノ・デッラ・スカーラで、ダンテが生まれる前からそうであった。マスティーノはダンテが一二歳の時、一二七七年に殺されたが、バルトロメオ、アルボイーノ、カングランデの父であり、ダンテが嫌っていた修道院長ジュゼッペの父でもある弟のアルベルトにすでに権力を移譲していた。当時のイタリアの都市国家で貴族と認められていた他の多くの一族と同様に、デッラ・スカーラ家は、一二世紀に都市国家の判事や時にはコンソリを務めた祖先を持つ都市貴族であり、農村の大貴族とはつながりがなかった。しかし、ダンテが初めてヴェローナに来たとき、彼らの生活スタイルはすでに変わり始めていた。数年前から、領主たちは家族の結婚式や、

息子や孫の騎士の叙任式を祝うために、公の場での大々的な式典として「祝宴」（年代記作者のラテン語では「クリエ」）を催す習慣を身につけるようになったが、そこには華美な貴族趣味、洗練された宮廷作法、騎士道の誇示が渾然一体となっていた。このような社会習慣はフィレンツェにも存在していたが、平民が要職から閉め出した豪族によって培われたものとして、いわば政治の片隅に追いやられていた。それに対してヴェローナでは、騎士や宮廷の祝典が政治の中心となりつつあり、フィレンツェでは考えられないような派手な演出がなされていた。

　ダンテはそうした宮廷文化に精通していたが、それは知的な意味でも洗練の極みと考えられていた。「偉大なるロンバルディア人」の歓待を示す最初の言葉がまさに「恩情」だったのは偶然ではない。また、恩情の文化がイタリアのこの地域で公に持つようになった政治的意味が、フィレンツェの平民政府の良き担い手が守るべき価値観とは、おそらくほとんど相容れないものであったことは、さしあたって問題ではない。後述するように、亡命生活のせいで、平民政権の担い手の一人だったダンテは多くの面で考えを改めた。チェッコ・アンジョリエーリが辛辣に指摘しているように、ヴェローナではダンテは恩情にすがる立場だった。そこで、君主の宮廷の伝統においては恩情をかけることは領主の務めであり、したがって彼の贈り物を受け取り、彼の寛大さを言祝ぐことは少しも屈辱ではないという認識を持つことが、自らの尊厳を守るうえで役立った。しかし、カッチャグイーダの予言からは、きわめて強大な自由都市国家の市民たる者、こうした状況が屈辱でないわけがなかったことがうかがえる。そのことは、ダンテが「偉大なるロンバルディア人」を紹介するにあたり、彼は大変礼儀正しい人物で、ダンテをとても敬愛しており、彼の望みをすべて先まわりして察してくれたおかげで、ダンテの方から何かを頼む必要はなかったと、すぐさまつけ加えたことからもわかる（「その方はおまえに対して格別の厚誼を示してくださるので／おまえたち二人の間では、行うことと求めることとが／他の者なら先に来るものが、後に来ることになる」）。そして、ヴェローナ滞在を通じて、ダンテは初めて思い知ることになる。

……他人のパンがどれほど塩辛い味がするか、そして、
他人の家の階段を上り下りすることが
どれほど険しい道であるかを。

17 改悛

ヴェローナ時代が多くの未確定要素に取り囲まれているとすれば、その次の時代は闇の中である。それまでは白派と皇帝派の動静が比較的よく記録に残されていたため、それらが年表の大枠となっていた。彼らは当初は組織として統制が取れ、大規模な軍事行動を起こすことができた（結果は惨憺たるものだったが）。しかし、両派のイニシアティブは、完全には失われなかったものの、次第に薄れ、その結果、他の亡命者と共に勝者としてフィレンツェに戻るというダンテの希望はついえた。そして、その後の彼の足どりを追うことの難しさが、私たちの前に厳然と立ちはだかる。確かなことは、ダンテはどこにも長居はしなかったという点だけである。彼は亡命者ではあったが、『俗語論』の中で誇らしげに「魚が海を故郷とするように、私は世界を故郷とする」（第一編六章三段）と言う余裕があった。

だが、その旅路とはどんなものだったのか。ボッカッチョは、「ヴェローナから戻った」ダンテは、グイーディ伯爵、マラスピーナ侯爵、デッラ・ファッジョーラ家など、アペニン地域のさまざまな貴族のもとで数年を過ごすと、「少しの間ボローニャで暮らし、パドヴァを経由して、再びヴェローナに戻った」と述べている。ボッカッチョによれば、最後は勉強のためにパリにおもむくが、一三一〇年に皇帝ハインリヒ七世がアルプスを越えてイタリア遠征を行ったことで、にわかにダンテ（を含めた亡命者たち）の希望が再燃した。他方、ブルーニは、ハインリヒ七世が到着するまでダンテはヴェローナに留まり、皇帝の死後は、「各地の領主の庇護を受けながら、ロンバルディア、トスカーナ、ロマーニャ地方を転々とした」と考えている。ボッカッチョが主張するダンテの滞在先の多くについては裏づけとなる証拠が残されているが、それらはもう少し後の時期に該当する。つまり、一三〇四年の半ばから一三〇六年の秋までの期間については、文書による証拠がまったくないのである。いくつもの仮説のうち、有望なものは二つあり、多くの学者が確実なものとして支持しているが、共存できるかどうかは保証のかぎりではない。

第一の仮説は、ダンテが亡命初期の最も長く、最も重要な期間――おそらく一三〇六年二月までの一年半――をボローニャで過ごしたというものである。ボローニャはダンテが青年時代に訪れた偉大な大学都市のままであり、中世ヨーロッパが人口増加のピークに達した一四世紀初頭には、一層のにぎわいを示していた。サン・フェリーチェ地区の住民とストラーダ・マッジョーレの住民とでは違う言葉を話すほどの大都市であり、ダンテ自身も『俗語論』（第一編九章四段）の中で驚きをもって記している。ボローニャはまた、外国人学生であふれた街であり、有料で写本の製作を請け負う店、リクエストに応じて遠方から本を取り寄せてくれる本屋などが軒を並べていた。一方で、フィレンツェやその近郊から多くの商人たちが訪れ、双子の塔の近くに集中する宿屋や商館をほぼ独占的に利用していたが、それらは主にフィレンツェ人が経営していた。イタリアの都市の中でもボローニャは、平民の政治参加、大貴族の一部の反体制化や亡命、正統な教皇派への厚い忠誠心など、政治体制の面でフィレンツェと最も似かよっていた。

フィレンツェの教皇派が分裂すると、ボローニャは白派を支持し、騎士たちは黒派の政権に対抗する軍事作戦に参加した。しかし、遠征の度重なる失敗がボローニャ市民に経済的ダメージと屈辱を与え、亡命者との友情を大きく揺るがした。いずれにしても、一三〇五年になってもボローニャには大勢の白派がいたという証拠がある。では、その中にダンテもいたのではないか。この仮説は多くの学者によって支持されており、『俗語論』の最新の編集者の一人であるミルコ・タヴォーニもその一人である。彼は、ダンテが『俗語論』と、少し前にヴェローナで書き始めた『饗宴』の大部分をボローニャで書いたと確信している。タヴォーニによれば、二つの作品はどちらもイタリアの支配階級全般に向けた政治的・教育的な意図を持つが、特にボローニャが念頭に置かれている。教皇派の平民によって統治された大都市ボローニャは、アルプス以南で最も大きく、最も権威ある大学の所在地でもあった。その地でダンテは、弁論家、政治家、そして「世俗の哲学者」としての未来を築きたいと考え、ボローニャにおいて、かつボローニャのために『俗語論』を執筆したのだという。

この魅力的ではあるが論拠に乏しい仮説を支持する推論の中で最も説得力に欠けるのは、この二つの作品でダンテが用いている膨大なアリストテレスやスコラ哲学の文献は、ボローニャのような大学都市でしか入手できなかったはずだという主張である。この推論は、何よりも当時の図書館について途方もない無知にもとづいており、たとえばパドヴァ大学の学部図書館やヴェローナ大聖堂参事会の図書館で同じ本が入手できなかったと考える理由がわからない。それよりも興味深い論拠として挙げられるのは、『俗語論』の中でボローニャとその詩人たちが中心的な位置に置かれていることである。ボローニャの方言をイタリア一美しいと讃える反面、トスカーナとトスカーナ方言を低く見て、あざ笑う論調からは、生まれ育った地域とのつながりをきっぱりと断ち切ろうとするダンテの姿を思い描くことができる。同じく興味深い事実として挙げられるのが、ダンテが『俗語論』にチーノ・

ダ・ピストイアの名をたびたび引き、自分が彼と親しい間柄だったことを強調している点である。何度もチーノの名を出した理由は、彼の詩才にダンテが惹かれたとも思われないので、法律家としての名声に期待したということだろう。ようするに、ダンテは（『俗語論』の序文でのミルコ・タヴォーニの言葉を借りるなら）「チーノの名にことよせて、ボローニャの大学や詩人サークルの門戸が開かれることを期待していたのだ」。

　ここまでは、たしかに興味深くはあるものの、断片的な手がかりであるが、ダンテがある時期ボローニャに滞在していたことは、父の死後にボローニャ大学の法学部を卒業した息子ピエーロの驚くべき証言からもうかがえる。自由学科の一つである天文学を主題にした詩の中で、ピエーロはダンテのことを「ボローニャで書を読んだわが師」と述べている。「書を読む」というのは専門用語で、大学で教鞭を取ることを意味する。ダンテ学者たちは、これはピエーロの記憶違いで、ダンテはせいぜい個人レッスンをした程度だとみなしているが、ここまで明確に言いきった証言を無視するのはいささか気がひける。また、ジョヴァンニ・ヴィッラーニも、フィレンツェを追放されると、ダンテは「ボローニャの学部におもむいた」と述べているが、この証言は、最初の滞在から二〇年後に三度目の留学をしたという意味ではなく、「先生（マギステル）」の称号を得るために、求職活動に行ったという意味に解釈したくなる。実際、この称号は晩年、同時代人から授けられることになる。天文学は、宇宙が何でできていて、何を意味するのかを考察する方法の一つとされ、哲学の一部と考えられていた。ダンテは『帝政論』の中で、天文学から論を発して天における神の秩序と地上の帝国の秩序の間の並行関係について述べるに際し、ためらうことなく「哲学する（フィロソファーリ）」という動詞の一人称を用いている。人間の理性にとっても、三段論法を知る者にとっても、それについて「哲学する」私たちにとっても、そうした関係は明々白々たるものであると彼は宣言する。若い頃には「哲学する者」を自分とは異質な人間と見ていたダンテも、年を重ねるうちに、自分を哲学者と考えるようになったわけだが、そうした確信の裏に大学での教師経験を垣間見ようとするのは決して的外れなことではない。

しかし、哲学の研究はダンテの人生の中で最も深い知的情熱の対象ではあったが、現実に大学で働き、金のために教えるのは、状況に迫られてやむなく行うものだった。彼の貴族的な文化観には反する行為であり、いかなる形であれ知識の切り売りに反対する彼の信条からすれば苦痛以外の何物でもなかった。知識を商売道具にする者に対してダンテが『饗宴』で露わにした激しい侮蔑は、何年か後に歌われる『天国篇』第一二歌での、教会法や医学を学んで出世しようとする人たちへの皮肉、「ホスティエンシスやタッデーオの後に続かんとひたすら励む人々」にこだましている。後者は医師のタッデーオ・アルデロッティで、ダンテの青年時代、ボローニャ大学医学部きって重要人物だったが、ダンテはすでに『饗宴』の中で軽蔑的な評価をくだしている。同様に、前者のホスティエンシスとはエンリコ・ダ・スーザ、一三世紀を代表する教会法の権威である。ボローニャ大学の知的荒廃に対する否定的評価は、晩年のダンテに再三ボローニャに戻るように持ちかけていた師ジョヴァンニ・デル・ヴィルジリオとの詩のやりとりの中でもそれとなく洩らされている。ダンテは牧歌詩の中で羊飼いたちにエトナ山の荒涼とした岩肌を歌わせているが、それがボローニャの文化人のサークルへのあてこすりだったとすればだが。

難題は他にもある。今度は政治的行動に関わるもので、事件の直後に書かれたブルネット・ラティーニについての詩の中でダンテは、袂を分かった後、白派は彼の命を狙っていたと明確に述べている。この発言と、昔から多くの白派が暮らしていた町の一つであるボローニャでの平穏な生活とをどう折り合いをつければよいのか。この場合も、ダンテが『神曲』の中で振り返った自身の過去そのものに疑問を投げかけるべきではないだろうか。いずれにせよ、ダンテがボローニャに滞在していたとしても、その期間は長くはなかったはずである。というのも、一三〇六年二月、黒派がボローニャで権力を掌握し、白派や皇帝派の亡命者を町から追い出したからである。ヴィッラーニは、扇動されて白派・皇帝派に敵意を向けた民衆が警察長官(バルジェッロ)を任命し、町の浄化のために「彼らを見つけ次第、殺す」ことを目的に、警官(スビッリ)の分遣隊を彼に託したことを語っている。ダンテは、四月五日に「皇帝派と白派の打倒、粉砕、絶滅、永久の死のために」ボローニャ、フィレンツェ、その他の同じ党派の都市の間で同盟が締結されるのを待つまでもなく、ボローニャから立ち去らなければならないと判断したのである。

もう一つの仮説は——これを受け入れるなら、ボローニャでの滞在期間を短くせざるをえないが——一三〇六年三月までダンテはゲラルド・ダ・カミーノが治めるトレヴィーゾに滞在していたというものである。主な論拠は、ダンテがこの領主のことを何度も好意的に語っていることにある。『饗宴』では、高貴さは先祖とは無関係であることを証明しようとする奇妙な試みを行った際に、ダンテはゲラルド・ダ・カミーノを例に挙げ、次のように帰謬(きびゅう)法を用いた推論を行っている。「かりにゲラルド・ダ・カミーノが、シーレ川やカニャーノ川の水を飲んで育った最も賤しい農民の孫であり、彼の先祖の来歴はまだ忘れられていないとしよう。だからといってゲラルド・ダ・カミーノは賤しい人間だなどと誰が言うだろう。彼が高貴な人間であることを認めない者がいるだろうか。もちろん、一人もいない」。さらに『煉獄篇』では、マルコ・ロンバルドが彼を「善良なるゲラルド」と繰り返し述べ、ロンバルディア地方では徳においても礼節においても古い世代の方が今の世代よりも優る例としてその名を引き合いに出す。正直いって、じつに不可解な場面である。ダンテはこのゲラルドが誰なのか知らないふりをするが、マルコ・ロンバルドはその無知にあきれ、彼が誰なのかはっきり教えようとしない。その理由は、初期の注釈者をはじめ誰にもわからない。

しかし、トレヴィーゾ滞在説にも問題がある。一二八三年から死去するまでトレヴィーゾの総督を務めたゲラルドは教皇派の一員であり、フィレンツェの黒派の人々、特にトレヴィーゾで何度も公務についたコルソ・ドナーティの親しい友人でもあった。当時の小話によれば、ちょうどその頃、ドナーティはフィレンツェで主導権を握るという野望をかなえるため、ゲラルドから多額の財政支援を受けていたという。それまでフィレンツェの白派と皇帝派の中で主導権を発揮していたダンテのような人物が、他ならぬコルソ・ドナーティが頻繁に訪ねてくる宮廷を亡命先にすることなどできるのだろうか。しかし、いかに奇妙に思われようが、この仮説はそれほど荒唐無稽なものではない。というのも、災難が次々と降りかかり、四方八方から敵が押し寄せたこの期間は、ダンテの亡命生活の中で最も辛酸を嘗めた時期だったからである。ダンテはフィレンツェ政府とコンタクトをとり、自らの罪を認め、赦しを乞おうとしていた。ブルーニはダンテのこの行動を、初めて仲間のいない孤独な状態に陥ったヴェローナ滞在中のことだとする。ブルーニによれば、ダンテは意気消沈のあまり、フィレンツェ政府や黒派の実力者たち一人ひとりに、「わが民衆よ、私があなたたちに何をしたというのか」という嘆き節で始まる手紙を書き送った。ブルーニが描き出す、改悛者となりはてたダンテの姿は、マルコ・サンタガタの的確な寸評を借りれば、正直、嘆かわしい。政府による追放処分の取り消しを願うダンテは、「ひたすらへりくだり、模範的言動を続けることで、フィレンツェ帰還の恩赦を得ようとしていた」。ブルーニは共和国の書記局長であったため、今は散佚してしまったこの手紙を読むことができたのである。

それでも学者たちは、手紙がヴェローナで書かれたと断言するブルーニの主張に疑問符をつける。なぜならば、ダンテがどれほど教皇派政権への忠誠を情けにすがって訴えたところで、皇帝派の都に滞在しているかぎり、耳を貸してもらえるとは思われないからである。しかし、私たちはこれらの手紙に何が書かれていたかを正確に知らない――たとえば、ダンテが皇帝派と同盟を結んだことを認め、裏切りへの赦しを乞うたかどうかもさだかではない――という事実とは別に、教皇派の都市と皇帝派の都市との間には越えがたい溝があるといった図式的考えからは脱却しなければならない。最近では「偽りの反目」と呼ばれている両者の関係は、現実には、妥協や転向や不自然な連携などが緻密に絡み合っており、信憑性のある議論を行うことはむずかしい。いずれにせよ、重要なのは、執筆場所を特定することではなく（その点ではブルーニが勘違いしていた可能性が高い）、一三〇四年夏から一三〇六年初めにかけてダンテがフィレンツェ政府に近づき、赦しを乞おうとしたことを示す一連の手がかりであり、これらの手がかりの中には、ダンテがゲラルド・ダ・カミーノに対して示した敬意と友情もまちがいなく含まれている。

他方、ダンテが最初にヴェローナに滞在した後、当時白派に与していたボローニャで長く充実した時間を過ごし、そこで『饗宴』の大部分と『俗語論』の全体を書きあげたものと考えるなら、そして、ボローニャで思い描いた新生活が、一三〇六年二月、黒派のシンパたちがボローニャで権力を握る政変によってあえなく中断されたと考えるなら、私たちはダンテの倫理的降伏の時期をわずかではあるが遅らせなければなるまい。なぜなら、白派の希望が最終的に打ち砕かれたこの日を境に、ボローニャからも逃げ出す羽目になったダンテは絶望に陥り、改悛することになったのだろうと推測されるからである。そしてこの改悛の思いが、ほどなく『地獄篇』第一〇歌を書かせることになる。そこでは、自分の祖先は熱烈な教皇派だったが、仇敵であるファリナータ・デリ・ウベルティによって追放されたという説を信じさせようとしている。ダンテ自身は皇帝派が支配していた頃のフィレンツェに生まれたことを考えると、だいぶ事実をねじまげているといわざるをえないが、改悛したとはいえ、数年前まではウベルティと共に皇帝派と白派の会合に顔を出していた人間にしてみれば、どうしても自分のイメージを書き換える必要があったのだ。

時間も場所も特定はできないが、亡命から数年後、ダンテには、フィレンツェの支配者となった黒派になりふりかまわず近づき、赦しを乞うた時期があったことはまちがいない。追放直後、サン・ゴデンツォの和約やダ・プラート枢機卿への手紙に見られるように、フィレンツェとの戦争を強気で唱えた亡命者の一人としてダンテが位置づけられた時期と、その後の、自身を「無実の亡命者」として語り始めた時期とでは、彼の言葉づかいが変わったことをジュリアーノ・ミラーニが指摘している。後者のダンテは不当な仕打ちを嘆き、その後は自らの過ちを認め、判決の見直しではなく恩赦を求めるという形で自分の願いを正当化している。

彼の最も有名な詩の一つである「三人の淑女、わが心のもとに現れて」の直接の政治的意味は、明らかにここにある。正義の凋落についての省察という漠然たる設定に加え、愛の追想というベールの陰に隠れてはいるが、ダンテは自分がフィレンツェから引き離される原因となった罪について、すでに何か月も前から悔いているとロにする。「私に罪があったとしても／それが消えてからもう何か月もたっている／人が悔いたときその罪は消えるのだから」。後からの追加と考える学者もいる最終連では、対立する党派が暗示されることで、政治的テーマが一層鮮明なものとなる。ダンテは自分はどちらの党派からも同じ距離を置いていると主張する。「白い羽の鳥」を追い、「黒い犬を連れて」狩りに出よと、ダンテは「歌」に呼び掛ける。「(黒い犬から) 私は逃げねばならないが、(黒い犬は) 平和の贈り物を私に授けることができる」。黒派は彼を赦すことができるのに「そうしないのは、今の私を知らないからだ」。それでもダンテは、彼らに賢慮を求め、赦しという選択肢を捨てないように乞う。「なぜなら赦すことこそが、戦いの高貴な勝利なのだから」。この歌が書かれた年代についてはダンテの研究者の間でも意見が分かれており、実際のところ、わかっているのは、一三一〇年の時点でボローニャの一般の公証人の一人によって書き写され、世間に広まったことだけである。だが、黒派の反応はなかった。

18 「他人の家の階段」

遅くとも一三〇六年二月には、もてなしと保護を求め、ダンテは再び流浪の生活を始めなければならなかった。ボッカッチョは、「あるときはカセンティーノのサルヴァティコ伯爵のもとに、あるときはルニジャーナのモロエッロ・マラスピーナ侯爵のもとに、またあるときはオルビーノ近郊の山中のファッジョーラ家の人々のもとに」滞在したと述べている。安住の地を見つけることがますます難しくなってきた平地の町を避け、山中に身を隠した感もある。たしかに、アペニン山脈地帯の領主たちの地所は、それまで彼が住みなじんだ土地とは別世界であったことは事実である。もちろん、彼らは町の暮らしと疎遠であったわけではなく、戦争と軍事のエキスパートとして、コムーネに対して高額のサービスを定期的に提供していた。しかし、彼らの宮廷には、イデオロギー的な統制を行い、政敵のリストを作成できるような組織化された党派は存在しなかった。政治色に左右されることなく、誰もが自由に、気に入った人間を受け入れることができた。こうした場所ではさほど金のかかる人間でもなかったダンテは、常に有能なスタッフが不足していたにちがいない書記局に貴重な人材として登用されてもおかしくなかった。

そして実際、亡命時代に関する数少ない古文書の中に、ボッカッチョの証言を裏づけるものがあり、一三〇六年一〇月六日、ダンテはサルザーナのマラスピーナ侯爵家のもとに滞在していたことがわかっている。詳しくいえば、彼は外交使節の任務についていた。長年ルーニの司教と争っていた従兄弟同士のフランチェスキーノ、モロエッロ、コッラディーノ・マラスピーナは、ルニジャーナを荒廃させていた敵対関係に終止符を打つ時が来たと考えていた。その日、フランチェスキーノ侯爵は、一族全体を代表して司教と和平を結ぶために、「フィレンツェのダンテ・アリギエーリ」を代理人に指名した。

つまりダンテは、マラスピーナ家にまちがいなく寄宿しており、侯爵家を代表して仇敵との和約締結に臨む仕事を任されるほど有能であると考えられたのである。もちろん、この文書はダンテが和平交渉におもむいたのではなく、和平文書に署名するために派遣されたことを伝えているにすぎない。ダンテ名義の委任状が、彼に全権が委ねられたことを意味していても、その点を誤解してはならない。委任状への署名は一〇月六日、サルザーナで「ミサの前」つまり「第一時」に行われ、和平文書への署名はその二時間後、カステルヌオーヴォ・マグラ城内の司教の部屋で「第三時」に行われた。交渉自体はそれ以前に行われたことは明らかであり、文書には誰がその任にあたったのかも記されている。二人のフランシスコ会修道士のうち、一人は侯爵家の親族であるグリエルモ・マラスピーナだった。ダンテは何らかの理由で同席したくなかった侯爵家の人々の代理として立ち会い、彼らの代わりに和平の証しとしてルーニの司教に接吻した。しかし、和平条約の道徳的序文（アレンガ）は、今日、言語学者がダンテの文体の特徴を指摘することが多いテキストの一つであり、ダンテは侯爵家の代理人に任命される前に、テキストの作成のために侯爵家の書記局に雇用されていたに違いないと学者たちは結論づけている。

この時ダンテを派遣したのはフランチェスキーノだが、彼を主にもてなしたのは従兄弟のモロエッロだった。このことは、ボッカッチョだけでなく、息子のピエーロも『神曲』の注釈の中で証言しており、ダンテがモロエッロの名で書いたソネットが、友人のチーノ・ダ・ピストイアが侯爵に宛てたソネットへの返答であることも確認されている。詩作は娯楽に飢えた貴族たちの城館の中では珍しい行為ではなく、ダンテとモロエッロがこうした文学的な遊びに興じたというのは、領主と客との間にある種の親密さが生まれていたことを示している。しかし、モロエッロはフィレンツェの黒派政権の忠実な同盟者であり、最も有能な傭兵隊長の一人でもあった。その彼の指揮下で、一三〇五年から一三〇六年まで続いた長く悲劇的な包囲戦の末に白派のピストイアが占領されたことは注目に値する。「戦さの神がヴァル・ディ・マグラから稲妻を引きだし（…）白派の人間はみな傷つくだろう」（『地獄篇』第二四歌一四五―一五〇行）とヴァンニ・フッチがダンテに予言したとき、彼の念頭にあったのはモロエッロだった。ダンテを苦しめるにちがいないとヴァンニ・フッチが告げたできごと（「おれがこれを話したのは、おまえを苦しめるためだ！」）からほどなく、ダンテが侯爵と親しくなったのは、この時点でダンテが本気で和解を求めていたことや、恩赦が得られるなら、ためらうことなく党派を変えるつもりであったことを示すもう一つの有力な証拠である。

ダンテがモロエッロ侯爵のもとに滞在したことは、すでに述べたエピソード、すなわち『神曲』の最初の七歌のいわゆる発見とされるできごとと関連している。ボッカッチョによれば、ダンテの所持品の中から見つかった原稿は、ジェンマが修道院の中に保管していたもので、詩人のディーノ・フレスコバルディに見せたところ、それがダンテの未完の作品だろうと考えたフレスコバルディが、本人のもとに送ろうとした。ボッカッチョ曰く、「ダンテが当時、ルニジャーナの貴族モロエッロ・マレスピーニ侯爵のもとにいたことを突き止めたフレスコバルディは、侯爵がそうしたことに素養があり、ダンテとも格別親しい間柄であったことから、ダンテではなく侯爵に原稿を送っておけば、侯爵がダンテに見せるだろうと考えた。実際、フレスコバルディはそのとおりの行動に出て、ダンテがこの企てを続け、できれば完成できるように、極力、力添えしてやってほしいと［侯爵に］頼んだ」。原稿は紛失したものと思い、『神曲』執筆の継続を諦めていたダンテは、再開を決意したと、ボッカッチョは続けている。

今日では、現在読まれているような形での最初の七歌が、追放前にフィレンツェで作られた可能性があると信じる人はいないし、事実、ボッカッチョ自身ですら信じてはいなかった。しかし、研究者たちは、ダンテがフィレンツェで政治活動に力を注いでいた数年間に執筆を思い立つものの、いったんは放棄し、その残骸が後に、まったくあるいは部分的に姿を変えて『神曲』の構想の中に統合されたという仮説に惹かれている。そうなると、ボッカッチョが語ったことにも一面の真実があるのかもしれない。しかも、この点に関しては、もう一つの見解がある。このとてつもない「聖なる詩」の創作に自分の知的エネルギーのほとんどすべてを注ごうと決意したことは、ダンテの生涯で最も重要なできごとであり、研究者であれば、彼がこのアイデアを思いついた状況をもっと知るためだったらどんな犠牲でも払うだろう。『神曲』の中に鏤められた時系列的な手がかりを精査した結果、学者たちは、ダンテが私たちが知っている形で詩を書き始めたのは一三〇六年か一三〇七年であると確信している。もう少し確たる証拠があれば、私もそのことを本章に記していただろう。いずれにしても、ボッカッチョの記述の中でモロエッロ侯爵がこれほど重要な役割を果たしている事実は、それがおそらくまったくの作り話ではなく、ダンテの家族や文学サークルの友人たちの記憶の中で、『神曲』の構想と、侯爵家への滞在とが結びついていたことを示している。

しかし、『地獄篇』の最初の七歌が最終的な姿に仕上げられた場かもしれない城館に住んでいたマラスピーナとは、いったい何者なのか。北イタリアきっての有力貴族、オベルテンギ家の子孫である彼らの名前は、一二世紀前半、カッチャグイーダと同時代に生きた先祖、アルベルト侯爵に由来している。他の貴族仲間が、グェッラ（戦さ）、グァスタヴィッラーニ（村人殺し）、ノンティジョーヴァ（厄介者）などと呼ばれ、その獰猛さやあぶない隣人ぶりが示されたように、アルベルトもマラスピーナ（邪悪な棘）と呼ばれていた。ボッカ・ディ・マグラ、ルニジャーナ、チーサ峠を経てピアチェンツァに至るまで、リグリア海沿岸・アペニン山脈・パダーナ平野一帯の広い地域で権勢をふるったマラスピーナ家は、都市共和国の拡大に伴い、イタリアの多くの地域で辺境に追いやられたり、一掃されたりしていた田舎貴族の階層に属していたが、アペニン山脈の地域では依然として強い影響力をおよぼしていた。要塞や城館を持ち、農村社会の忠誠心が厚く、街道や峠を押さえていたことから、有力な近隣都市をもってしても弱体化させることは難しい、あなどれない存在だった。山岳領主たちは都市をないがしろにすることはなかったが（イタリアでそれはかなわなかった）、ダンテが数年前まで政治参加していた、平民が治める共和国の理想や慣行とは大きく隔たる人生観や価値観をはぐくんでいた。そこでは、その種の貴族が好んで城内を飾らせたフレスコ画連作にも見てとれるように、騎士道精神、勇気、忠誠心、馬上で剣を振るうことで発揮される男らしさといった価値観が重んじられたが、それらはいずれも、都市民であり両替商の息子だったとはいえ、ダンテにも決して無縁なものではなかった。

したがって、そうした家族やその城で歓待されることは（ダンテにしてみれば他の選択肢はなかったのだが）、都市で親しんできた世界とは根本的に異なる世界に入ることを意味するものではなかった

（結局のところ、兜、剣、馬で埋め尽くされた騎士群像のフレスコ画連作は、都市共和国の市庁舎や柱廊にも飾られていたのである）。しかし、それは外科手術による切断を意味していた。つまり、それまで暮らした都市での政治がらみの諸事——党派主体の生活、公職の奪い合い、評議会での票読み、平民の敵たちが誇示する華美な騎士道に対する公の場での非難など——から身を引き離し、絶大な影響力はあるものの排他的な一握りのエリート層の価値観や慣習だけを守る務めに専念すること。それは市民の言語を捨て、君主と臣民の言語に従うことを意味したが、ダンテは造作もなくそれをやりおおせたと言わねばならない。実際、マラスピーナ家の宮廷を去った直後、ダンテはモロエッロ侯爵に宛てた手紙の中で、彼を「主（ドミヌス）」、自分を「しもべ（セルヴス）」と呼び、立ち去らなければならなかった宮廷、そして「自由の職務を果たす」幸運に恵まれていた宮廷のことを名残惜しげに振り返った。「自由の職務を果たす」という言葉を、領主から与えられた名誉ある任務を遂行するという意味で解釈する者もいれば、ダンテがそこで研究と執筆に没頭したという意味に捉える者もいる（『饗宴』や『俗語論』、とくに『地獄篇』がボローニャでは完成していなかったことを前提とした解釈）。

『煉獄篇』第八歌において呈されるマラスピーナ家への賛辞も、高貴さや騎士道の理念に裏打ちされている。コッラード侯爵の姿を目にした旅人ダンテは、「ヨーロッパ中で」彼の一族の名が知られていない場所はなく、彼らの名声はその領地ヴァル・ディ・マグラに響き渡っていると讃える。ただし、一三〇〇年という設定上、自分はまだそこには行ったことがないと言い添える。さらにダンテは、一〇行ほどの間に「誉れ」という言葉を二回使う。一度目は儀礼的に、「あなたの家の誉れ」となる名声を讃え、二度目はプロヴァンスのトゥルバドゥールの言う「勲（プレッツ）」を念頭に、マラスピーナ家を「誉れある人々」と呼ぶ。それは彼らが気前よくお金を使い、戦さでは手強い相手だからでもある（「剣の勲においても、施しの勲においても」)。気をよくした侯爵はダンテに、これまで聞いただけだったことを七年以内に実際に体験できるようになると予言する(「このような丁重な考えは/他人の話などよりも太い釘で/君の頭の芯に打ち込まれるだろう」)。少なくとも私たちに言えるのは、このひときわ鮮烈なイメージからすると、マラスピーナ家に向けたダンテの賞賛の念は、「釘」のごとき固定観念になっていたことである。

それはともあれ、ボッカッチョはマラスピーナ家のことをよく知っていたようである。では、「サルヴァティコ伯爵」についてはどうか。彼は数多くの分家をもつ皇帝直属の貴族グイーディ伯爵家の一員で、カセンティーノとロマーニャの間に多くの城、村、山の放牧地、家畜を所有していた。マラスピーナ家にとっての侯爵位のように、伯爵の称号を持つことが、イタリアにおける神聖ローマ皇帝の臣下の子孫であることの正統性の証しだった。グイーディ家はたとえば、カンパルディーノの戦いの舞台となったポッピ城を所有していた。「ポッピの伯爵のように暮らす」ことが富裕を表す流行言葉となるほど、ポッピ城は貴族の歓楽の場として有名だった。ダンテの時代には、都市国家の大規模な拡大によって危機を迎えたものの、グイーディ家は依然として強大な権力を握っていた。都市生活に背を向けたわけでは決してなく、ポデスタや傭兵隊長といった職務をひんぱんに引き受けていた。とくにフィレンツェでは、ダンテが住んでいたポルタ・サン・ピエーロ地区にグイーディ家が屋敷を所有していたが、新たな富裕層となったチェルキ家がダンテが子供の頃に買い取り、ねたみやゴシップの種を蒔いた。ダンテが他のフィレンツェ市民と同様、彼らについてよく知っていたことは、とりわけ、フォレーゼとの論争詩の中で友人の義母をネタにしてからかった冗談が物語っている。娘に見つけてきた夫に不満を持つこの女性は、もっと少ない出費で、「グイーディ伯爵家」のような格上の家に嫁がせることができたのにと恨み言を言う。

グイーディ伯爵家の別の分家とのさらに親密な関係は、昔からダンテが書いたとされている書簡の二通目の中で触れられている。これは、一三〇二年に亡命した白派の最初の隊長に任命された叔父アレッサンドロの死を悼んで、オベルトとグイード・ダ・ロメーナ伯爵に宛てた日付不詳のお悔やみ状である。その中で書き手は、アレッサンドロ伯爵は「わが主君」であり、自分は長年、その威光に心打たれて臣下として仕えてきたのであり、一生涯、その思い出を大切にしたいと述べる。そして、「トスカーナの偉大な一族」とその友人や臣下と哀悼の思いを共有するものであり、咎なく祖国を追われた自分は、そうした臣下の一人としてアレッサンドロ伯爵のおそばで慰めを得、希望をつないできた者であると宣言する。最後に彼は、悲嘆にくれる甥たちを「わが主君」と呼び、葬儀に出席しなかった不義理を詫びる。そして、予期せぬ貧困におちいり、武具もなければ馬もなく、今もって元の地位に戻れないためだと釈明した。

正直いって、かなり不可解な手紙である。まずもって、アレッサンドロ伯爵がいつ亡くなったのかがわからない。従来よりダンテの亡命初期のできごとだとされているが、それなら、長年、彼の臣下であったと主張しているのはなぜなのか。フィレンツェを統治していた平民政権においてダンテが重要人物の一人だったことからすれば、たしかに友好関係が生まれていた可能性は否定できないが、この手紙で使われている表現は、マラスピーナ侯爵宛ての手紙での表現をはるかに超えている。歓待を得ることと引き替えに、山岳貴族の価値観や血筋への誇り(『饗宴』では明確に非難されていた)、主君への忠誠心といったものを讃えた文面。とくに注目されるのが、武具や馬への言及である。グイーディ家の一員の葬儀となれば、騎士にふさわしい壮麗なものとなったはずで、しかるべき身なりでの出席が求められたことは疑いない。その点は都市のエリート層にも理解されてはいたが、臣従への誇りや主君に仕える喜びとなると話は別である。ダンテはわずか数年の間に、これほどまでに丸ごと軍人貴族の生活様式や価値観を受け入れてしまったのだろうか。

奇妙な点は他にもある。『地獄篇』第三〇歌において、地獄の旅人ダンテはアダーモ先生と出会う。一二八一年、ダンテが一六歳のときにフィオリーノ金貨を偽造した罪で火あぶりにされた男である。彼はロメーナ城でそれを行い（「そこにはロメーナ城があり、そこで私は／洗礼者をかたどった贋金を造った」）、命令を下したのは主君であるアレッサンドロ、アギノルフォ、グイードの三兄弟だった（「奴らが私にフィオリーノ金貨を鋳造させたのだ」）。そして、ただ一人、高い代償を払う羽目になったアダーモ先生は、早く地獄で自分をそそのかした連中の悪辣な魂を見たいと願う（「私がここでグイードかアレッサンドロかその弟の／邪悪な魂を見ることができるなら（…）」）。なるほどたしかに、ダンテが長い間、アレッサンドロの思い出を大切にしていたことは否定できない。過去に、この手紙は本物ではなく、文学的捏造による贋物ではないかと疑われたのも無理はない。一方、この手紙がダンテの真筆だとすると、自分が感謝すべき人間に対して、時期を隔て、異なる状況下で彼がくだした評価の間にさらなる大きな矛盾が生じることになる。

いずれにしても、ボッカッチョによれば、亡命中のダンテを迎え入れたグイーディ家の代表者は、アレッサンドロ・ダ・ロメーナ伯爵ではなく、グイード・サルヴァティコ伯爵であった。彼はダンテが生まれたときにはすでに騎士であり、政治的にも活躍していたが、昔から教皇派に肩入れしていた。プラートやシエナのポデスタや、ボローニャやフィレンツェの都市共和国の傭兵隊長も何度も務めていたことから、イタリアの都市の緊張関係にも深く関わっていた。一二八〇年にフィレンツェの屋敷をチェルキ家に明け渡した人物でもある。したがって、ダンテにとっては旧知の間柄であり、ダンテを迎え入れたとしても不思議はない。一四世紀初めにグイード・サルヴァティコ伯爵が、フィレンツェを治めていた黒派政権と密接な関係にあり、その後、ハインリヒ七世の包囲の際には街の防衛に参加することになるという事実は、何の障害にもならない。先に見たように、モロエッロ・マラスピーナ侯爵も黒派の隊長を務めており、ダンテが彼と最も密接な関係を持っていた時期に、白派政権のピストイアに対する激しい包囲戦を指揮していた。改悛時代のダンテは、黒派のフィレンツェ政権に味方する山岳貴族たちに、恩赦への力添えを求めていたものとみられる。

こうしたことから、マラスピーナ家を離れたダンテが一時期、グイーディ伯爵家に寄宿していたことはまちがいなさそうである。前述のモロエッロ侯爵宛の手紙の中で、彼の宮廷を離れた後、自分はアルノ川の水源近くに移り住んだと明言していることも根拠として挙げられる。また、多くの研究者がその手紙に添付されていたと考えている詩「愛よ、私は苦しまなければ」の中では、愛に向かって話しかけ、「山中であれ、つねに私に力をおよぼし続ける渓谷地であれ」攻撃の手を緩めないことに不平を洩らしている。したがって、ダンテはまちがいなくアルノ川の渓谷地にいるが、そこは山の上流に位置しているため、自分の歌に対しては「わが小さな山の歌」と呼び掛けている。つまり、彼はグイーディ伯爵の領地であるカセンティーノにいることになる。そしてこの歌は、その頃のダンテが疲れ果て、戦いを切り上げて故郷に帰りたいと思っていたことを裏づけている。彼はこの歌が「愛情も憐れみもなく／私を閉め出した／わが故郷、フィオレンツァ」に届くことに期待をこめ、もはや自分は敵ではないという彼の訴えに耳を貸さない同郷の人々に向けて再度訴えかける。

もしそこに着いたなら、こう触れて回るがいい。
私を作ったお方が戦いを起こすことはもはやないと。

ダンテはフィレンツェを「フィオレンツァ」と呼び続けていた。彼の教養がそうさせたのであり、イタリア中がそう呼んでいたからでもある。しかし、当時、サンタ・マリア・ノヴェッラ教会で説教師を務めていたドミニコ会修道士レミージョ・デル・キアーロ・ジローラミは、今ではその呼び名を使うのは外国人だけだと多少の苛立ちをこめて語っている。実際、当時のフィレンツェ市民は自分の町を、なまり交じりで「フィレンセ」と呼んでいた。自分でも気づかぬうちに、ダンテは異国の人間になっていたのだ。

ボッカッチョは、ダンテがファッジョーラ一族のもとにも滞在していたとも述べている。ファッジョーラ家は、中世にはマッサ・トラバリアの名で知られていた、テヴェレ川とメタウロ川に挟まれたアペニン山脈の広大な地域を支配していた豪族の一つである。ダンテの時代の当主は、有名なウグッチョーネ・デッラ・ファッジョーラだったが、彼もまた、典型的な山間部の軍人貴族で、都市間や党派間の緊張関係に乗じて器用に立ち回り、重要な政治的役割を果たしていた。一般に、筋金入りの皇帝派とみなされているが、実際には、どんな手だてを使ってでも自分の領地経営の安定を図った、不偏不党の政治家だった。多くの大事に際しては皇帝派連合の先頭に立ったが、だからといって、教会や教皇派との友好関係や同盟締結にためらうことはなかった。彼は一三〇二年にアレッツォのポデスタに任ぜられたが、フィレンツェを追われた白派たちは、彼の支援を期待してアレッツォを集結の場に選んだ。しかし、その頃、ウグッチョーネは、教皇ボニファティウス八世に取り入った方が利が大きいと踏んで、黒派支援にまわろうと決めていた。そして、フィレンツェ追放中に教皇からマッサ・トラバリアの行政長官に任命されていたコルソ・ドナーティに娘を嫁がせた。この時点で亡命者たちの味方をして戦争に加わる気持はさらさらなく、それどころか、ディーノ・コンパーニによれば、「息子の一人を枢機卿にしてやろうという教皇ボニファティウスの空約束に踊らされたウグッチョーネは、教皇の求めに応じてことあるごとに［白派を］迫害したため、彼らは亡命した方がましだと考えるにいたった」。

しかし、実際にはダンテが彼のもとに滞在したという確証はなく、おそらくなにか別の情報源があったものとみられる。ボッカッチョ自筆の備忘録には、ウグッチョーネ・デッラ・ファッジョーラに宛てた手紙の一部が転記されており、ボッカ・ディ・マグラにあるサンタ・クローチェ・デル・コルヴォ修道院の修道士イラーロの署名がある。この修道士は、フランス（「山向こう」）に向かう途中の「ある男」が修道院に立ち寄り、自分の作品の最初の部分を記念の品として渡したと語っている。一覧した僧侶は、それがラテン語ではなく俗語で書かれていることに驚いた。のちにダンテと判明するその男は、当初はラテン語で書くつもりであったが、その後、ラテン語の詩人が当世ではほとんど省みられないことを鑑み、俗語で書くことを選んだのだという。修道院を後にした男は修道士に、『地獄篇』の名で知られることになる第一部についての注釈を加えたうえで、それを献呈相手にするつもりの親友ウグッチョーネ・デッラ・ファッジョーラに渡してほしいと頼んだ。そして、第二部はモロエッロ・マラスピーナ侯爵に、第三部はシチリア王フェデリーコ三世に捧げるつもりだとつけ加えた。イラーロ修道士の手紙は、疑う余地のない贋作——文学的捏造あるいはパスティーシュ——であるが、今日ではもはやボッカッチョ自身が書いたものとは考えられていない。この手紙が転記された備忘録は、ボッカッチョがダンテに関する資料をまとめたものであり、ボッカッチョ自身も後にこの手紙に含まれる伝記情報を他の作品に使用していることを踏まえると、『デカメロン』の作者はこの手紙を本物と考え、この手紙にもとづき、ダンテとウグッチョーネの間に親交があることを確信したものと思われる。

それはさておき、この時期、ダンテが中部イタリアの山岳地帯を支配していた大貴族たちを頻繁に訪れていたことは間違いないし、腐敗にまみれた都市ではなく、そこにこそイタリアの運命を救い出す美徳の種が生き残っていると錯覚することもできた。『饗宴』はそれによって最も利益を得ることができる人々に向けて書かれたものであり、「ここでいう貴族とは、諸侯や男爵、騎士、そして男性だけでなく女性も含めた多くの高貴な人々である」と宣言しているのはこのためである。商売を生業にする者に向けても意味がない、なぜなら彼らにはどうせ理解できないから、と冷淡に切り捨てた理由もここにある（「平民たちは……人生の初めから何かの商売をし続け、そのことだけに心を向けているため……他のことを考えようとしないのである」）。真の高貴さとは魂の高貴さであるとする『抒情詩篇』の声明を守りながらも、ダンテは都市国家を構成する、商売人、両替商、高利貸、土建屋からなる群衆（大半は、都市に流れ込み、新たに富を得たばかりの農民）が入り込む余地のない世界観を築きつつあった。それもまた、彼なりの改悛の念として心の中にとどまり続けた。実際、フィレンツェの人々に恩赦を求めたときに示した改悛の念が目的達成のための方便にしか見えず、ハインリヒ七世が南下してきて新たな希望が生まれるや姿を消してしまうのに対して、かつて百人委員会の委員だったダンテが平民や共和国のイデオロギーから離れることは、彼の思想の根源に関わる決定的な意味をもっていた。

アペニン山脈の大貴族の居城での滞在生活に続く次の段階として、一四世紀の作家たちはパリへとおもむくダンテの姿を思い描く。提唱者の一人ヴィッラーニによれば、フィレンツェを追放されたダンテは「ボローニャの大学に行き、その後パリに向かった」。ボッカッチョも『ダンテ頌』の中で、イタリアの多くの都市や宮廷を彷徨ったダンテは、フィレンツェ帰還の望みを完全に失った後、「パリにおもむき、哲学と神学の研究に没頭した」が、ハインリヒ七世の南下によって希望を取り戻すと、イタリアに帰国しようという気持になったと述べている。『ダンテ頌』の改訂版ではさらに細かい情報を書き加えているが、これは誰かの直接の証言から得たような印象がある。つまり、ダンテはパリにはあまり長く（「しばらくの間」）滞在しなかったが、それは深刻な困窮状態にあったからだというのだが（「生活に必要なあれこれについて、少なからず不自由を強いられていた」）、パリには彼を支援してくれる強力な後ろ盾がいなかったことを考えるとうなずける話である。

また、ボッカッチョは別の箇所でダンテの学識について触れ、「すでに老境にさしかかっていた彼はパリに行き、栄えある論客として論争を行い、幾度もその学識の高さを示したので、聴衆は今もって驚嘆の念を抱いている」と指摘している。つまり、若い頃に「哲学者たちの論争」を目の当たりにしたダンテが、今度はパリで行われたこの種の論戦の主人公になったのである。ダンテの並外れた記憶力の証しの一つとして、ボッカッチョは次のようなエピソードを伝えている。「彼はパリにおもむき、神学部で行われていた討論に加わった。さまざまな有識者たちがさまざまな主題におよぶ一四の質問をし、それに対する賛否両論が繰り広げられた。ダンテはさえぎることなく、発言が行われた順番でそれらを復唱すると、順番どおりに、詳細に質問に答え、反論に応じた。これには、同席していた人々から奇跡に等しいとの声があがった」。何十局もの同時対局に勝利するチェスの名人を思わせる離れ業である。
すべてのダンテ研究者がこの説に納得しているわけではなく、多くの人間がさまざまな理由をあげ、ダンテのパリ滞在には疑念を抱いているが、それはこうしたエピソードが醸し出す小説めいた雰囲気も影響している。ダンテが本当にフランスに行ったとしても、行き先はパリではなく、アルルのネクロポリスやローヌ川沿いの湿地帯の描きぶりからもわかるように、アヴィニョンの教皇庁までであるとみる者が多い。しかし、実際のところ、世界で最も重要な学問の中心地だったパリにダンテが自らおもむこうとしたとしても、まったく違和感はない。そこは、ダンテが一七歳のときにオルヴィエートの教皇庁法廷で暗殺された偉大なブラバンのシゲルスが教鞭をとっていた場所であり、ダンテは『天国篇』第一〇歌でこの人物と出会い、驚嘆の思いを口にすることになる。そこで思い起こされている「藁の小径」は、今日でもソルボンヌ大学のすぐそばに現存しており、かつては名門校が集まっていた。

それはシゲルスの永遠の光であり、
彼は藁の小径で講義をしながら、
真理を三段論法で演繹し、妬みと憎しみを買った。

つまり、彼は真理を理論化することで、敵を作り出してしまったのであり、そのことはダンテの胸にも刻み込まれていたにちがいない。結論をいえば、初期の伝記作家たちが確信をもって主張したダンテの旅を否定するような証拠はないといってよい。「藁の小径」をダンテが実際に訪れ、そのことを根拠として、一九世紀のパリに、オスマンが近代的に改造した通りの南側を「ダンテ通り」と名づけようと決めた人たちが現れた可能性は充分にある。

ボッカッチョはパドヴァ滞在についても言及しているが、確証はないものの、ありえない話ではない。というのも、ボローニャやパリに比べれば、パドヴァはたしかに小さな町ではあるが（三万人という人口は当時としては決して少ない方ではないが）、ドイツ、ポーランド、ハンガリーを中心に、ヨーロッパ各地から学生が集まる重要な大学都市でもあったからである。当時のパドヴァはイタリアで最も活気のある文化の中心地の一つであり、今日のイタリア文学史ではフィレンツェに次ぐ重要都市と位置づけられている。なによりそこは、ボローニャと並ぶ、イタリアのアリストテレス研究の最大の拠点だった。偉大なピエトロ・ダバーノが教壇に立っていたし、『饗宴』や『俗語論』で利用した本のいくつかをダンテが見つけた可能性もある。パドヴァから足を延ばし、ヴェネツィアの造船所、ブレンタ川沿いの堤防、プラのローマ人墓地などを訪ね、彼の作品にたびたび登場するイタリア北部のさまざまな場所や方言についての知識を得ていたかもしれない。

ベンヴェヌート・ダ・イモラは、スクロヴェーニ礼拝堂の壁画を描いていたジョットのもとをダンテが訪れたとされる二人の出会いについての逸話を加えているが、これは文学的に色づけられた小話であり、最後のオチを意識して作られた明らかな創作である。一九世紀の学者たちは、ダンテのパドヴァ滞在を証明する文書を見つけたと確信していたが、それは、一三〇六年八月二七日付の文書に、フィレンツェ出身だが当時はパドヴァ在住の、ダンティーノ・ディ・アリギエーロなる人物が登場していたからである。しかし、ヴェローナに住んでいたダンティーノ・ディ・アリギエーロなる人物のことは、ダンテが死んでしばらく経った一三三六年から一三五〇年の間に多くの文書に記録されている。つまり、明らかにダンテとは別人であり、ヴェローナで新生活を始めたフィレンツェからの亡命者ではあったが、一三〇六年の時点ではまだ若く、おそらく勉強のためにヴェローナを訪れていた人物ということになる。彼について言及している最初の文書と二番目の文書の間に三〇年の開きがあるのはあいにくではあるが、二文書の人物が同一とみる方が、なぜかダンティーノという縮小辞をつけて呼ばれている一三〇六年の人物を我らがダンテとするよりも、無理のない仮説である。とはいえ、フィレンツェ出身のダンティーノ・ディ・アリギエーロが、同じくフィレンツェ出身のダンテ・ディ・アリギエーロ・デッリ・アリギエーリではなかったとしても、少なくとも二人が親戚関係にないのはおかしい。父の名も息子の名も、ありふれたものではないからである。ダンテにはほとんど不詳のおじが何人かいて、そのうちの誰かが自分の息子にアリギエーロという名前を与えた可能性があり、このダンティーノはそのおじの息子なのかもしれない。慣例として、家族の中に同じ名前の男性が二人いる場合、若い方が縮小辞をつけて呼ばれていた。この縮小辞は、現代と同じように、一生涯つけられたままであることが多い。ようするに、ダンテには私たちがほとんど何も知らない別の従兄弟がいたのかもしれない。

見てきたとおり、一三〇六年二月に白派がボローニャから追放されてから、一三一〇年末にハインリヒ七世がイタリアに南下するまでの五年足らずの間に、ダンテはたえず移動し続けていた。党派離脱後の最初の数か月で「帆もなく、舵もない船」の心境だったとするなら、この数年間はさらに苦しいものだったに違いない。老いのとば口である四五歳という節目を迎えていたとなればなおさらである。しかも、話はまだこれで終わらない。ダンテが滞在したかもしれない場所のリストには、ボッカッチョが触れていない都市ルッカがあり、その手がかりが二つある。最初の手がかりは、『煉獄篇』

第二四歌でダンテがルッカ出身の詩人ボナジュンタ・オルビッチャーニと出会ったことである。ボナジュンタはダンテに、将来好きになるであろうルッカ出身の娘のことを話す（「娘が一人、生まれた。まだ頭巾もかぶっていないが」）。つまり一三〇〇年の時点ではまだ結婚していない女性ということになる（注目すべきは、ダンテの時代、既婚の女性は頭巾で頭を覆わずに出かけることはなかった。頭巾は生活の一部となっており、修道士の手話では、額の上で指を片眉から別の眉まで水平に動かすしぐさは、女性を意味した）。ルッカ出身の詩人ボナジュンタはダンテに向かって、この娘のおかげで「私の町は／君が気に入る町となるだろう」と予言する。残念ながらこれ以上のことはわからないが、この身元不詳の娘に好意を寄せたダンテがルッカを訪れていた可能性は高いと思われる。

もう一つの手がかりは、すでに述べた一三〇八年一〇月二一日付の文書で、ダンテの息子ジョヴァンニがルッカにおいて、ルッカとフィレンツェの商人が関わる契約の証人となったことである。彼の息子がそこにいた以上、ダンテ自身もそこにいたのではないかと推察できるわけだが、ルッカは黒派に支配されており、その二年半前にはボローニャとトスカーナの教皇派の都市との間で皇帝派と白派の殲滅を図る条約に加わっていた。そうした中でダンテがそこに住んでいた可能性などあるだろうか。数年後、ジョヴァンニはフィレンツェに戻っているので、その時点ですでに父と子の運命は分かれていた可能性は否定できない。しかし、この証書には、白派の「マッチ家の会社」に所属するフィレンツェの商人たちも関わっていたこともまた事実である。実際、そのうちの一人は、フィレンツェのポデスタ、フルチェーリ・ダ・カルボリに、他の「白派と皇帝派の市民」と共に逮捕された後、拷問中に死亡したティニョーゾ・デ・マッチの息子だった（ヴィッラーニによれば、拷問台に乗せられたティニョーゾ・デ・マッチは、体重のせいで麻紐が首に食い込み、死んでしまった。一方、逮捕された他の人々は全員斬首となった)。

　マッチ家の人間が加わっているのは、この時点ではルッカの支配者層が白派への弾圧の手を──あるいは監視の目だけでも──緩めていたことを示唆している。そのことは、数か月後の一三〇九年三月三一日、ルッカ共和国が、フィレンツェからの亡命者がルッカの領土に入ることを改めて禁止したことからもうかがい知ることができる。しかし、その一方で、ジョヴァンニが加わっていたのは、ヨーロッパ中の商人が集まるシャンパーニュ地方の大市の一つ、サン・タユール・ド・プロヴァンの市に向かう途中での両替取引であったこともわかる。具体的には、フランスで鋳造された小型通貨であるトルネセル銀貨六〇〇リラをルッカのモリコーニから購入し、ルッカで鋳造された良質のデナーリ銀貨七六二リラで支払った。ようするに、マッチ家は一時的な滞在者であり、文書によれば、「ルッカの市民であり商人」であるミケルッチョ・ディ・フレード・ジェンティーレなる人物のもとに寄宿し、彼と行動を共にしていた。彼らのような存在がいても、死刑宣告を受けたダンテのような人間がまったく安全にルッカに永住できるかどうかは保証のかぎりではなかった。しかし、一三〇六年のルッカのカピターノ・デル・ポポロは、黒派のシンパでダンテの友人でもあったモロエッロ・マラスピーナ侯爵だったことも事実である。結局のところ、ルッカは亡命者がしばらく滞在したくなる理由には事欠かない町だった。とくにダンテが黒派政権との和解を図ろうとしていた時期であればなおさらである。ダンテが『饗宴』執筆に必要な書籍を見つけたであろう場所の数ある候補地の一つとして、ルッカのサン・ロマーノ修道院の図書室を挙げる者もいる。

19　ハインリヒ七世

一三〇八年のダンテは、どこにいたにせよ、五月一日にハプスブルク家のドイツ王アルブレヒト一世が暗殺されたことや、年末までにはルクセンブルク伯ハインリヒがドイツの諸侯によってローマ王に選出されたこと、つまり神聖ローマ皇帝の候補になったことなどの政情をほどなく耳に入れることができた。ハインリヒが選ばれたことで、フランス王フィリップ四世の弟、シャルル・ド・ヴァロワの野心は断たれた。クレメンス五世の支援によって皇帝選出を狙っていたこのシャルル・ド・ヴァロワこそは、数年前のフィレンツェでの黒派政権誕生と白派追放の一因となった人物だったので、ダンテとしては大喜びだったにちがいない。ハインリヒ（ダンテはトスカーナ風にアッリーゴと呼んでいた）は、一三〇九年一月六日、ドイツ王として戴冠した。七月にはクレメンス五世が、昔から皇帝派を支持していたニッコロ・ダ・プラート枢機卿の影響もあって、彼の皇帝選出を承認した。その瞬間から、新しい支配者が皇帝の戴冠式のためにイタリアにやってくる日が近いという話が世間の噂にのぼるようになったと、ジョヴァンニ・ヴィッラーニは述べている。

ルクセンブルクは、帝国の西端に位置する小さな国だった。ドイツの年代記作者ですら、国の名を正しく綴ることができず、Lüczelburk, Luscelenborg, Luzzillinburg といったスペルが混在するありさまだった。しかし、その爵位はシャルルマーニュの直系として続くものであり、少なくともルクセンブルクの系図学者は（公正な立場とはいえないが）そう主張している。ハインリヒはドイツの王子でありながら、フランス語圏の宮廷の国際的な文化に染まり、帝国の王子でありながら、フランス王の臣下でもあった（息子のヨハンは結婚してボヘミア王となったが、一三四六年にクレシーの戦いでフランス騎士団の花形たちとともに戦死している。彼は以前から失明していたにもかかわらず、ひるまず戦場におもむいた）。こうした入り組んだ関係は、古来から二大国の影響にさらされていたロートリンゲン地方においては決して珍しいことではなかった。今やルクセンブルク伯爵はドイツ王であり、ローマ教皇の同意を得たことで事実上の皇帝でもあった。彼の大いなる野心は、イタリアの平和と従属を取り戻す企てに向けられていた。

これまで長い間、それは現実離れした時代錯誤な企てとみなされてきた。単純な分、かえって痛ましくすらあった。しかし、当時の世界情勢についての知識が増した今日においては、そうではなかったことがわかる。ハインリヒは柔軟で合理的な考えをもった有能な政治家であり、彼の企ては最初から失敗が運命づけられていたわけではなかった。たしかに、一二五〇年にフリードリヒ二世が亡くなって以来、長らく皇帝たちがイタリア半島に具体的な介入をすることはなくなっていた。ダンテの子供時代には、ドイツ人ではない二人のヨーロッパの君主が、対立する二つの陣営から選出され、共にローマ王を名乗っていた。イングランド王ジョンの息子であるコーンウォール伯リチャードと、カスティーリャ王アルフォンソ一〇世である。一二七二年、ダンテが七歳の時にリチャードが亡くなると、翌年、ドイツの諸侯が最終的に選んだのは、ハプスブルク家のルドルフというドイツ人の王だった。厳密には皇帝ではなかったルドルフは、少なくともドイツ国内では皇帝権の再強化に全力を尽くし、多くの人々の反感を買った（「ルドルフ王は正しく裁き、えせ忠臣を憎む」と、ある詩人が歌っているが、これはもちろん皮肉である）。イタリアの政治的泥沼に足を踏み入れることを避け続けたため、ダンテから痛烈な批判を受け、怠慢な君主たちの一人として煉獄に放りこまれた。

一番上の席に座り、
なすべきことを怠ったような顔つきで、
他人の歌に合わせて口も動かさぬあの人は、
かつての皇帝ルドルフ、イタリアを死に至らしめた傷を
癒すことができたはずの人。（『煉獄篇』第七歌九一―九五行）

ルドルフはダンテが二七歳となった一二九二年まで生きた。後を継いだナッサウ伯アドルフォは一二九八年まで王位を守ったが、ルドルフの息子でライバルのハプスブルク家のアルブレヒトとの戦いに敗れ戦死した。ドイツ人のアルブレヒトは、ダンテが死後の世界へ旅立ったとされる運命の一三〇〇年におけるローマ王であり、彼もまたダンテからの激しい攻撃にさらされる。『煉獄篇』第六歌では、彼がイタリアと「帝国の庭」たるローマを捨てたことをダンテは責め、正しい裁きが天から彼の血族に下るようにと念ずる。これもまた例によって「後づけの」予言であり、アルブレヒトの息子が父親より先に死ぬこと、一三〇八年五月一日にアルブレヒト自身が暗殺されること、そして王位がハプスブルク家の手から離れることをダンテはわかって書いている。

勢いに乗り、勝ち誇る教皇派政権の代表者から一転して亡命者となり、皇帝派の誤りに対する確信も揺らいで以来、皇帝のイタリア不介入主義に対するダンテの懸念は――そのときに生まれたもので

はないにしても——より鮮明なものとなっていた。だからこそ、ハインリヒ七世の選出の知らせや、それ以上にローマ教皇の承認の知らせが（記憶にあるかぎり初めて、ローマ王がイタリアにおもむき皇帝として戴冠を受けることがまちがいなく予想された）、ダンテを大喜びさせたのもうなずける。ルドルフと出会い、アルブレヒトを呪う『煉獄篇』の歌はたしかに、新たに選出された皇帝に心が向いていた数か月間に書かれたもので、ダンテは、アルブレヒトの運命を思い起こし、それを「恐れた」新皇帝は賢明に振る舞うだろうと公言する。

　ローマ王は彼の期待を裏切らなかった。一三〇九年九月、ローマ教皇の祝福を受けたハインリヒは、ベルンでイタリアに同行する軍隊を集めることに専念していた。彼はすでに大使を派遣してイタリアの諸侯や都市共和国に対して、ミラノでイタリア王、ローマで皇帝として戴冠するために半島に南下する意向を伝えていた。一三一〇年の春には、さらに二度、ロンバルディアとトスカーナに外交使節が派遣された。そして最終的に、同年一〇月、モン・スニ峠を越えた皇帝は、イタリアでは最初にスーサに立ち寄った後、トリノ、アスティを経て、目的地のミラノへと向かった。ヴィッラーニの記述では、一三一一年一月六日、ハインリヒは鉄の冠で戴冠式を行ったが、この日はイタリアでは「ベファーナ（エピファニー）の日」、ドイツでは「三博士の祭日」と呼ばれており、その二年前にもハインリヒがドイツ王としての戴冠式を行った祝日である。

　フィレンツェは、すでに以前から、新しいイタリア王は敵だとみなしてきた。ヴィッラーニによれば、一三一〇年七月に大使が訪れ、フィレンツェ政府に対して新しい君主を認めるように求めたが、共和国政府から返事を任されたベット・ブルネッレスキは、「傲慢かつ不誠実な言葉」で応じた。政府側もさすがにこれは職務を逸脱した態度だと考えたにちがいない。ブルネッレスキと交代した別の弁論家ウゴリーノ・トルナクィンチが、今度は「如才のない（…）礼儀にかなった」返事をした。大使たちはその言葉を信じた。すべての戦争を終結させ、とくにアレッツォに敷かれた包囲を解くようにフィレンツェ政府が命じていたこともあって、自分たちが到着すれば包囲が解かれるものと確信した大使たちはアレッツォに向かった。だが、フィレンツェの軍隊に命令に従う気はさらさらなく、帝国の大使たちは「フィレンツェ市民に対してひどく腹を立てた」。今後を案じた政府は、当時ローザンヌにいたハインリヒに邪心のないことを伝えるために壮麗な外交使節団を送る案を論議したが、教皇派の豪族たちは、皇帝の言いなりになると皇帝派が町に戻ってくると説き、平民の不安を煽った。例によって、イデオロギー的な憎しみが人々の目をふさいだ。使節団の派遣案は撤回され、フィレンツェはイタリアで唯一、皇帝の到着前にローザンヌへの表敬訪問の使節を派遣しなかった都市となった。代わりにそこには亡命者たちがいて、あなたはフィレンツェ人に信頼されていないと君主に吹き込む絶好のチャンスを逃さなかった。

その時、ダンテがすでに亡命者たちの中にいたかどうかはわからない。同郷のペッレグリーノ・カルヴィの著作を論拠に、ビオンド・フラヴィオは次のように主張する。一三一〇年の夏、フォルリにいたダンテは、フィレンツェ人がハインリヒ七世の使者に行った返事の内容を知り、自分と白派の名前でカングランデ・デッラ・スカーラに宛てた手紙の中で、彼らが皇帝に対して示した傲慢さ、無謀さ、思慮のなさを非難した。もっとも、正直なところ、ビオンドの記録に混乱があるという疑いはぬぐえない。というのも、もしこうした内容の手紙がカングランデに宛てられていたとしたら、この時点でダンテはふたたび白派全体を代表して手紙を書いていたことになり、もっと注目されていたはずだからである。実際、カッチャグイーダが『天国篇』の中で白派に悪態をつくのはこの後のことであるし、白派が自分の血を求めていると訴えるブルネット・ラティーニの歌はもっと以前に書き上げられていた。そもそもビオンドは、すでに見たとおり、一三〇二年にダンテがフォルリに行き、党派を代表して北の諸侯と交渉したと述べていたが、その際、年代をまちがえて、諸侯の中に当時まだ一一歳そこそこのカングランデを入れていた。このような不正確な証人の証言では、ハインリヒ七世がやって来た時にダンテがふたたび白派のスポークスマンを引き受けたと断言するにはとうてい不充分である。

しかし、そうした政治的対立が宣言や公開書簡や政治書簡によって煽られていたことは事実であり、書簡術の達人として知られるダンテがハインリヒ七世の成功に寄与できたのもこうした状況下にあったからである。一三一〇年の夏から秋にかけて、ダンテは「書簡V」と呼ばれる政治書簡を発表した。この政治書簡は、イタリアに皇帝の到来を告げ、すべての人に皇帝の正義に従うように呼びかけるものだった。ラテン語で書かれたこの書簡は、「イタリアのすべての王」（共にシチリア王を名乗る不倶戴天の敵、ナポリのアンジュー家とパレルモのアラゴン家）、「聖都の元老院議員」（ローマだけが、他の都市国家のようなコンソリやポデスタではなく、わざわざ元老院議員と呼んでいた）、「および公爵、侯爵、伯爵、平民」、つまりは都市民に宛てられている。すべての人に向けて、「卑しきイタリア人、フィレンツェ人にして罪なき亡命者たるダンテ・アリギエーリ」（以前からダンテは好んで「罪なき亡命者」と自称していた）は、平和を願い、新しい日の夜明けと新しいモーゼの到着を言祝ぐように促し、ランゴバルド人の子孫に対しては、自分たちが何よりもまずトロイやローマの民であることを思い出すようにと呼びかけた。また、夢遊病者のごとく「我々に主はいない」と繰り返すだけの、ばかげた自由の空自慢（から）をやめよと説き、スカンジナビア（当時の知識人たちはランゴバルド人の起源と考えていた）ではなくラティウムにふさわしい身となるべく努め、教皇の祝福を受けてやってきた皇帝の慈悲を乞うべしと唱えた。

ダンテは「皇帝ハインリヒがありがたくもイタリアにご来駕なさった元年」、つまり一三一一年三月三一日に、「悪辣きわまりない内部のフィレンツェ人」に宛てた別の公開書簡を送っている。「内部の」、「外部の」とは、イタリアの政治の世界で古くから言い慣らされてきた言葉で、都市の中で権力を握っている党派と、追い出された反対派のことを指す。この手紙は、「悪辣きわまりない」黒派に対して皇帝に降伏するように促し、降伏しなければ皇帝がフィレンツェに恐ろしい罰を下すだろうと述べる。あいかわらず侮辱的な文言が並べられてはいるが、明らかに、相手を説き伏せようという意図はなく、両陣営のプロパガンダ合戦の中に投じられた政治書簡という趣である。改悛と、黒派に向けて恩赦を嘆願する時代は過去のものとなり、ダンテはふたたび戦いの道を歩んでいた。ただし、ダンテが皇帝派になったと結論づけるだけの論拠には乏しい。なぜなら、教皇でさえもハインリヒ七世を支持していたこの時代には、根っからの教皇派であっても何の罪悪感もなく同じことができたからである。

「世界の王にして、神の使徒」たる皇帝への臣従を勧めるというのは、この頃にダンテが書いた『帝政論』で論じたテーマと同じである。唯一の真の自由とは、皇帝の法に自発的に従うことである。皇帝の法は、神の意志においてすべての人間を支配すべき、唯一の真の公権力であり、市民の共存を保証するものである。現在イタリアを支配している他のあらゆる権力は、王国であろうが都市国家であろうが、私利私欲の集まりにすぎない。共和国市民ダンテの、啞然とするほどの変節ぶり！　この手紙は「トスカーナの地、アルノ川の源流のそば」、つまりカセンティーノで投函されており、ダンテは（証拠についてはのちほど触れる）ふたたびグィーディ伯爵の食客となっていた。

その二週間後の四月一七日、ダンテは同じ場所から新たな公開書簡を書いた。今度はクレモナを包囲しているハインリヒ七世に宛てたもので、パダーナ平原に留まるのは間違いだと説いている。たとえクレモナを鎮圧しても、ブレッシャやパヴィア、ベルガモや、ヴェルチェッリが確実に反乱を起こすからというのがその理由である。したがって、そのようなつまらない戦いに時間を浪費せず、隠れ家にひそむ真の敵、母親の胎に牙をむく毒蛇、群れ全体に病気を伝染す羊、つまりはフィレンツェの町を打ち倒しに来るべきだとも述べ立てた。それまでの書簡と同様、この書簡も聖書の引用に満ちており、予言めいた書き方が目立つため、以前からダンテ研究者の関心を集めてきた。そこで、この時期のダンテを「予言者ダンテ」と呼ぶのも常套手段となっている。実際、この時期は、詩人が『饗宴』や『俗語論』などの論考の執筆を中断し、『神曲』の創作に没頭していた時期でもある。皇帝宛ての書簡に予言的な修辞が浸透していることには、ヴィッラーニも気づいていた。そのヴィッラーニによれば、ダンテは「ほとんど予言をするかのように」ハインリヒを非難した。「ほとんど」と書き添えたこの年代記作者は、こうした場にときおり現れ、それなりの話題となる予言者、えせ予言者の一人にダンテがなろうとしたとは言っていない。だが、ダンテは意識的に彼らに近い言葉を使ったのである。

ダンテが自分にはいくぶん予言者の資質があると感じていたと考えると、めずらしくダンテ自ら『地獄篇』の第一九歌で言及している、人生の一挿話に説明がつく。聖職売買に手を染めた輩が頭を下にして突き刺さっている丸い穴と、洗礼のための聖水を満たした壺を収めた、「わが町の麗しいサン・ジョヴァンニ洗礼堂」の中の穴とを比べたのち、ダンテは、こうつけ加えている。

……さほど古い話ではないが、中で溺れかけた子供を救うために、
そのうちの一つを壊したことがあった。
この話が、皆の誤解を解く印となるとよいのだが。（『地獄篇』第一九歌一九―二一行）

壺の中に落ちた幼児を救うために、ダンテはその一つを壊した。彼はこのできごとを『神曲』の中で言及するほど重要なものと考え、さらに、この中には誤解を解く貴重なメッセージが込められていることを強調した（しかし、この点でダンテは間違っていた。批評家たちは、すべての人を解放する、つまり誤解を解くはずの「印」の意味を探る無駄な問いかけを止めようとしない）。ミルコ・タヴォーニの説によれば、『神曲』の執筆中、このエピソードを思い出したダンテは、自分が神から預言の力を与えられたと思い、イスラエルの長老や祭司たちの前で土鍋を割り、ユダヤ人を待ち受ける不幸について警告するように神に命じられた預言者エレミアと自分を重ね合わせたのだという。このエピソードが『地獄篇』第一九歌と同様、エレミア書の第一九章で語られているという事実や、どちらの場合も聖職者の堕落に対する激しい論難が背景にあることから行き着いたのが、作品の中でたびたびエレミア書を引用してきたダンテが、こうした一致に感銘を受け、自らの予言者としての資質の証しをそこに見出したのではないかという、このまことしやかな仮説である。

話をハインリヒ七世宛ての書簡に戻そう。ダンテは自分がすでに皇帝に会い、定式どおりに彼の足に接吻をしたことを振り返る（「陛下のいとも慈愛にあふれたお姿を拝見し、いとも穏やかなお声を拝聴しつつ、わが両手は陛下のおみ足に触れ、わが唇はその供物を差し出しました」）。では、ダンテはミラノで

の戴冠式に出席したのだろうか。いつものことだが、確実なことは言えない。しかし、議論すべき点は他にもある。一三一一年四月付のこの書簡の中で、ダンテは自分のためだけでなく、他人のためにも書いたのだと述べている。では、誰のために？ これまで論じてきたこととは別に、ダンテは昔の仲間たちと本当に和解していたのかを問うてみる必要がある。マルコ・サンタガタも指摘しているように、当時でさえ、政治は可能性の芸術であり、連携相手はめまぐるしく変わるのが常だった。ダンテが白派の名でカングランデ宛てに手紙を出したというビオンド・フラヴィオの印象の背景には、なにかその種の駆け引きがあったのかもしれない。ただし、ハインリヒ七世の登場によってもたらされた新しい状況の中では、これまでの類型から脱した、新しい政治の枠組みができあがりつつあった。ダンテが皇帝の足に口づけすることを許されたとすれば、それはこの南下策を支持する人々のネットワークの中で実現したことは確かであるが、必ずしもフィレンツェにおける白派の復活を意味するものではない。

この時期、ダンテがグイーディ伯爵家の城に滞在していた証拠といえば、一四世紀末の手稿があり、そこには、三つの形（おそらく二つの下書きと、最終稿）で残されている手紙の代筆者がダンテであると記されている。この手紙はゲラルデスカ・ダ・バッティフォッレ伯爵夫人がハインリヒの妃マルゲリータに書き送ったもので、手紙をもらったことへの感謝の気持が綴られている。注目すべきは、王や諸侯の妻たちは女性同士の外交を繰り広げ、夫の外交を陰で支えていた点である。ゲラルデスカ伯爵夫人は、夫の健康状態は良好であり、夫婦共々、皇帝の快進撃を喜んでいることを伝えた。ポッピ城からの手紙の日付は一三一一年五月一八日である。ダンテより一〇歳ほど年上のグイード・ダ・バッティフォッレ伯爵は、教皇派を支持する多くのグイーディ伯爵一族の一人だった。教皇派の白派と黒派が衝突したときには、迷わず黒派の味方につき、リーダーの一人、ムシャット・フランゼージに娘の一人を嫁がせた。また、一三一二年にハインリヒ七世がフィレンツェを包囲した際には、防衛軍に加わったため、皇帝は反逆罪を言い渡した。したがって、ダンテがポッピ城に滞在し、忌まわしい思い出のあるウゴリーノ伯爵の娘であるゲラルデスカ夫人の秘書を務めたことは、不可解に思えるかもしれない。しかし、一三一一年一〇月に皇帝からグイーディ伯爵家に派遣された、皇帝の同郷人で協力者でもあったブトリント司教のドミニコ会神父ニッコロ・ダ・リグニーの報告によると、当時、グイーディ伯爵家の人々は全員が皇帝に忠誠を誓い、皇帝の戴冠式のためにローマまで同行するつもりだったという（一部の教皇派は結局、口約束で終わったが）。公然と皇帝の敵側につくというのは、当時のイタリアの領主なら誰でも冒したがらなかったリスクであり、バッティフォッレ伯爵といえども、当初はあまり危険ではない道を進む気でいたことは理解できる。皇帝の大義実現に熱意を燃やす有名な詩人にして弁論家を迎え入れ、雇うというのは、そうした状況を乗り切るための慎重な対応策だったといえるだろう。

だが、そうした慎重さはフィレンツェ政治の特質ではなかった。最初はいくらか揺れ動いたものの、フィレンツェは皇帝の要求に全力で抵抗することを決めた。体制を強化し、敵への支援を排除するために、一三一一年八月から九月にかけて恩赦が発令され、「真の教皇派」であることを条件に、投獄されたり追放されたりした者全員に、町に戻る権利が与えられた。この措置は、在職中のプリオーリの一人、バルド・ダグリオーネ判事の名前と結びついている。ダンテは『天国篇』第一六歌において、流入するよそ者だらけの町の中で「アグリオーネの田舎者の悪臭に／耐えねばならない」当世のフィレンツェ人に同情するカッチャグイーダの口を借りて、ダグリオーネを痛罵している。恩赦には、平民政府にとっては恐怖の的でしかなかった豪族の帰還を制限する規定が多く含まれていた。しかし、この措置の恩恵を受けられない受刑者のリストもあり、そこには家族全体や個人の名が数百も書き連ねられていた。ポルタ・サン・ピエーロ地区には、おおむね重要度の順に並べられたと思われるリストがあり、アディマーリ、アバーティ、チェルキ、マッチ、ポルティナーリから始まるが、真ん中あたりに「チョーネ・デル・ベッロとダンテ・アリギエーリの息子たち」が現れる。アリギエーリという姓を持たないベッロの従兄弟たちが、ダンテの親族として認識され続けていたことを確認するのは無駄ではないが、もっと大事なことは、彼ら全員が、政権にとって赦すべからざる仇敵とみなされていた点である。

ダンテはすぐれた予言者であり、予言はぴたりと当たった。一三一一年四月にクレモナを占領した後、皇帝は別の都市の反乱に直面するが、それは予言どおりブレッシャだった。新たな包囲戦が始まり、九月になってようやく降伏にこぎつける。一〇月末、皇帝はジェノヴァに向かうが、この地で妃が逝去。そして、すべてのフィレンツェ商人が町からの退去を命じられた。一三一二年三月、ハインリヒ七世は海路で、イタリアで最も忠誠心の強い都市、ピーサに到着した。ピーサ市民は「皇帝に都市の支配権を与え、多額の金銭を供与するが、それはまさに皇帝が必要としていたものだった」。ダンテは他の亡命者とともに皇帝に随行していた可能性が非常に高い。おそらく皇帝の秘書官たちにも協力していたのではないかと思われ、この時期に発令された文書には、いくつかの点で、ダンテがフィレンツェ市民や皇帝に宛てた公開書簡との共通点が見られる。

この数か月間にダンテがいた場所を最も具体的に示しているのは、ペトラルカが後年になってボッカッチョに宛てて書いた書簡であり、その内容はダンテが皇帝の宮廷にいたという仮説と矛盾しない。しかし、この文章の解釈にはかなり複雑な問題がともなう。手紙によれば、ダンテと知り合ったときペトラルカはまだ子供だった。祖父のパレンゾと父親のペトラッコ・ダッリンチーザは、ダンテと同じ日、同じ理由でフィレンツェを追われ、同じく流浪の身に置かれた。ダンテはペトラッコよりは年上、パレンゾよりは年下だった。亡命者の間ではよくあることだが、ダンテとペトラッコは趣味が合ったこともあって強い友情のきずなで結ばれたが、家族を養わなければならなかったペトラッコは亡命生活を捨て、公証人の家業に専念。一方のダンテは闘争を続けることになった。いくつか避けがたい事実の誤認はあるものの(ペトラッコが追放処分を受けたのは、ダンテの数か月後)、ペトラルカの記憶は公文書による裏づけがとれている。バルド・ダグリオーネの恩赦から除外された罪人のリストのポルタ・サン・ピエーロ地区の項目には、ダンテ家の人々の名のほとんどすぐあとに、「パレンゾ・ダッリンチーザの子供たち」、つまりペトラルカの父と伯父たちの名が挙げられている。ペトラルカはこうした思い出を「幼少期」のこととしているが、当時の「幼少期」とは「幼児期」に続くもので、七歳以降のこととされていた。フランチェスコが生まれたのは一三〇四年七月二〇日で、父は他の白派の人々と共にアレッツォにいたため、ダンテとの友情の時期はハインリヒ七世の遠征中の一三一一年七月二〇日以降と考えられる。

仕事柄、多忙なペトラッコはパドヴァと、彼のパトロンであるニッコロ・ダ・プラート枢機卿が暮らしていたアヴィニョンの間を頻繁に行き来しており、すでに物心がついていたペトラルカ少年がダンテの親友となるだけでなく、手紙の言葉を借りれば、ダンテがパレンゾやペトラッコと一緒に「過ごす」姿が思い描けるような時間はあまりない。ペトラルカは、別の手紙の中で、幼児期のほとんど、七歳を迎える手前まではインチーザで過ごしたが、八年目にピーサに転居、その後、一家でアヴィニョンに引っ越したと述べている。まさにこの一三一一年七月から一三一二年七月までの間に、ダンテも皇帝に同行してピーサにいたものと推察される（すでに見たとおり、皇帝がピーサに上陸したのは一三一二年三月）。しかし、子供時代を振り返る老人の記憶だけに頼って年代を画定するのは危険だろう。事実、ペトラルカは別の著作では、ピーサで人生の七年目を過ごしたが、「七歳のときに」（一三一一年七月の七歳の誕生日の直後のことだと思われる）そこから連れ出され、八歳を迎える前（つまり一三一二年七月以前）にアヴィニョンに到着したと述べている。さらに彼は、冬に船旅をし、ジェノヴァに滞在したとも記す。結局のところ、ピーサで人生の八年目を過ごしたと述べたのは、一三一一年のことだったのだろうか。ペトラッコ一家の船旅は（このできごとをよく覚えていたフランチェスコは、海はかなり荒れていて、難破の恐れがあったと言う）一三一一年から一三一二年の冬のできごとで、おそらくすでに転居していたピーサではなく、ジェノヴァから出発したのではないかと思われる。そして、祖父、父、子供のペトラルカが亡命者仲間と生活を共にし、友情を育んだのは、一三一一年の秋、ジェノヴァでのできごとであった可能性が高い。皇帝は一〇月末に到着しているので、この町にダンテがいたとしても何ら不思議はない。ただし、「なぜこの世から追い払われないのか」とまでダンテに願わしめたジェノヴァ人に対する偏見が、この滞在によって強まったかどうかは不明である。

ハインリヒ七世の遠征は、さらに二年ほど続いたが、その間のダンテの動静はわからないので、どの仮説も捨てがたい。武力で道を切り開いたハインリヒは、五月にローマ入りを果たしたが、町を占領することはできず、多くの地域はアンジュー家のロベルトとトスカーナの教皇派の兵士たちによって守られた。数か月におよぶ戦闘の後、ハインリヒは敵が占拠するサン・ピエトロ寺院での戴冠式を断念した。代わりに、一三一二年八月一日、ニッコロ・ダ・プラートを中心に、教皇クレメンス五世が派遣した枢機卿たちがラテラノの教会に集まり、皇帝への戴冠を行った。その後、ハインリヒは「破壊と放火」を繰り返しながら北上し、九月一九日にはフィレンツェの市壁近くのサン・サルヴィ修道院に陣を構えたため、町はパニックに陥った。ダンテは「その著作にも込めた考えに従い、そこにいることを望まなかった」とブルーニは記すが、ダンテは以前はむしろ好戦派だった。そのダンテでも、祖国を破滅に追いやる包囲網に加わる決心はつかなかった。実際、状況はまさにブルーニの指摘どおりで、一三一三年三月、亡命者の動静に常に目を光らせていたフィレンツェ政府は、ハインリヒの軍勢に身を投じたフィレンツェの亡命者たちのリストを作成することが必須と考えた。リストには四〇〇〇人以上の名が挙げられていたが、ダンテの名前はなかった。

ダンテがどこにいたかを知る手だてはないが、何をしていたかの推測を試みることはできる。彼は重要な政治論文である『帝政論』の執筆に没頭していた。教皇庁に不信感を抱く教皇派として、また、イタリア中を血で染める内紛に怖れおののく共和制国家の支持者として、ダンテは帝政こそが平和を保証する唯一の政体であると讃えた。この論考の中には、きわめて異例の自伝的記述があり、自由意志について論じる際に、「そのことはすでに『神曲』の中で触れているが」、とつけ加えた。『天国篇』のこの歌は明らかにもっと後に書かれたものなので、『帝政論』がハインリヒ七世の時代に書かれたはずがないと推論する研究者もいる。ダンテの作品全体の中でも異例で、当時の修辞学の規則にも反するこの補述は、ダンテが書いたものではなく、注釈者の一人が注解として記したものが、一人称に書き換えられ、誤って手稿の系譜の中に組み込まれてしまった可能性の方が大きい。いずれにしても、これほどの重要な文学的企てに挑む著者が、同時に『神曲』のような手慰みにも手を広げているわけであるから、それなりの時間は要したはずで、構想から文体の最終的な手直しまで、数年におよんだと考えてまちがいないだろう。『帝政論』の元となったアイデアと初稿の完成は、平和をもたらすためにイタリアにやってきた皇帝が、結局はすべての人と戦争をしていることを知った数年間にさかのぼる。ダンテは、彼自身の言葉を用いるなら、「王や諸侯が、自分たちの主であり、油を注がれた者であるローマの君主に敵対するという一点でのみ意見が一致しているのを見て」憤激した。

皇帝は万聖節までフィレンツェに留まったが、何の成果も得られなかった。そこで包囲を解き、その後の数か月間は村落を襲撃したり城を奪ったりして過ごしたが、騎士たちが死んだりドイツに戻ったりしたうえに、ピーサから提供された潤沢な資金も底をつき始め、先の見通しは悪くなる一方だった。しかし、彼は才智にたけた人物だった。もはやここまでと思われたとき、シチリア王フェデリーコ三世と同盟を結んだことで、皇帝の支持者たちの活力と熱意は息を吹き返した。同盟の目的は、教皇派の有力なパトロンである宿敵アンジュー家のロベルト一世を倒し、ナポリ王国を征服することにあった。シチリア人が提供した資金によって皇帝が借金の返済をしたため、ピーサ人はふたたび財布の紐をゆるめた。そして、皇帝に支払能力があることが知られると、ドイツやイタリアから兵士たちが馳せ参じた。一三一三年八月五日、彼は騎士四〇〇〇人からなる大軍を引き連れてピーサを出発し、フェデリーコはカラブリアに上陸した。期待はいやがうえにも高まった。ヴィッラーニによれば、「賢人」たちは皆、「これほどの大事業を企てた勇猛果敢な君主であれば、王国に打ち勝ち、ロベルト王から奪い取る」のは当然のことと考えていた。アンジュー家の「毒草」をイタリアから根絶やしにし、イタリア半島の運命を一変させるはずの大勝利を待ち望んでいた賢人たちの中には、まちがいなくダンテもいた。だが、皇帝は病に倒れる（毒を盛られたのだともいう）。それでもなおハインリヒは、支持者たちを失望させないために、病をおして進軍を開始するが、遠征中に病状はさらに悪化。一三一三年八月二四日、シエナ近郊のブォンコンヴェントで息を引き取った。

20 他人のパン

ボッカッチョが伝える話はこうである。ハインリヒ七世の死後、ダンテは他の皇帝の支持者たちと同様、絶望し、フィレンツェ帰還の夢を捨て、ロマーニャ地方に逃れた。そのことを知ったラヴェンナの領主グイード・ノヴェッロ・ダ・ポレンタが彼を歓待し、ダンテは喜んでそれを受け入れた。一三一四年三月三〇日付の俗語の手紙は、グイード・ノヴェッロの代理としてヴェネツィア使節を務めたダンテが書いたとされるもので、この話を裏づけているようにみえる。ダンテは総督（ドージェ）のジョヴァンニ・ソランツォの前でラテン語の演説をしたが、誰も理解してくれなかったため、すぐに俗語に切り替えなければならなかったことを皮肉っている。だが、一五四七年にフィレンツェの文学者アントン・フランチェスコ・ドーニによって出版されたこの手紙は、フィレンツェとヴェネツィアの人文主義者の対立関係を反映した、まったくの偽書である。さらにボッカッチョは、グイード・ノヴェッロに受け入れられ、丁重にもてなされたダンテは、死ぬまでそこにいたと主張しているが、これもまちがいである。ボッカッチョはダンテがラヴェンナで死んだことを知りながら、不思議なことに、それ以前にいた場所の情報を持たなかったため、最初からラヴェンナ（ロマーニャ地方）に行ったと決め込むことで知識の空白を埋めたのである。この情報に根拠がない理由としては、当時、ダ・ポレンタ家によるラヴェンナ統治にグイードが果たした役割はまだ副次的なもので、実権は伯父が握っていたことも挙げられる。

その間にも、さらなる突然の死がキリスト教世界の政治情勢を変えていた。一三一四年四月二〇日、クレメンス五世が、しばらく前から教皇庁が置かれていたカルパントラで亡くなり、一〇日以内に後継者を選出するコンクラーベが開かれることになった。いまや公的発言を行うことに慣れたダンテは、イタリアの枢機卿たちに向けて、きわめて厳しい文面の公開書簡を送った。その中でダンテは、ローマ教皇に見捨てられたローマを、預言者エレミアの哀歌の一節で歌われた、「寡婦のごとくになり」、荒れ果てたエルサレムになぞらえている。ダンテが大切にしてきた一節である。ベアトリーチェの死後のフィレンツェの荒廃ぶりを表すために、『新生』の中でも二度引用されたが、ここでは政治的大義の主張のために用いられている。ダンテは亡きクレメンス五世を嫌い、『地獄篇』においても「法を守らぬ羊飼い」（第一九歌八四行）と断じているが、ハインリヒを支持したことで少しは見直していたのかもしれない。しかし、『天国篇』第一七歌の予言どおり（「ガスコーニュ人が気高いハインリヒを裏切る前に」）、クレメンス五世（ガスコーニュ人）はためらうことなく皇帝の信頼を裏切った。ダンテは憤慨し、外国人クレメンスの出自をさげすんだが、怒りの矛先は九年前に彼を教皇に選んだイタリアの枢機卿たちにもおよんだ。彼らが犯した罪の大きさをつぐなうには、「キリストの花嫁のために、花嫁の住まいであるローマのために、そして我らのイタリアのために」すでに始まっている戦いに勇猛果敢に臨むしかないと警告した。一三一四年七月二四日、クレメンス五世の甥がコンクラーベの席に乱入し、イタリアの枢機卿たちを武力で追い出したため、議事が中断されたという知らせが伝えられたときの、ダンテの心中は想像にかたくない。

この時点でダンテが、ボッカッチョが主張するように、皇帝側の敗北を受けてフィレンツェ帰還をあきらめていたかどうかはさだかでない。というのも、ハインリヒ七世が亡くなったにもかかわらず、黒派が支配するフィレンツェはかなり不安定な状態が続いていたからである。ピーサの人々は皇帝の死に打撃を受け、同盟相手のフェデリーコ三世にも見捨てられはしたが（一時はピーサに滞在したが、シチリアに戻った）、戦争を続ける決意を固め、ドイツ、ブラバント、フランドルの騎士一〇〇〇人をどうにか雇い続けた。この大遠征が残していったもう一人の人物、ジェノヴァでハインリヒ七世の代理を務めていたウグッチョーネ・デッラ・ファッジョーラがピーサの統治を引き受けた。「その後、そこに残ったドイツ人騎士の従者たちとともに、トスカーナで大きな功績をあげた」ことをヴィッラーニは認め、この強敵にふさわしい栄誉を与えている。対するフィレンツェは、五年間、ロベルト王に町の統治権を委ねた。これは都市国家が非常事態に際して常に想定していた措置ではあるが、都市がこうもたやすく独立を手放し、王の保護に身を委ねるというのは、私たちから見ると驚くべきことかもしれない。「これがフィレンツェ人の逃げ場だった」と年代記作家はそっけなく評した。

しかし、本当の逃げ場となるには時間を要した。短期的には、ウグッチョーネ指揮下のピーサ軍とドイツ軍が、フィレンツェの人々の心胆を寒からしめた。一三一四年六月、両軍はルッカを占領し、掠奪を行った。その中には、ローマ教会の財宝も含まれていた。ローマ教皇クレメンス五世がフランスに持ち去るつもりだったそれらの財宝は、ピーサとジェノヴァが制海権を持つ海路が不確実だったために、サン・フレディアーノ修道院長の管理下でルッカに残されていたものだった。「勝利の興奮がさめやらぬなか」、ウグッチョーネは軍を引き連れ、ピストイアからマレンマまで、トスカーナ全域に攻め込み、次々と城を包囲し、落としていった。かくして、一三一五年五月、フィレンツェ政府は、聖ヨハネの日の六月二四日までに出頭したすべての亡命者に新たに恩赦を与えることを約束したのである。友人たちはフィレンツェからダンテに手紙を書いてその旨を知らせ、条件を説明した。ダンテはそのうちの一人に宛てて、愛情のこもった、しかし、条件を呑むつもりはないことを伝える手紙を出した。恩赦を得るには、罰金を払い、屈辱的な手続きを踏まなければならなかった。その手続きとは、象徴的なものとはいえ、いったん市の監獄に入ってから、そこを出た後、洗礼堂の中で改悛者として町の守護聖人［聖ヨハネ］に引き渡されるというものだった。それは自分が得ている名誉や名声とは相容れない仕打ちだというのが、ダンテの言い分である。友人が誰であったかはわからないが、手紙の中で「わが父」と呼び掛けていることから、権威ある人物、おそらく聖職者であったと思われる。その人物に対してダンテは、他にも多くの友人たちが手紙を書いてくれており、その中には甥もいると述べている。甥と呼べる人物の候補に挙げられるのは、サンタ・クローチェ教会のフランシスコ会修道士でターナの息子のベルナルド・リッコマンニ、別の姉妹の息子であるアンドレア・ディ・レオーネ・ポッジ、さらにはジェンマの兄弟フォレジーノ・ドナーティの息子で、後世の資料によるとおばや従兄弟たちと非常に親しかったニッコロらである。

ダンテが言う名声に関する確証については、『神曲』の執筆と出版の時期ははっきりしないものの、当時すでに「執筆中」の作品について知る者、最初の方の歌を読んでいた者がいたことは言っておく必要がある。最も早く記述がみられるのは、ダンテと同い年で、ダンテ同様、フィレンツェからの亡命者だったフランチェスコ・ダ・バルベリーノの手稿である。彼は一三一四年後半、ウェルギリウスの故郷であるマントヴァに滞在中、『神曲』と呼ばれる著作の中でダンテがこの古代ローマの詩人を讃えていると述べ、『神曲』には地獄を始め、多くのことが書かれているとも記している。ダンテ研究者の中には、ハインリヒ七世が亡くなる以前に、すでに『地獄篇』だけでなく『煉獄篇』も完成・

出版され、たちまち話題を集めていたと主張する者もいる。それについては異論もあるが、一三一六年末までに翻訳されたシエナのチャンポロ・デリ・ウグルジェーリやフィレンツェの公証人アンドレア・ランチャによる『アエネイス』のトスカーナ方言版には、『煉獄篇』の詩行がそっくり含まれているため、『煉獄篇』は年内には出版されていたにちがいない。この詩の成功は、ダンテにとって大きな自信となったにちがいなく、『天国篇』第二五歌においては、文学的な名声の力でいつの日かフィレンツェに戻り、聖ヨハネの洗礼堂で栄冠を手にすることを願っている。

この聖なる詩、
天と地の手を借りつつ、
それゆえに、長年、骨身を削って仕上げたこの詩が、
祖国に戦さを招いたうえに、
子羊のごとき無垢な心で安らいでいたあの美しい羊小屋から
私を締め出した狼どもの残忍さに打ち勝つなら、
声も髪も、昔日の面影はないものの、
詩人として私はそこに立ち戻り、
わが洗礼堂の泉の前で、冠を授かることになるだろう。

この詩行を、フィレンツェ帰還と引き替えに、聖ヨハネの洗礼堂で改悛者としての身をさらすという腹黒い申し出をあてこすった皮肉と読み解かずにいることはむずかしい。

恩赦の申し出を拒絶した直後、ダンテは故国を呪う予言が現実のものとなりつつあるような気持になったにちがいない。というのも、一三一五年の夏、おびえるフィレンツェ人の動揺の中（後年のジョヴァンニ・ヴィッラーニの記憶にもなお新しい）、「ドイツ軍の力でもって、ピーサとルッカの領主となり、トスカーナ全体を制圧したウグィッチョーネ・ダ・ファッジョーラ」は、モンテカティーニを包囲した。対するフィレンツェ市民は、ロベルト王の弟のタラント公フィリッポ一世の指揮のもと、三二〇〇人の騎士からなる強大な軍隊を編成してモンテカティーニに進軍したが、一三一五年八月二九日、ウグッチョーネの前に歴史的大惨敗を喫した。政権が崩壊してもおかしくないほどの敗北であり、ダンテがそれを期待していたとしても不思議ではないが、平民と黒派の政権は持ちこたえた。春に発令された恩赦は一〇月に期限を迎え、一一月六日、ダンテとその息子たちは、出頭しなかったことを理由に死刑を言い渡された「皇帝派と反逆者」からなる追放者の長いリストの中に加えられた。その頃、『煉獄篇』を書き終えようとしていたダンテは、夫や息子や兄弟をモンテカティーニの戦いで失ったフィレンツェの女たちの叫び声を、フォレーゼ・ドナーティの口を借りて、悲痛な満足感とともに思い起こすことしかできなかった。

それにしても、当時のダンテはどこにいて、どのような生活をしていたのだろうか。ハインリヒ七世の死後の数年間は、最も深い闇に包まれている時期である。すでに見たとおり、ボッカッチョは、ダンテがすでにラヴェンナにいて、死ぬまでそこにとどまっていたと考えたが、それは誤りである。なぜなら、『天国篇』の中でカッチャグイーダがダンテに向かって、カングランデの寛大さの恩恵を受けることになるだろうと予言しているのは、明らかにヴェローナ滞在のことを指しており、となればそれは、兄のアルボイーノが死に、カングランデがヴェローナの単独領主となった一三一一年一一月二九日以降のはずだからである。フィリッポ・ヴィッラーニはそのことをよくわかっていたにちがいない。一四八〇年代に書かれたダンテの短い伝記の中では、ボッカッチョの主張をただ引き写しただけのヴィッラーニだが、次の一〇年間に『神曲』の注釈を書いたときには、ダンテはルニジャーナとカセンティーノに滞在した後、ヴェローナに移り、そこでの四年間に多くの仕事をしてから、ラヴェンナでグイード・ノヴェッロの歓待を受けたと説明している。

ダンテの人生のこの不明期に興味を持った学者たちの間で、近年、新たな仮説が浮上してきた。この仮説は、直接の裏づけとなる資料はないが、それなりの説得力をもっている。すなわち、ハインリヒ七世の従者としてピーサに到着したダンテは、その後もウグッチョーネ・デッラ・ファッジョーラの庇護のもと、ピーサに留まったのではないかというものである。「ウゴリーノ伯爵の歌」を書いたときのダンテは、アルノ川で溺れさせたいと思ったほどピーサ人を憎んでいたが、彼らの町は、フィレンツェ政府の宿敵としては最も安全な場所だったのである。ほぼ完璧な四辺形の城壁に囲まれ、船着き場や港湾施設が立ち並ぶアルノ川が横切り、未完成のままの壮麗な大聖堂や塔などの建物に守られたそこは、フィレンツェと肩を並べる大都会であり、新しい市庁舎や裕福な商人たちの城館の建設現場が川沿いに広がるこの町に、ダンテは数年間は滞在して、おそらく『帝政論』の執筆を終えたのではないか。

近くに住むマラスピーナ家への滞在をおそらく交互に行いながら、ピーサでの生活を引き延ばしていたのではないかというこの発想と対照的なのが、定期的に持ち出されるもう一つの仮説である。それによれば、ダンテはかなり早い時期にヴェローナに向かい、フィリッポ・ヴィッラーニが主張する四年間よりも長くカングランデ家に寄宿したことになる。最近、パオロ・ペッレグリーニは、一三一二年八月にハインリヒ七世宛てに出されたヴェローナの領主からの手紙の下書きにダンテの筆跡を認め、皇帝に同行しないと決めてからダンテはずっとヴェローナにいたにちがいないと推論している。それが事実なら、一三一二年から一三一六年の間にダンテが他の場所にいたという仮説は、皇帝の従者としてピーサにいたとする仮説も含めて、すべて「一挙に」崩れ去ることになる。はたしてそれは本当なのか。ペッレグリーニは、ピーサ長期滞在説は基本的に「ピーサ大学を中心とする学派」によって支持されていると述べているが、ヴェローナでの長期円満滞在説を唱えるペッレグリーニが、ヴェローナ大学で教鞭をとっている点を指摘しても、べつだん悪意があるわけではない。

実際のところ、誰もが当たり前のように思っているカングランデ・デッラ・スカーラの宮廷での滞在だが、繰り返すが、カッチャグイーダの予言に照らし合わせると否定できないように見えるものの、根拠となるような記録はほとんどない。議論の的となるのは、いわゆる「カングランデ宛書簡」の証拠である。一〇ページ以上にわたって印刷された、長くて非常に学術的なこの文章は、実際には『神曲』、特に『天国篇』第一歌の序文である。ダンテ学者の中でも真贋の評価が分かれている、正直、いささかありきたりなこのテキストの中でダンテは、ヴェローナとヴィチェンツァにおける皇帝代理である「偉大にして、栄えある主、カングランデ・デッラ・スカーラ」に向けて、世界中に広まっている自分の名声がふさわしいものかどうかを確かめるためにヴェローナに来たかったのだと述べている。そして、自分の目で名声のほどを確かめ、その恩恵を得ることができたので、カングランデに対して忠誠と友愛を誓い、自分の作品の最高峰を彼に捧げることにした、それが『天国篇』であると続ける。この手紙の信憑性に関する疑念は数多いが、一つだけ取りあげておく。文学作品を書き終え、公刊したときには、誰かに献呈することが当時の慣わしだった。したがって、この手紙は（本物であればだが）、『神曲』の完成後に書かれたはずである。しかし、ダンテが『天国篇』の最後の歌を書いたとき、ダンテはもはやヴェローナにはおらず、ラヴェンナの別の領主、グイード・ダ・ポレンタのもとで歓待を受けていたことがわかっている。

マルコ・サンタガタは、ダンテがカングランデとデッラ・スカーラ家について言及する際にはいつも――疑作であろうが、真作であろうが――おもねりの響きが聴き取れることを正しく指摘している。この手紙においてもダンテは――あるいはダンテのふりをした誰かは――昔からカングランデの名声は過大評価されていると思っていたと打ち明ける。うしろめたさがにじみ出たこの言い訳で思い出されるのは、この数年前、『煉獄篇』において、ダンテがカングランデの父アルベルトに対して、体にも暮らしぶりにも問題があった自分の庶子をサン・ゼーノの修道院長に任命したことを咎めるという、かなり無礼な態度に出た一件である。初期の注釈者たちは、この非難を通じてダンテは、強力な保護者の怒りを買うこともいとわず、毅然として、自立した判断をくだしたと見ているが、この詩を書いた時点では、ダンテはまだヴェローナにはおらず、自分がほどなくカングランデに支援を求める身になるとは予期していなかった可能性の方がはるかに高い（ましてや、倫理優先の一部の論者のように、「自分は悪名高い修道院長の任命に関与していないと明言していた」などと考えるのは、一三二一年にはカングランデ自身、自分の庶子をサン・ゼーノの修道院長に任命していることからみても、なおさらありそうにない）。そもそも教会の資産管理は純然たる政治問題であり、その種の忖度が入り込む余地はなかった）。

ダンテがこの詩によってデッラ・スカーラ家の保護をふいにするのを恐れたと推測する手がかりは、ダンテの追放、「偉大なるロンバルディア人」の礼節、カングランデの歓待を予言した後のカッチャグイーダに対する奇妙な返事にある。ダンテは厳しい時代の訪れを感じ取っており、自分が書くものには注意しなければならないと語る。

最も大切な場所が私から奪われた場合であっても、
私の詩のせいで他の逃げ場も失うことがないようにいたします。

ようするに彼は、率直すぎる自分の詩のせいで、安全な港に逃げ込めなくなることを心配しているのだ。それに対してカッチャグイーダは、誤解を受けることを恐れず真実を話すようにと熱弁をふるう。この訴えの中に、ダンテの過去の書き物がまさに「強い苦味」を持つことになるかもしれないヴェローナの状況に対するダンテの苦しい弁明を読み取った研究者は一人ではない。カッチャグイーダの予言におけるカングランデの激賞ぶりは、明らかにこうした過去の過ちを取り繕う狙いがあった。また、その直後に、ダンテが「あとで赦免するためにだけ書く」アヴィニョンの教皇、すべての聖人の中で、フィオリーノ金貨に描かれた聖人、洗礼者ヨハネにしか興味を示さないヨハネス二二世に対して、特段の理由もなく、激しい悪態をついたのは偶然ではない。個人的にはダンテに害をおよぼしたわけではない教皇だが、一三一八年四月六日にカングランデを破門したのである。

カングランデ宛ての手紙の中で（ダンテの真筆であればだが）、貧しくて著述を完成させる時間がない、しかるべき援助が得られれば完成できると明言している以上、ダンテがすでにグイード・ダ・ポレンタの食客としてラヴェンナに滞在していた頃に書かれた手紙だとするのは違和感があるが、ヴェローナで書かれたものだとしたら、少なからず不自然である。一四世紀半ばから現在の形で広まっているこの手紙には、彼がカングランデの宮廷に到着する以前に書かれた手紙の原本の一部が含まれていると考えれば、ずっと理解しやすくなる。ダンテにしてみれば最も屈辱的な行為である、権力者の恩恵にすがる努力がなされたのが、まさに経済の大混迷期だったことを強調するのは、的外れなことだろうか。実際、一三一一年のイタリアでの悪天候と飢餓に始まり、一三一五年から一三一七年にかけてのヨーロッパの大飢饉へと至るこの時期に、中世の長い繁栄のサイクルは終止符が打たれた。いずれにしても、この時期に歓待や経済的支援を得ることはますます難しくなっていただろうという点は指摘しておきたい。そして、ダンテのヴェローナ滞在の始まりも終わりも、はっきりとはわからないのが現状である。たしかに、ダンテ作とみられる小論『水陸論』があり、これは一三二〇年一月二〇日にヴェローナの聖職者たちの前で繰り広げられた、当時の知識人たちが好んだ種類の宇宙論論争の最後に行われた彼の演説を書き起こしたものとされている。ダンテのヴェローナ滞在について日付を挙げて触れているのはこの文章だけだが、その真偽のほどはさだかではない。いずれにしても、すでに他の場所に住まいを移した後で、ヴェローナにふたたび立ち寄った可能性も捨てきれない。ちなみに、ダンテ学者たちは、当時の人々も、現代人同様、多少の不便さを忍んでも頻繁に転居をしたという事実をなかなか認めようとしない。

ダンテがヴェローナに滞在したことの重要性は、彼の死後も息子たちがヴェローナと密接な関係を保っていたことからもうかがえる。一三二六年、フィレンツェに戻ったヤーコポに対して、フィエーゾレの司教が剃髪式を行い、聖職者として受け入れた。といっても司祭になったわけではなく、後年には結婚の約束を破り、大問題を引き起こすのであるが、それでもヤーコポは、七つの教会の資産を有するヴェローナ教区の司教座聖堂参事会員の資格を割り当てられた。そして、それらの資産を賃貸しすることで、年六〇リラの収入を得た。一方、ピエーロは一三二〇年から一三二一年にかけてラヴェンナに聖職録を持っており、彼もまた聖職者だったが、法律を学ぶことを決意した。一三三二年に法学部を卒業し、ヴェローナの判事となったピエーロは、その後三〇年以上にわたって裕福で尊敬される生活を送ることになる。参事会員の資格の取得も判事としての雇用も、領主の支持がなければきわめて困難だった。一三二九年にカングランデが亡くなると、その甥のアルベルトとマスティーノが後を継いで領主となる。ダンテは最初はとまどっていたが、彼らとも永続的な関係を築いていたことは明らかである。

それならばなぜ、ダンテは結局ヴェローナを離れたのだろうか。デッラ・スカーラ家の宮廷での自分の立場が揺らいできたことを、ある時点で悟ったのかもしれない。当時の人々は、「宮廷人」、あるいは皮肉を込めて「宮廷騎士」と呼ばれる人物に慣れ親しんでいた。半分はエンターテイナー、半分は居候、社会的な格は上だったとはいえ、宮廷道化師とさほど変わらない存在だった。王侯や権力者の費えで生活し、楽しい話相手として迎えられた。冗談やゴシップの種に事欠かず、秘密の任務が与えられることもあった。『神曲』にも何人か、そうした人物が登場する。最初の人物は、『地獄篇』第六歌でダンテが出会ったチャッコだが、彼は他の人物よりも高い地位にある変わり種の「宮廷人」だった。ボッカッチョは「根っからの宮廷人ではなかった」と述べているが、自分の懐具合以上の美食を愛する人間だったので、贅沢な生活に慣れた貴族たちの家に頻繁に出入りしていた。「宴席に呼ばれれば馳せ参じ、呼ばれなければ自分で自分に振る舞った」。しゃれた会話に長けていたので、どこでも歓迎された。ようするに、宮廷人とはまず何より同席する客をもてなす術をわきまえ、他人の金で飲み食いする人間である。チャッコは自分の稼ぎでも生活できた男であり、プロの宮廷人ではなかったとボッカッチョはつけ加えるが、一四世紀の注釈者のオッティモは、そうした機微を理解せず、

「宮廷人、つまりは道化師だった」と切り捨てている。

　次に登場するのは、『地獄篇』第一六歌で、当節のフィレンツェで徳や礼儀がすたれたことを嘆くグリエルモ・ボルシエーレ。ボッカッチョは彼について、「宮廷騎士で、風采がよく、礼儀正しい人物だった。豪族と貴族の間の和平の仲立ちをし、結婚や友誼を取り持つことが、彼の仕事であり、その仲間の務めであった」と述べている。和平の仲立ちといえば思い起こされるものがあるが、それはまた後述する。その前に、『神曲』最後の「宮廷人」として紹介するのが、マルコ・ロンバルドである。『煉獄篇』第一六歌でロンバルドとの出会いを思い描いたダンテは、彼を高尚な会話へと誘い、尊敬と親愛の念を示す（「おお、わがマルコよ」）。彼はいったい何者なのか。詳しくはわかっていないが、彼の名は伝説となっている。ダンテの青年時代と同時期に書かれた『説話集（ノヴェッリーノ）』の主人公として登場するマルコ・ロンバルドは、「同業者の誰よりも賢い宮廷人」と評され、貧しくとも、人にすがることを恥じる気概が強調されている。ヴィッラーニは、彼のことを「賢く勇敢な宮廷人」と形容し、彼が倒れる直前にピーサでウゴリーノ伯爵に予言した恐ろしい返事を書き記している（富を誇示する伯爵の贅沢な饗宴の席で、ロンバルドはここには神の怒り以外何物も残るまいと答えたと伝えられる）。マルコがパリに住んでいたこと、生活に窮する前、「財産があった頃は、武勇と礼儀で名高かった」こと、他に手だてがないときは権力者に頼ったが、常に自分の名誉を重んじた（「自分よりも大きなものに頼っても、名誉ある人生を送った」）ことなど、オッティモが伝える情報はさらに詳しい。

　読者も気づかれたであろうが、ダンテの境遇との類似性は明らかである。自活できなくなったときに「自分よりも大きなものに頼った」こと、武具や馬などの必需品まで得られなくなった耐えがたい貧困、人にすがることへの羞恥心（ダンテが「偉大なるロンバルディア人」について言ったことを思い出す。「彼の望みをすべて先まわりして察してくれた」)、一三〇六年にルニジャーナでダンテがしたように、権力者に雇われて和平交渉をしたことなど、類似点はさまざまである。パリに旅したことまで共通している。ここには、自分もまた「宮廷騎士」と変わらない人間になり果てたことに気づいて愕然とするダンテの姿が見え隠れする。そして、マルコ・ロンバルドとグリエルモ・ボルシエーレの二人を徳と礼儀の手本に仕立て、たとえ他人の食卓についても、彼らの人生は名誉あるものだったと讃えることで、自分自身を慰めている。だが、結局そうやって、うわべを取りつくろうことには無理があったのかもしれない。ペトラルカが伝える、ダンテとカングランデとの間の緊張をはらんだ応酬の逸話からは――誤伝ではあろうが――ダンテの境遇に伏在する屈辱的な側面が浮かび上がる。つまり、宮廷に居着いた食客という存在は、権力者たちに面白がられて飼われるだけの「宮廷人」になりさがる恐れがつねにあるのだ。

一四世紀後半にペトラルカは、ダンテは当時の気短な君主たちを怒らせかねない高慢な言葉づかいで、自由気ままに発言していたと述べている。たしかにペトラルカの時代には、都市の支配者たちがその地位を完全に固めて実質的な君主国となっており、領主の周りには追従を言うリゴレットのような廷臣たちが侍っていた。人は過去を美化しがちではあるが、少なくともペトラルカには昔はそうではなかったと感じられた。おそらく、そのとおりではあっただろう。というのも、ダンテの時代の領主たちは、自身の権力の正統性や神聖性に対してさほど幻想は抱いてはおらず、むしろ都市社会の同意の上に成り立っているという意識の方が強かったはずだからである。そうしたなかで、カングランデに迎えられたダンテは、最初は大歓迎されたが、だんだんと飽きられていった。ある日、一人の道化師(ペトラルカは「デメンス」、すなわち「狂人」と呼ぶが、宮廷道化師を英語に訳すなら、「フール」の方が近いだろう）が卑猥な冗談で皆を楽しませていたが、不興げなダンテの様子に気づいたカングランデは、彼をからかってみたくなった。道化師は皆に好かれるのに、どうして賢者はそうではないのか。ダンテの返事はこうだったと伝えられている。「人は自分と似た人間を好むからです」。じつはこの警句は言い古されたもので、前世紀には広く知られており、マルコ・ロンバルドの言葉だとも言われている。「フィレンツェの逸名氏（アノニモ・フィオレンティーノ）」の注釈によれば、ロンバルドがこの警句を口にしたのは、ヴェローナのデッラ・スカーラ家の宮廷で催された饗宴からの帰り道であったという。こうした逸話にダンテの姿を重ね合わせてみたくなるのも、実際、最晩年の彼がこうした生き方に近づいていた証しではなかろうか。

21 ラヴェンナ

カングランデ宛ての手紙は、その真贋や、評価の仕方によっても違ってくるが、ダンテがヴェローナで期待していた歓迎への期待感や、すでに受けていた恩恵への感謝の思いを表現したものか、さもなければ、悪化した関係を修復しようとして失敗した経緯を語ったものなのか、解釈が分かれる。最新の注釈者の見解は後者であり、彼はこの文面の中に、亡命者を取り巻く、悪意ある中傷者たちに向けてのきわめて強い反感を読み取り、ダンテはヴェローナ滞在の最後の時期にはもはやカングランデの寵愛を受けておらず、物質的に困窮をきわめ、「緊急事態」にまで陥っていたと考える。

ある時点でダンテがヴェローナを離れる原因となった不安材料については、一〇〇年前にある学者が提出し、現在ではほとんど省みられない見解を改めて取りあげる価値があるかもしれない。それは、一三一八年から一三一九年の間、教皇ヨハネス二二世が、カングランデが皇帝の代理者の称号を放棄するまで、デッラ・スカーラ家のすべての財産に対して聖務禁止令を出していたという事態である。問題は、ダンテがこのアヴィニョンの教皇が科した破門や聖務禁止令を尊重していたかどうかではないし、実際、重視していなかったことはわかっている。この聖務禁止令がヴェローナで完全に適用された場合、すべての宗教活動の停止を意味した。では、実態はどうだったのか。カングランデの死後、大聖堂の修道士たちは、禁教令を厳格（アド・ウングエム）に守り、重大な危機を招いたと告白したが、ヴェローナの他の聖職者たちは遵守していなかった。後述するように、すでに白髪となり、自分の老いを自覚していたダンテは、秘跡が受けられるかどうかも定かではないような町に住みたいとは思わなくなり、折りあらば別の町に移ろうと考えていたのかもしれない。たしかなことは、ある時点でデッラ・スカーラの宮廷を離れ、ラヴェンナの領主で教会の忠実な信徒でもあるグイード・ノヴェッロ・ダ・ポレンタの招きに応じて、彼のもとに身を寄せたことである。

ダンテより少し若いグイードは、ロマーニャ地方ベルティノーロ近郊のポレンタ城の領主の子孫で、長年ロマーニャの都市国家に支配権をおよぼしていたアペニン山脈の有力な軍人貴族に属していた。彼はラヴェンナ市の評議員やサピエンテス、レッジョやチェゼーナのカピターノ・デル・ポポロやポデスタとして政治経験を積んでいたが、一三一六年に伯父から終身ポデスタの地位を相続し、名実ともにラヴェンナの領主となった。今日の歴史家たちは、当時の領主権はまだ都市国家に由来し、人々の同意の上に立つものとみなされ、共和政体との組織的な交流を前提としていた点を強調する傾向がある。しかし、当時の人々は、その一方で、領主権を新たな懸念材料とみていた。ダンテ自身も、その数年前に『地獄篇』第二七歌を書いたとき、グイード・ダ・モンテフェルトロを相手に、ロマーニャの都市の状況を厳しい口調で語っていた。その国では、一人の人間が支配する僭主政治が、ほとんど至るところで自由を踏みにじっていたとダンテは記す。武力で権力を拡大することに慣れた僭主に支配されたロマーニャは、平和とは何かを忘れていた（「おまえの祖国のロマーニャでは、昔も今も／僭主たちの心の中で戦争が途絶えたことはなかった」）。そして、僭主に支配された都市の中で、ダンテが最初に思い浮かべたのは、まさにダ・ポレンタ家のラヴェンナであり、そこでは昔から貴族の支配が定着していた（「ラヴェンナの町は昔と変わらず／ダ・ポレンタの鷲が温めている」）。その後、『煉獄篇』

第一四歌において、ダンテはふたたびロマーニャの現状を慨嘆し、その貴族たちを非難した。そして、「愛の心と礼節」をわきまえた家系がすべて絶えてしまったため、嘆きの種としてラヴェンナに触れることしかできなかった。グイード・ダ・ポレンタの招きを受けたとき、ダンテはそうした詩行を思い起こし、複雑な思いにかられたかもしれない。だが、ラヴェンナの今度の領主は自ら詩もたしなみ、彼が作った詩のいくつかは今日まで伝わっている。自分の町や一族が登場するダンテの歌を、詩人として鑑賞したのかもしれない。実際、『地獄篇』第五歌には、グイードが幼い頃に夫に殺された伯母フランチェスカが主人公として登場している。

それでは、当時のラヴェンナはどんな町だったのか。まず第一に、イタリアで最も裕福な大司教の一人が住み、サン・ヴィターレやサン・アポッリナーレ・イン・クラッセのような非常に裕福な大修道院がある、強大な宗教都市だった。その大司教とは、ミラノ出身のリナルド・ダ・コンコレッツォである。彼は当時、ボニファティウス八世の有力な協力者だったが、彼がロマーニャの主任司祭であったときに、ボニファティウス八世の代わりに殺されそうになったことがある。正確には、一三〇二年九月一日にフォルリでオルデラッフィが起こした暴動で襲われ、瀕死の重傷を負ったのだが、それはダンテや白派の支持者たちが町にいたのとほぼ同時期だった。その後、イタリアで行われたテンプル騎士団の裁判では見事な手腕を発揮し、拷問によるものだとして彼らの自白の無効を宣言、無罪を言い渡した。しかし、その大司教も高齢となり、町で見かけることはほとんどなくなっていた。権力者として登りつめた聖職者の例にもれず、彼もまた、都市政府や領主の統制下に置かれた町で暮らすよりもアルジェンタの城に住むことを好み、一三二一年八月一八日、ダンテが亡くなる数週間前にその城で息を引き取った。

一方、ラヴェンナは商業の中心地としても栄えていた。牧草地やブドウ畑が広がる内陸地でありながら、海にも近く、塩田や養殖場に囲まれていたため、町は相当な関税収入に恵まれていた。塩、魚、ワインの輸出を中心とした流通は主にヴェネツィアの商人が握り、通貨もヴェネツィアのものが用いられたが、金が流通する場所の例にもれず、水と陸に挟まれたこの町には、フィレンツェの実業家たちも集まり、交易、教会財産の管理、貸金業などで財をなした。そういうわけで、この町のことは、ダヌンツィオが名づけたような「死都」というイメージで捉えるべきではない。ダンテの時代のラヴェンナは、外国人で賑わう活気あふれる都市だったのである。

したがって、ラヴェンナに到着するや、ダンテがたちまち親密な人間関係のネットワークを築きあげたのもうなずける。それは彼が滞在した他の町でも同様だったかもしれないが、ラヴェンナの場合は、『牧歌』のおかげでより多くのことがわかっている。この時期、ダンテは、息子の名をヴィルジリオ［ウェルギリウスのイタリア語名］にするほどの熱烈なウェルギリウス崇拝者だったボローニャの人文主義者ジョヴァンニ・デル・ヴィルジリオ（またはイル・ヴィルジリアーノ）との間で、ラテン語詩の文通を続けていたのである。それらの詩は、フィレンツェ追放後、いつどこで書かれたのかを正確に知ることができる唯一のダンテ作品である。ある意味では書簡集であり、あらゆる意味において文学作品である。ボッカッチョが筆写した、ジョヴァンニによる二つのテキストと、ダンテが返信した二つのテキスト、計四つのテキストが同じラウレンツィアーナ二九番写本八に、イラーロ修道士の手紙と共に収められている。ボッカッチョがジョヴァンニやダンテの友人から集めた情報や、時事問題への言及からすると、第一、第二のテキストは一三一九年から一三二〇年の冬、第三のテキストは一三二〇年の春から夏、第四のテキストは一三二一年の夏に作られたと考えられる。

この手紙は、ジョヴァンニが、ダンテに俗語ではなくラテン語だけで書くように説得を試みるところから始まる（いかにも人文主義者らしい鈍感さ、頑迷さのあらわれとしか私たちには思われないが）。志高いジョヴァンニは、当時の大事件を歴史に刻むようなテーマで叙事詩に取り組むことをダンテに提案する。曖昧模糊として要領をえない彼の言葉の解読を試みるなら、ハインリヒ七世の功績、モンテカティーニの戦いでのウグッチョーネ・デッラ・ファッジョーラの勝利、パドヴァに対するカングランデ・デッラ・スカーラの勝利、そして、教皇派の支配下に置かれたジェノヴァに対する皇帝派マッテオ・ヴィスコンティの包囲戦（当時はまだ進行中）とアンジュー家のロベルトのナポリ艦隊によるジェノヴァ援護あたりを念頭に置いての発言だろう。ダンテの理路整然たる拒絶に遭ったジョヴァンニは提案をひっこめるが、ウェルギリウスの再来たるこの友人に対して、多くの崇拝者がいるボローニャにおいで頂きたいと懇願する。しかし、ダンテはラヴェンナでの暮らしにまったく不自由はないし、いずれにしてもポリュペーモスの手にかかるつもりはないと返答する。ギリシャ神話の巨人ポリュペーモスになぞらえられたのは、ダンテが追放された時点でのフィレンツェのポデスタだった、フォルリ人のフルチェーリ・ダ・カルボリ。同郷のライバルであるスカルペッタ・デリ・オルデラッフィをプリッチャーノの戦いで破った後、白派を容赦なく迫害し、それが認められて、一三二一年にはボローニャのカピターノ・デル・ポポロに任命された人物である。

最初の手紙の中でジョヴァンニは、ボローニャで月桂冠を贈られる可能性を示してダンテの気を惹こうとする。月桂冠といえば、おおむねこの時期に書かれた『天国篇』の第二五歌において、ダンテが夢見たフィレンツェ帰還の後、聖ヨハネの洗礼堂で受け取ることを願っていたものである。当時の学者たちは、古代には詩の競技の優勝者にカンピドーリオの丘で月桂冠が授与される慣わしがあったと考え、その名誉にあずかったのが、ダンテが『煉獄篇』で多くの詩行を割き、古代の最も偉大な詩人の一人として紹介した『テーバイド』の作者スタティウスであったと信じていた。『天国篇』第一歌でも、ダンテはアポロに対して「あなたが愛した月桂冠」にふさわしい器になりたいという願いを伝えている。一三一五年にパドヴァで行われた人文主義者アルベルティーノ・ムッサートの戴冠式がこの願望に拍車をかけたことはまちがいないが、ジョヴァンニ・デル・ヴィルジリオが説得材料に使ったということは、ダンテの願望は世間に広く知られていたにちがいない。返事の中でダンテは、自分はアルノ川のほとりで戴冠されたいと述べ、夢見てきた場面を描き出す中で、自分の髪が白くなったことも明かしている（ダンテがこの願いを実現することはなく、代わりに、一三四一年、より世俗的成功を得たペトラルカがローマでアンジュー家のロベルト王から戴冠されることになる）。

ボッカッチョが、不屈の努力で、ダンテを個人的に知っていた多くの人々と話をし、ダンテの死後間もなくボローニャで書かれた『牧歌』の注釈を復元してくれたおかげで、私たちは、ジョヴァンニ・デル・ヴィルジリオとの手紙の中で言及されながら、牧歌的な偽名の影に隠れていた人物の中で、詩人がラヴェンナで交流していた友人たちを特定することができる。羊飼いメリベーオとは、フィレンツェの公証人ディーノ・ペリーニのことであろう。彼はボッカッチョに向かって「友として考えうるかぎり最も親しいダンテの友」と自負した人物であり、実際に私たちは彼に会ったことがある。彼は、ジェンマの有名な金庫の中に『神曲』の最初の七歌を発見したと主張した二人の人物（もう一人はダンテの甥のアンドレア・ポッジ）のうちの一人である。アルフェシベオという偽名に隠れていたのは、ダンテと最も親しく、最も信頼されていた友人、フィドゥッチョ・デ・ミロッティである。職業は医者。父親や兄弟も医者で、娘のカテリーナがグイード・ノヴェッロの兄弟に嫁いでいたことから領主とも関係が深かった。ボッカッチョはまた、これもまたすでに会ったことがある人物であるが、「ダンテがラヴェンナにいたときの最も親しい友人、従者の一人であった、セル・ピエーロ・ディ・ジャルディーノ・ダ・ラヴェンナという有能な男」とも面識があった。

最後に、コルッチョ・サルターティの手紙は、公証人であり文学者でもあったメンギーノ・メッツァーニのことを「私たちのダンテの親しい友人」と回想しているが、この人物については、ダンテに捧げた墓碑銘と、『地獄篇』と『煉獄篇』の韻文での要約が残されている。一三一七年に執筆を始め、一三七六年に没したメンギーノ（ドメニコの短縮形）は、当時はまだ若かったはずで、サルターティは彼について不正確な情報しか持っておらず、ラヴェンナの教会の参事会員であると誤解していたほどである。したがって、彼とダンテがそれほど親しかったかについては疑問がないわけではない。しかし、全体としては、これらの証言のおかげで、新しい町で暮らすダンテを取り巻く環境を、青年期以来初めて具体的に再構築することができたのである。医師やとりわけ公証人を職業とした彼らは、格式の高い旧家の出で、個人的にも影響力があり、市政府や地元の裕福な聖職者たちとも良好な関係を築いていた。また、彼らは皆、文学的趣味を共有する教養人であり、ダンテよりも長生きした後は、ダンテとの友情を誇らしげに公言することで、ダンテの名声の急速な高まりに貢献することになる。

しかし、ダンテはラヴェンナから、遠く離れた友人との文通も続けていた。ダンテの死から六年後にフィレンツェで不幸な最期を迎えることになった占星術師チェッコ・ダスコリは、魂の高貴さにおよぼす星の影響を論じた著作の中で、そうした影響に懐疑的だったダンテは、ほとんど同時に生まれた双子の性格が違うのはなぜかという点を指摘してきたと述べている。

しかし、ダンテは疑い、こう書き送ってきた。

「二度の出産で生まれた二人の子供、

一人が別の一人より高貴であったりするのは、

きみも知ってのとおりだ。

私はラヴェンナに戻り、そこから離れるつもりはない。

ダスコリよ、君の意見を聞かせてほしい」

この文面からも、晩年のダンテが、生涯情熱をもって追究した高貴さの問題について考え続けていたこと、そして、少なくともダスコリの返事を聞くまでは二度と離れないと約束したにもかかわらず、ときどきラヴェンナを離れていたことが推察される。ダンテがチェッコに手紙を書いたとき、ダンテはどこにいたのだろうか。チェッコはその頃、ボローニャで占星術を教えていたことを思い出してほしい。ヴェローナにいて『水陸論』を執筆したと答える者もいるかもしれないが、私たちにはその当否はわからない。

しかし、ラヴェンナで、ダンテが二人の子供に安定した将来を与えたことはまちがいない。ピエーロにはサンタ・マリア・イン・ザンザニゴラ教会とサン・シモーネ・アル・ムーロ教会という、高収入が得られる二つの聖職禄が与えられ、ベアトリーチェはサント・ステファノ・デッリ・ウリーヴィ修道院の修道女となったのである。これはダンテが高い敬意をもって受け入れられていたことの明確な証しである。というのは具体的な後ろ盾や推薦がなければ、これだけの便益は得られなかったからである。聖職禄が得られるかどうかは、多くの場合、候補者を選ぶ権利を有する世俗のパトロンの紹介があるかどうかにかかっていた。具体的にいえば、サン・シモーネ・アル・ムーロ教会とその隣の病院は、グイード・ノヴェッロの妻であるバーニャカヴァッロ伯爵夫人カテリーナ〔二六八ページのカテリーナとは別人〕と、彼女の従姉妹でアギノルフォ・ダ・ロメーナ伯爵の妻のイダーナの庇護を受けていた。アギノルフォは亡命した「白派」の最初のカピターノの一人である。つまり、ダンテの子供たちの食い扶持を確保するために、最高レベルの口ききが図られたことになる。それは領主の歓待と、一五年前、二〇年前に結ばれた絆を縫い合わせ、『神曲』の中でダンテが思うさま撒き散らした悪態を鷹揚に忘れることでなりたっていた。たとえば、バーニャカヴァッロの伯爵家に向かって、世継ぎが生まれなかったおかげで、次の世代が名を汚さずにすんだと讃えたくだりなどはその好例である（『煉獄篇』第一四歌）。

ダンテがラヴェンナに到着した日付は、遅くとも一三二一年一月四日で、この日、定められた税の分担金を支払わなかったためにロンバルディアの教皇公使から破門されたラヴェンナの聖職者のリストにピエーロの名がある。この破門が重大な制裁だったと考えるべきではない。というのも「フィレンツェのダンテ・アリギエーリの息子ピエーロ」の他にも同類が大勢いたからで、サン・セヴェーロのシトー派修道院長と修道院、ラヴェンナ大聖堂の聖歌隊長は何も払わず、サン・アポリナーレ・イン・クラッセを含む四つの修道院は、税金の一部しか払っていなかった。しかし、この税金は一三二〇年七月の時点で請求されたものなので、ダンテの息子はその時点ですでに聖職禄の権利を得ていたことになる。ただし、注意しなければならないのは、聖職禄を得るにはその町に住むことが必要条件ではないため、ピエーロがそこにいたかどうかは明らかでない点である。二〇歳のピエーロはボローニャ大学に在籍していて、数年後に卒業した可能性もある。しかし、その場合でも、この時点でダンテがラヴェンナにすでに移住していたことを証明するさらなる証拠がある。

ヤーコポも父と一緒にラヴェンナに住んでいたことを示す資料はないが、父の死の時にはそこにいたと思われる。ダンテはすでに名士であり、ピエーロとヤーコポは自分たちが天才の息子であり、イタリア中で話題になった傑作の著者の息子であることを認識していた。ボッカッチョが伝えるところでは、息子たちは、父の死後すぐに書類を調べて、まだ出版されていない『天国篇』の最後の一三歌を探したが、見つからなかった。そこで、絶望のあまり、あやうく友人たちの誘いに乗って、「詩の書き方ぐらいは心得た」自分たちで完成させようとするところだった。そんなことをしていたら、どんな事態になっていただろう。そして、ダンテの死から八か月後、「何よりもこのことを気にかけていた」ヤーコポの夢の中に父親が現れた。父親は息子を自分の部屋に導き、秘密の隠し場所を示した。ヤーコポはダンテの友人だったピエーロ・ジャルディーニの家に駆けつけ、すべてを話した。二人は一緒に部屋を調べ、隠し場所を発見した。そこにあった書類の束は、「壁の湿気でカビが生え、見つけるのがもっと遅くなっていたら、だめになっていたであろう」代物だった。カビを洗い落とすと、それこそが、あれほど探し回った『天国篇』の原稿だった。

この話が事実であれば、少なくともラヴェンナのダンテの家が非常に湿度が高かったことの証明にはなるだろうが、ジャルディーニ自ら打ち明けた相手のボッカッチョの言葉はとうてい信用しがたい。しかし、ヤーコポが当時ラヴェンナにいて、そこからグイード・ノヴェッロに『神曲』のことを詩の形で説明し、さらにソネットを添えたという説は、写本の日付が一三二二年四月一日と非常に正確であることから、妥当であると考えられる。ヤーコポはすぐに『神曲』の注釈書の執筆に取りかかったようだが、この仕事は後に兄のピエーロも熱心に取り組み、より大きな評価を収めることになる（ダンテの注釈研究の大家の一人が評したように、ヤーコポの注釈は「あきれるほど内容に乏しい」のが特徴というのが事実であればの話だが)。

ダンテがラヴェンナにいた頃、アヴィニョンで彼の名前が取り沙汰されたが、それはかなり恐ろしい状況を示すものだった。この頃、西欧のキリスト教世界では、魔女狩り熱が広がり始めていた。魔女狩りは中世末期から現代に至るまで、大きな被害をもたらし続けた社会現象である。そうした状況下で、異端審問が頻繁に行われるようになったが、その目的は明らかに政治的なものであり、どんなことでも自白するような証人が呼ばれ、尋問が行われた。冷酷なフランス国王、端麗王フィリップ四世もそうした審問を多用した一人で、ついには教皇ボニファティウス八世に対しても法的手続きをとるように命じた。そして今、教皇ヨハネス二二世は、宿敵であるミラノの領主マッテオ・ヴィスコンティに対して魔女狩りの裁判を行おうとしていた。嫌疑の内容は、マッテオが悪魔の呪いによって教皇を殺そうとしたというものだった。ダンテの名前は重要証人、今日風にいえば寝返った工作員の口から出されたもので、その告白を中心に予審が進められていた。

証人はミラノの聖職者で、名前はバルトロメオ・カニョラーティ。一三二〇年二月九日の最初の尋問において彼は、黒魔術の専門家としてマッテオ・ヴィスコンティから相談を受けたと証言した。ミラノの領主は彼にヨハネス二二世の名前が書かれた銀の彫像を見せ、この教皇はもはや教皇とは呼べず、排除する必要があるので、この像を使って呪文を唱えよと命じたという。この聖職者はアヴィニョンの委員会に対して、自分はこの命令を「断った」と断言した。すると、ヴィスコンティは彼を解放し、このことは誰にも話すなと命じた。だが、カニョラーティはすぐさまヴィスコンティの敵であるシモーネ・デッラ・トッレに連絡を取り、教皇庁にこの危機を知らせてほしいと頼んだ。一方、マッテオは再度カニョラーティを呼び出し、影像をヴェローナのもう一人の黒魔術師ピエトロ・ナンのところに持っていくように指示した。当時ピエトロ・ダ・マラーノと呼ばれていたこの男は、相談役としてカングランデと親しい間柄で、その名のとおり、小人（ナーノ）だった。カニョラーティは、健康上の理由を挙げてふたたび拒絶したが、領主からは不興を買うだけの結果に終わった。その後、アヴィニョンからの召喚状を受け取ったカニョラーティは、おとなしく尋問を受けるためにアヴィニョンに向かったが、その前にミラノに立ち寄り、この件のことを知るスコット・ダ・サン・ジミニャーノ判事と会話を交わし、その後影像がどうなったかを尋ねた。判事は、影像は良好な状態を保っており、丸九晩毒草でいぶされたことで、完全に呪いがかけられていると答えた。

　審理にあたった二人の枢機卿は、この驚くべき証言を冷然と記録した後、カニョラーティをふたたびミラノに送り帰した。ミラノで逮捕されたカニョラーティは、スコット・ダ・サン・ジミニャーノ本人から、アヴィニョンに行った理由を聞き出すための拷問を受け、一か月半の間、牢獄の鎖につながれた後、保釈された。この段階でカニョラーティは、マッテオ・ヴィスコンティの息子でピアチェンツァの領主であるガレアッツォに召喚された。ガレアッツォはカニョラーティを丁重にもてなし、呪いが効かなかったことを明かしたうえで、それがカニョラーティのせいなのかどうかを問いただした。カニョラーティは、アヴィニョンでは誰にも打ち明けていないと繰り返し、呪文を正しく唱えなかったせいだろうと答えた。ヴィスコンティはもう一度やってみる気はないかとカニョラーティに尋ね、「悪魔の教皇」から世界を解放することは正しい慈悲の行為だと断言し、そのためにすでに「フィレンツェのダンテ・アリギエーリ先生」を呼び寄せているとつけ加えた。安心したカニョラーティは、ダンテが呪文を唱えるのであればまったく問題ないと言ったが、ガレアッツォは、不可解なことに、ダンテをこの件に関わらせることなど断じてさせないし、それどころか、ピアチェンツァに呼び寄せた真の目的も本人に伝えるつもりはないと答えた。呪文を唱えなければならない人物は、あくまでもカニョラーティだった。カニョラーティはこれに同意したふりをしたが、彫像が渡されるとすぐに雲隠れし、アヴィニョンに逃げ込んだ。そして、一三二〇年九月一一日、二回目の宣誓証言において、彫像と、ガレアッツォ・ヴィスコンティの関与を証明する本人からの三通もの手紙を示しながら、これらの驚くべき体験を洗いざらい打ち明けた。

この途方もない証言を信じるか信じないかは人それぞれの判断だが、その論理的帰結については誰も否定することはできない。この聖職者の話が真実であれば、ハインリヒ七世から皇帝の代理権を与えられたおかげでピアチェンツァの領主となったガレアッツォ・ヴィスコンティは、ダンテのことをよく知っていて、この事件に彼を巻き込もうと本気で考え、ピアチェンツァに呼び寄せたものの、本人が現れると気が変わって、何も話さないことにしたということになる。一方、カニョラーティの供述が一から捏造されたものだとすると、アヴィニョンではよく知られた存在で、仇敵ヴィスコンティ家の仲間とみなされていたダンテを、誰かが裁判に巻き込もうと考えたという筋書きになる。ところが、土壇場で気が変わったのだろうか、ダンテを関わらせないという流れになり、信じられないことだが、カニョラーティに対して、ガレアッツォは呼び寄せた理由をダンテに明かさないことにしたと証言するように命じたことになる。どちらの可能性をとるにせよ——読者も同意されることと思うが——興味深い話ではある。ただし、アヴィニョンに召喚されそうになった「先生」が、当時パドヴァとヴェローナを往復して生活していた、同じ「フィレンツェ人」のダンティーノ・アリギエーリであったなら話は別だが。

皇帝派の領主たちが企てた陰謀にダンテが巻き込まれたという筋書きは、ダンテが当時すでにラヴェンナに移り住み、教皇派のグイード・ダ・ポレンタの家に寄宿していたという事実と明白に矛盾しており、すべて敵を陥れるために教皇派が大げさに吹聴した策謀だったことを示している。彼らはダンテの最近の動きをあまりつかんでおらず、彼がまだヴェローナにいて、カングランデの庇護を受けているものとずっと思い込んでいたのかもしれない。とはいえ、このことは、チェッコ・ダスコリに明言していたように、ダンテがラヴェンナを離れなかったことの証明にはならない。一三二一年の夏に書かれた最後の『牧歌』ではボローニャについて触れてはいたものの、実際には行っていないことはほぼまちがいないが、同じ夏に、グイード・ノヴェッロはダンテを外交使節としてヴェネツィアに派遣している。これはジョヴァンニ・ヴィッラーニの記述からわかることで、ヴィッラーニによれば、ダンテが亡くなったのは（誤って七月としている）、「寄宿先のダ・ポレンタ家のためのヴェネツィア特使の仕事からの帰り道」のことだとされている。

ラヴェンナとラグーナ都市ヴェネツィアとの関係は、地政学上やむをえないことだが、常にかなりの緊張を伴っていた。ヴェネツィア側は、ラヴェンナの港から出荷されるすべての交易品、特にコマッキオの塩のような戦略的商品の独占を要求していた。その夏、数年前に兄のスカルペッタからフォルリの領主権を継承したチェッコ・オルデラッフィは、ラヴェンナに対して戦争を仕掛けると脅しをかけたが、ヴェネツィアはオルデラッフィにその資金を提供するかまえでいた。ダンテに託された任務が何であったかは不明だが、彼がヴェネツィアにおもむいたのは、具体的な協定案がまもなく到着することをヴェネツィア政府に通告するための時間稼ぎだったと思われる。しかし、実際にラヴェンナからの新しい代表団によってそれが提示されたのは、一三二一年一〇月二〇日のことだった。

だが、すでにその一か月以上も前に、ダンテは亡くなっていた。推測の域を出ないが、その死因は、一般的には、沼地を旅している間に感染した急性マラリアと考えられている。フィレンツェ人のヴェネツィア憎悪の歴史を物語る実例の一つといえるのが、フィリッポ・ヴィッラーニの作り話で、彼によると、ダンテの名声に恐れをなし、ダンテ相手の議論では勝ち目がないと考えたヴェネツィア人は、彼に話をさせることを拒んだ。熱病にかかった詩人が海路でラヴェンナに戻る許可を求めたときも、提督を味方につけてしまうことを恐れて拒否したため、ダンテは陸路での不快な帰還を強いられ、そのせいで高すぎる代償を払うことになったのだという。

ダンテの生涯全体が情報に乏しいなか、死因についても一見矛盾した情報に頼らざるをえない。ボッカッチョによれば、彼は十字架称賛の祝日、すなわち九月一四日に亡くなったことになっているが、学者たちが競って書いた墓碑銘では、詩人の命日は九月一三日とされている。これらの墓碑銘の一つをジョヴァンニ・デル・ヴィルジリオが書き、ボッカッチョ自身が書き写していることから、伝記作家はこの墓碑銘に何の矛盾も感じなかったものと思われる。実際、矛盾とはいえないわけで、ユダヤ教の伝統を汲むキリスト教の祝祭は前日の日没から始まることを思い出すなら、ダンテは一三日から一四日にかけての夜間、早い時刻に亡くなったにちがいないと結論づけることができる。その夜、予言者ダンテは、長年かけて自分が思い描いた死後の世界の真の姿をたしかめるための旅へと旅立った。

訳者あとがき

ローマ、ヴァチカン宮殿内の、いわゆる「署名の間」。その壁面にラファエロが描いたフレスコ画の一つ、『パルナッソス山』。リラ・ダ・ブラッチョを奏でるアポロを取り巻き、神話・実在取り混ぜて詩作関連の人物がひしめく一団の中に、一人、浮かない顔つきの人物がいる。

左上のグループ。中央には盲目の眼を宙に向けたホメロスが立ち、彼の言葉を一言一句洩らさず書き留めようと身構える青年エンニウスが左脇に座す。その後ろで、右手の人差し指を前方に向けながら振り返るのがどうやらウェルギリウスのようで、その視線の先にいる、巻物とおぼしきものを抱えて付き従う人物が、ダンテということになる。だが、他の三人がいずれも手や指先、顔の表情で思いを雄弁に伝えているのに対して、ダンテ一人は「我はダンテなり」という識別情報を発信するにとどまっている。識別ポイントとなるのは、赤頭巾（バッグ・ハットともいうらしい。白い耳当てが描かれることもある）、緑色の葉を束ねた月桂冠（あれが、頭巾のずれ落ち防止のための、リング型の留め金でなければの話だが）と、思慮深げな（見ようによっては、不機嫌そうな）、鉤鼻面長の横顔の三点。同じ横顔でも、ウェルギリウスとは違い、ダンテのそれは、立体感に欠けた完全二次元のプロフィール。いわば、アイコンである。実際、原著の表紙デザインをよりスタイリッシュにアレンジした本書の表紙においても、ダンテの巨大な横顔が、アイコンとしてのPR効果を充分に発揮しているはずだ。

それにしても、『パルナッソス山』では男性登場人物たちのほとんどが月桂冠を被っているため、べつだん違和感はないものの、画聖ラファエロにして、この描きぶり。先行するボッティチェッリが描いたダンテの肖像画を踏襲したアイコンを貼り付けただけの窮屈な感じは否めない。

ボッティチェッリが肖像画を描く上での顔のパーツの情報源となったのはボッカッチョの記述だが（「顔は面長、鷲鼻で、目はどちらかといえば大きく、顎も立派で、下唇が突き出ていた。顔色は茶色、髪と髭は黒くて太く縮れており、顔つきはいつも憂鬱そうで物思いにふけっていた」）、ボッカッチョ自身も同じく月桂冠をかぶった姿で描かれることになる。

そもそも月桂冠は、ダンテの他の属性を切り捨てて、『神曲』の作者という栄誉のみを讃えるエンブレムである。ラファエロ以降もダンテ像に描かれ続けた月桂冠は、もはや聖人の頭上に浮かんだ光輪同様のトリビュートと言ってもよく、リアリズムの要請からは隔絶している。『神曲』が世に広まり、ヨーロッパ中世を形作る文化神話の拠り所の一つとなるにつれ、その『神曲』の偉大さが今度はダンテという人物の神話化・神格化を後押しする。ダンテの図像が継承する月桂冠は、まるでそのことを象徴的に物語っているかのようだ。

そうしたボッティチェッリ／ラファエロのいかめしく強張った横顔に、一介の中世人ダンテの人生の喜怒哀楽を重ね合わせ、CG映像さながらに立体的な肉付けをほどこしてみようというのが本書の狙いだと思われる。本書は、ダンテの人生を断片情報化し、『神曲』読解のための注釈として散りばめ込んだダンテ論ではないし、少なくとも、ダンテの人生が『神曲』の脚注であるかのごとく語られる倒錯はここにはない。さまざまなダンテのテキストが引用されていても、その目的はあくまでも、フィクションとしての粉飾の可能性を念頭に入れ、歴史的資料としての有効性を吟味した上での論拠提出であり、ダンテ文学を陳列するショーケースにするためではない。

あるときは謎多きアリギエーリ一族の一員、あるときは戦場を疾駆する一騎兵、あるときは職務に身を尽くす政治家・外交官、あるときは抜け目ない資産運用者、あるときは屈折した思いに引き裂かれる流浪の食客としてのダンテの姿を、著者のバルベーロは歴史家としての堅実な文献精査と、時代を通観する広い視野でもって多面的に描き出す。それが類書とは一線を画した本書のなによりの持ち味であり、いっこうにダンテを詩聖として奉らない書きぶりに肩透かしをくらう読者がいたとしても作者の不名誉とはなるまい。

その代わりというわけではないが、おそらくどれかは皆さんのお手元に置かれているであろう文庫版『神曲』五種（講談社学術、河出、角川ソフィア、集英社、岩波）や須賀敦子／藤谷道夫訳の『神曲地獄篇　第1歌～第17歌』（河出書房新社、二〇一八年）に加えて、原基晶『ダンテ論』（青土社、二〇二一年）、藤谷道夫『ダンテの『神曲』を読み解く』（教育評論社、二〇二二年）といった、志高く、力のこもったハイレベルな論考も合わせ置かれることをお勧めする。

なお、本書の原著に付された注と参考文献リストは、合わせると本文ページ数の三分の一近くにもなる膨大なものである。本訳書は専門的学術書として読まれることを想定していない上に、すでに原基晶氏の前掲書にゆきとどいた参考文献リストもあることから、それらを割愛したことをご理解いただきたい。

アレッサンドロ・バルベーロは一九五九年生まれ、イタリアのトリノ出身。中世史や軍事史を中心に精力的に執筆活動を行っている歴史家・小説家で、トリノ大学とピサ高等師範学校卒業後、ローマ大学講師を経て、現在は東ピエモンテ大学で中世史の教授を務めている。

ネット書店で検索すると、共著を含めて五〇点近くの著作がヒットするという、じつに旺盛な筆力の持ち主である。そのうえ、日刊紙や書評誌・専門誌へのコラム寄稿や、テレビ番組への出演といった旧メディアのみならず、新しいプラットホームを積極的に活用し、人気を博している。YouTubeのチャンネル登録者数は六〇万人を超え、自作の紹介やさまざまなトピックを解説した四〇〇本以上の動画の多くが、数万、数十万単位の回数で視聴されている。二〇一九年にはイタリア版『エスクァイア』が「YouTubeのポップスターとなった歴史家」と銘打った紹介記事を組んだほどであるが、角の取れた、優しげな風貌の人物であり、威圧的なカリスマ性は感じられない。

著作のほんの一部を紹介すると、『中世の騎士道』(一九九九年)、『中世のヴァッレ・ダオスタ』(二〇〇〇年)など、専門分野の中世史はもちろん、『シャルルマーニュ』(二〇〇〇年)、『フリードリヒ二世』(二〇〇七年)、『スレイマン大帝』(二〇一二年)といった評伝も評価が高い。軍事史関係では、『ワーテルローの戦い』(二〇〇五年)、西ゴート族と東ローマ帝国が激突したハドリアノポリスの戦いを描いた『三七八年八月九日:蛮族の日』(二〇〇五年)、『三つの帝国の戦い:レパント』(二〇一〇年)、『一一七六年五月二九日:レニャーノで敗れた赤髭王』(二〇一一年)、ダンテも従軍した『一二八九年:カンパルディーノの戦い』(二〇一三年)、第一次世界大戦におけるイタリア軍とドイツ=オーストリア軍の戦闘を描いた『カポレットの戦い』(二〇一七年)など。

歴史書以外で特筆に値する『教皇の言葉』(二〇一六年)は、歴代教皇の名言録の類いと思いきや、教皇勅書などの公的文書のレトリック分析を通じて教皇たちの思想を浮き彫りにした犀利な論考である。ダンテが与する白派の仇敵でもあったボニファティウス八世については、本書でも描かれたような狷介な策謀家の姿ではなく、ボローニャ大学を卒業した法学者としての明晰な思考回路を取り上げ、その福音書解釈が、信仰よりも論理に立脚した切れ味鋭いものであったことを指摘する。

一方で、バルベーロは小説家の顔も持ち、これまでに九冊の著書がある。特に、イタリアの文学賞最高の栄誉の一つ、ストレーガ賞を受賞した『紳士パイル氏の素晴らしき人生と外国の戦争』（一九九五年）は、ナポレオンとプロシアの対立深まるヨーロッパ大陸に派遣されたアメリカ人外交官の見聞を、彼が書き留めた日記の体裁で描き出した、六〇〇ページを超える大著であるが、その描写力が半端ではない。アムステルダムの運河から吐き出される湿気、書店の棚に並ぶ本のタイトル、当時の貴族や農民、郵便配達夫や娼婦のいでたち、プロシアの居酒屋のメニュー、雷雨があるとたちまち一変するベルリンの街路、手形の交換レート、ポツダムの駐屯地に山積みにされた武器の内訳。それらの精細きわまりない描写がもたらす臨場感には圧倒されるばかりだ。一九世紀初頭のヨーロッパ社会の実情を一口（ただし思いきり大口で）味見してみようと思ったなら、これ以上の資料はそうは見当たらないだろう。

マンゾーニ歴史文学賞を受賞した『ヴェネツィアの眼』（二〇一一年）は、一六世紀末のヴェネツィアを舞台に、逆境に立ち向かう若き夫婦の奮闘を描く、巻き込まれ型の歴史ロマン。ほかに、ペロポネソス戦争時代の衰退期アテネで起きた陰惨な性的暴行事件を描いた『アテネの人々』（二〇一五年）などがある。

二〇二三年年一一月　鈴木昭裕

ヤ行

ラ行

マ行

ハ行

ナ行

タ行

サ行

カ行

索引

ア行

【編集付記】

日本語版では、原著に付された注（Note）と参考文献（Bibliografia）を割愛しています。

＊

Questo libro è stato tradotto grazie ad un contributo alla traduzione
assegnato dal Ministero degli Affari Esteri e della Cooperazione Internazionale italiano.

この本はイタリア外務・国際協力省の翻訳助成金を受けて翻訳されたものです。

著者について

アレッサンドロ・バルベーロ ¦ Alessandro Barbero

1959年、イタリア、トリノ生まれ。東ピエモンテ大学文哲学部教授（中世史）。トリノ大学およびピサ高等師範学校卒業後、ローマ大学講師を経て現職。中世史・軍事史を中心とした歴史書を数多く執筆するかたわら、全国紙や書評誌にコラムを寄稿。テレビの歴史番組にも出演する。また、小説家としても知られ、ストレーガ賞やマンゾーニ賞を受賞している。フランス芸術文化勲章「シュヴァリエ」を受勲。邦訳作品に『近世ヨーロッパ軍事史——ルネサンスからナポレオンまで』（論創社、2014年）がある。

訳者について

鈴木昭裕 ¦ すずき・あきひろ

1959年、東京生まれ。翻訳家。東京大学大学院修士課程中退（イタリア文学専攻）。訳書にタブッキ『レクイエム』、バリッコ『絹』、マウレンシグ『復讐のディフェンス』（以上、白水社）、ペトリニャーニ『ヴェネツィアを思う母』（文藝春秋）、メレゲッティ『MOVIE: BOX　映画がひらく夢の扉』（青幻舎）、ケアリー『トリエステの亡霊　サーバ、ジョイス、ズヴェーヴォ』（みすず書房）ほか。共著に『古楽CD100ガイド』（国書刊行会）。

ダンテ　その生涯（しょうがい）

著者
アレッサンドロ・バルベーロ

訳者
鈴木昭裕

2024年2月3日　第1版第1刷発行

発行者
株式会社亜紀書房
〒101-0051　東京都千代田区神田神保町1-32
TEL　03-5280-0261
https://www.akishobo.com/

装丁
岩瀬聡

DTP
山口良二

印刷・製本
株式会社トライ
https://www.try-sky.com/

ISBN 978-4-7505-1828-2 C0098